COLLECTION FOLIO

William Faulkner

Le gambit du cavalier

Traduit de l'anglais
par André du Bouchet

Gallimard

Titre original :

KNIGHT'S GAMBIT

William Faulkner est né en 1897 dans l'État du Mississippi. Il appartient à une vieille famille aristocratique ruinée par la guerre de Sécession.

Après avoir essayé d'exercer différents métiers, après avoir vécu à New York et à Paris, il revient habiter dans son pays natal et s'installe à Oxford, Mississippi. Il partage alors son temps entre la littérature et la gestion de ses terres.

William Faulkner a reçu le prix Nobel en 1949. Il est mort en juillet 1962.

Il est probablement l'écrivain américain qui a eu le plus d'influence sur la littérature contemporaine, et en France, en particulier, il a été découvert et commenté par André Malraux, Jean-Paul Sartre, Claude Edmonde-Magny et bien d'autres écrivains.

UNE MAIN
SUR LES EAUX

I

Les deux hommes suivaient le sentier bordé d'un mur touffu de cyprès, de bambous, de gommiers et de ronces, à l'endroit où il longeait la rivière. L'un d'eux portait un sac de jute fraîchement lavé, qui avait même l'air d'avoir été repassé. L'autre était un garçon qui, à en juger par son visage, n'avait pas vingt ans. L'eau était basse, au niveau de la mi-juillet.

— Il devrait attraper du poisson dans cette eau-là, dit le jeune.

— Si le cœur lui en dit, répondit l'homme au sac. Lui et Joe ne surveillent la cordée que quand Lonnie en a envie, pas quand le poisson mord.

— Il y en aura de pris, de toute manière, dit le jeune. Je suppose que ça lui sera égal, à Lonnie, si on les lui décroche.

Présentement le terrain s'éleva jusqu'à un petit plateau débroussaillé ressemblant vaguement à un promontoire. Là était juchée une cabane conique au toit pointu, faite en partie de toile moisie et de bouts de planches hétéroclites et en partie de bidons d'essence martelés. Un tuyau de poêle rouillé se dressait fantastiquement au-dessus de la cahute ; il y avait un maigre tas de bois et une hache, ainsi qu'un faisceau de cannes de bambou appuyées contre la paroi. Puis ils virent sur le sol, devant la porte grande ouverte, une douzaine de bouts de fils coupés d'un peloton qui traînait à côté, et une boîte de conserve rouillée, à moitié remplie de gros hameçons dont plusieurs étaient déjà accrochés aux fils. Mais il n'y avait personne en vue.

— La barque n'est pas là, remarqua l'homme au sac. Alors il est pas allé au magasin.

Il s'aperçut alors que le jeune homme avait poursuivi son chemin, et il prenait déjà son souffle pour le héler, lorsque tout à coup un homme déboucha des fourrés en courant et s'arrêta net devant lui en émettant un son plaintif et pressant — un homme plutôt petit, mais avec des épaules et des bras de colosse ; adulte, et pourtant avec quelque chose d'enfantin dans ses mouvements, nu-pieds, vêtu d'une salopette rapiécée, et avec le regard intense des sourds-muets.

— Ça va, Joe ? cria l'homme au sac, élevant la voix comme font les gens quand ils savent que leurs interlocuteurs ne peuvent pas comprendre ce qu'ils disent. Où est Lonnie ? demanda-t-il. Il leva son sac. « Vous avez du poisson ? »

Mais l'autre le regarda seulement d'un air hébété, émettant toujours des gémissements pressés. Puis, faisant demi-tour, il remonta à toutes jambes le sentier par où avait disparu le jeune homme qui, à ce moment, cria :

— Viens donc voir cette ligne !...

L'homme plus âgé s'engagea à son tour sur le chemin. Le jeune homme était penché, scrutant l'eau, à côté d'un arbre d'où une mince cordelette de coton, violemment tendue, plongeait obliquement dans l'eau. Le sourd-muet se tenait juste derrière lui, poussant toujours des gémissements et sautant rapidement d'un pied sur l'autre ; mais avant que l'homme plus âgé n'ait eu le temps de les rejoindre, il fit de nouveau demi-tour et, le croisant, courut à toutes jambes vers la cabane. En raison du niveau de la rivière, la cordée, qui était tendue d'une rive à l'autre entre deux arbres, aurait dû rester nettement tendue au-dessus de l'eau ; seuls les hameçons accrochés aux lignes partant du milieu auraient dû être immergés. Et pourtant elle plongeait dans l'eau de part et d'autre, fléchissant lourdement dans le sens du courant, et l'homme plus âgé pouvait lui-même sentir du tiraillement.

— Ça doit être gros comme un homme, cria le jeune.

— Tiens, voilà la barque, dit l'homme plus âgé. » Le jeune l'aperçut à son tour, amarrée un peu plus bas, de l'autre côté du fleuve, à un bouquet de saules derrière une pointe. « Va la chercher, et on verra bien combien il pèse. »

Le jeune ôta ses souliers, sa salopette, enleva sa chemise, descendit dans l'eau, et se mit à nager droit devant lui pour se laisser déporter par le courant jusqu'à la barque, les yeux fixés avec impatience sur le centre de la ligne qui fléchissait lourdement à un point où, sous l'effet d'un mouvement encore invisible, l'eau tournoyait de temps en temps avec violence. Il ramena la barque un peu au-dessous du niveau de son compagnon qui, à ce moment, s'aperçut que le sourd-muet était revenu derrière lui, émettant toujours des sons précipités, urgents, tout en essayant d'entrer dans la barque.

— Va-t'en, cria l'homme plus âgé, le repoussant du bras. Va-t'en, Joe!

— Grouille-toi, dit le jeune, les yeux toujours fixés avec impatience sur la ligne immergée où il voyait, par moments, quelque chose rouler lentement, affleurer et disparaître de nouveau. Il a quelque chose là, ou alors il y a pas de porcs en Georgie. Et c'est gros comme un homme.

Son compagnon monta dans la barque. Il n'avait pas lâché la corde, et il se mit à haler la barque le long de la cordée, de main à main.

Tout d'un coup, le sourd-muet, qu'ils avaient laissé derrière eux sur la rive, commença à émettre un son articulé. Il criait même assez fort.

II

— Une enquête? demanda Stevens.

— Lonnie Grinnup. » Le coroner était un vieux médecin de campagne. « Ce sont deux types qui l'ont trouvé ce matin, noyé, pris à sa propre cordée.

— Non? dit Stevens. Pauvre petit bougre. J'y vais tout de suite. »

En tant que procureur, cela ne le concernait pas, même si cela n'avait pas été un accident. Il le savait.

Il allait contempler le visage du mort pour une raison purement sentimentale. Le comté de Yokapatawpha, tel qu'il se présentait aujourd'hui, n'avait pas été fondé par un seul pionnier, mais par trois en même temps. Ils étaient arrivés ensemble à cheval, par la passe de Cumberland, après avoir quitté la Caroline, quand Jefferson n'était encore qu'un poste de l'Agence de Chickasaw; ils avaient acheté des terres dans la concession indienne, s'y étaient établis avec leurs familles, y avaient fait leur chemin et avaient disparu, si bien qu'à présent, cent ans après, il ne restait plus qu'un seul représentant des trois noms dans tout le comté qu'ils avaient contribué à fonder.

Celui-ci n'était autre que Stevens. Le dernier descendant des Holton, en effet, était mort avant la fin du siècle, et ce Louis Grenier, dont c'était pour contempler le visage mort que Stevens faisait à présent huit miles par une torride après-midi de juillet, n'avait jamais su qu'il s'appelait Louis Grenier. Il ne savait même pas épeler ce nom de Lonnie Grinnup par lequel il se faisait appeler — orphelin aussi, comme Stevens, d'une taille un peu au-dessous de la moyenne, âgé d'environ trente-cinq ans, connu de tout le monde dans le pays — un visage qui était presque délicat quand on le regardait une seconde fois, et d'humeur égale, constante, toujours gai, avec une barbe duveteuse, légère et dorée qui n'avait jamais connu le rasoir, des yeux paisibles et clairs — « touché », disait-on, par quoi ? mystère, mais touché à coup sûr de façon infiniment légère et sans avoir perdu pour autant grand-chose qui eût valu la peine d'être regretté — vivant, bon an, mal an, dans la cahute qu'il s'était lui-même construite avec une vieille tente, quelques planches de guingois, et des bidons d'essence aplatis, en compagnie de l'orphelin sourd-muet qu'il avait, dix ans plus tôt, recueilli dans sa cabane, nourri, vêtu et élevé, mais qui n'avait jamais pu atteindre à un degré de développement mental même comparable au sien.

Et il se faisait que sa cabane, sa cordée et ses nasses se trouvaient presque au centre exact des mille arpents et quelques que ses ancêtres avaient jadis possédés. Mais il n'en sut jamais rien.

Stevens croyait que cela lui eût été indifférent, qu'il se serait refusé à admettre qu'un seul homme pût ou dût posséder une si large portion de cette terre qui appartient à tout le monde pour le profit et le plaisir de chacun — dans son cas, ces trente ou quarante pieds carrés où était juchée sa cahute et la largeur de la rivière couverte par sa cordée, où n'importe qui pouvait venir à toute heure, même quand il n'était pas là, se servir de son équipement et manger ses provisions tant qu'il lui restait des provisions.

De temps en temps, il fermait sa porte, la coinçant pour empêcher les animaux maraudeurs de pénétrer, et il arrivait, en compagnie de son sourd-muet, sans crier gare et sans être invité, dans des maisons ou des cahutes à dix et quinze miles de là, où il restait des semaines, plaisant, paisible, sans rien demander et sans montrer aucune servilité, dormant là où il pouvait dormir en causant le moins d'embarras à ses hôtes, dans le foin des greniers ou dans les lits des chambres d'amis ou des chambres réservées à la famille, tandis que le jeune sourd-muet s'allongeait sur la véranda ou sur le sol, juste au-dehors, d'où il pouvait entendre celui qui lui tenait lieu à la fois de père et de frère, respirant. C'était l'unique son qui arrivât jusqu'à lui de tout cet univers sans voix. Il ne s'y trompait jamais.

On était au début de l'après-midi. L'espace était bleu de chaleur. Et bientôt Stevens aperçut le magasin, au-delà de la longue dépression où la route commençait à longer le lit de la rivière. En temps ordinaire, il eût été désert à cette heure, mais déjà il voyait alentour une foule de vieilles voitures décapotées, de mulets, de chevaux, de chariots, dont il connaissait les noms des conducteurs et des cavaliers. Et eux, en revanche, le connaissaient aussi, ne manquaient pas de voter pour lui chaque année, et ils l'appelaient par son nom, bien qu'ils ne pussent pas tout à fait arriver à le comprendre, pas plus qu'ils ne comprenaient la signification de la clef de Phi-Beta-Kappa de Harvard attachée à sa chaîne de montre. Il gara sa voiture près de celle du coroner.

Apparemment, ça ne devait pas avoir lieu dans le magasin, mais à côté, dans le moulin à blé ; la porte était grande ouverte et, devant, se pressaient en rangs plus compacts et plus silencieux les salopettes et les chemises propres du samedi, les têtes nues et les cous hâlés, cernés par les lignes blanches du rasoir du samedi. On s'écarta pour le laisser entrer. Il y avait là une table et trois chaises sur lesquelles le coroner et deux témoins avaient pris place.

Stevens remarqua un homme d'environ quarante ans qui tenait à la main un sac de jute fort propre, plié et replié au point d'avoir pris l'aspect d'un livre, et un garçon dont le visage était empreint d'un étonnement las mais indomptable. Le corps, enveloppé dans un couvre-lit, était étendu sur la plate-forme où s'engrenaient les meules silencieuses. Il traversa la pièce, leva un coin du couvre-lit, jeta un coup d'œil sur le visage, rabaissa la couverture et fit demi-tour, s'apprêtant à retourner en ville, mais il ne retourna pas en ville. Il s'approcha d'un groupe d'hommes qui se tenait près du mur, le chapeau à la main, autour des deux témoins — c'était le jeune qui parlait, d'une voix éteinte, médusée, encore incrédule — qui finissaient de raconter comment ils avaient trouvé le corps. Il vit le coroner signer le permis d'inhumer et remettre son stylo dans sa poche, et il savait déjà qu'il n'allait pas retourner en ville.

— Je pense que ce sera tout, dit le coroner. » Il jeta un coup d'œil vers la porte. « Ça va, Ike, ajouta-t-il. Vous pouvez l'enlever maintenant. »

Stevens se rangea de côté avec les autres et vit quatre hommes se diriger vers le couvre-lit.

— Vous allez l'enlever, Ike ? demanda-t-il.

Le plus âgé des quatre tourna la tête vers lui un moment.

— Oui, il a laissé de l'argent en dépôt à Mitchell, au magasin, pour son enterrement.

— Toi, Pose, Matthew et Jim Blake ? demanda Stevens.

Cette fois son interlocuteur le regarda avec surprise, presque avec impatience.

— On y pourvoira nous-mêmes, s'il manque quelque chose, dit-il.

— Je vais vous aider, dit Stevens.

— Je vous remercie, dit l'autre. On a ce qu'il faut.

Sur ce le coroner alla parmi eux, disant avec humeur :

— Allez-y, les gars. Faites-leur place.

Stevens sortit avec les autres dans l'air de l'après-midi. Il y avait un fourgon abuté contre la porte, qui venait sans doute d'arriver, car il n'était pas là avant. La porte à rabattement arrière était ouverte, le fond était couvert de paille, et Stevens, le chapeau à la main comme tout le monde, vit sortir du hangar et s'approcher du fourgon les quatre hommes qui portaient le paquet ficelé dans le couvre-lit. Trois ou quatre personnes s'avancèrent pour leur donner un coup de main ; Stevens fit aussi un pas en avant et toucha l'épaule du garçon, après avoir de nouveau remarqué son air d'étonnement las, hagard, incrédule.

— Quand tu es allé chercher la barque, tu t'es pas rendu compte qu'il y avait quelque chose qui clochait ? demanda-t-il.

— Non », répondit le jeune homme. Il parlait avec un certain calme au début. « Je suis allé à la nage, j'ai pris la barque, et je suis revenu en ramant. Je savais qu'il y avait quelque chose sur la ligne. Je la voyais qui ballottait...

— Tu veux dire que tu es revenu à la nage, en tirant la barque ? demanda Stevens.

— Au beau milieu de... Pardon ?

— Tu es revenu à la nage, en la tirant ? Tu as nagé vers la barque, tu as mis la main dessus et tu l'as ramenée en nageant ?

— Mais non, monsieur. Je suis revenu en ramant. Je suis revenu tout de suite en ramant ! Je me doutais de rien ! Je pouvais voir tous ces poissons...

— Avec quoi ? » interrompit Stevens. Le garçon le regarda d'un air furieux. « Avec quoi as-tu ramé ?

— Avec la rame, pardi ! J'ai pris la rame et je suis revenu tout de suite, et je les voyais qui sautaient tout le temps dans l'eau. Ils voulaient pas le lâcher ! Ils continuaient à mordre dedans, à le manger, même après qu'on l'ait tiré de l'eau ! Des poissons ! Je savais que les tortues faisaient ça, mais c'étaient des poissons ! En train de le manger ! Nous, on pensait que c'étaient des poissons qu'il y avait là ! C'en était ! J'en mangerai jamais plus ! Jamais ! »

Ça n'avait pas paru long, mais l'après-midi s'était déjà dissipée, ainsi qu'une partie de la chaleur. De nouveau dans sa voiture, la main posée sur la clef de contact, Stevens regarda le fourgon qui s'apprêtait à démarrer. « *Ça ne colle pas,* pensait-il. *Il y a quelque chose qui ne va pas. Quelque chose que je n'ai pas dû voir, qui m'a échappé. Ou quelque chose qui n'a pas encore eu lieu.* »

Le fourgon se mit en marche et traversa le terre-plein poussiéreux, se dirigeant vers la route, avec deux hommes sur la banquette et les deux autres qui l'accompagnaient en selle sur des mulets. La main de Stevens alluma le contact ; la voiture était déjà en première. Elle doubla le fourgon, prenant déjà de la vitesse.

Au bout d'un mile, il quitta la route et obliqua dans un chemin vicinal qui s'enfonçait vers les collines. Le chemin commença à monter ; le soleil était maintenant intermittent, car on voyait déjà par endroits les feux du couchant à travers les échancrures des collines. Puis la route bifurqua. Dans le V de la bifurcation se dressait une église peinte en blanc, sans clocher, flanquée d'un ramassis de pierres tombales en marbre de mauvaise qualité, pas même séparées de la route, et d'autres tombes simplement délimitées par des rangées de jarres de verre renversées, de faïence et de morceaux de briques.

Il n'hésita pas. Il se rangea le long de l'église, fit marche arrière, et se gara, face à la bifurcation et à la route par laquelle il venait d'arriver et qui se perdait au premier tournant.

À cause du tournant, il put entendre le fourgon un bon moment avant de le voir, puis il entendit le camion. Il dévalait des collines derrière lui et apparut, roulant à toute vitesse, ralentissant déjà — une cabine, un châssis étroit surmonté d'une bâche.

Il déboucha de la route à la bifurcation et stoppa ; alors il entendit de nouveau le fourgon et l'aperçut enfin qui apparaissait au tournant dans le crépuscule, escorté des deux cavaliers, et il y avait à présent un homme sur la route à côté du camion, et Stevens le reconnut : Tyler Ballenbaugh, — un fermier, marié et père de famille, réputé pour son aisance et pour sa violence, du pays, mais qui était parti plus tard vers l'Ouest, d'où il était revenu, précédé, comme d'un effluve, par la rumeur des sommes qu'il avait gagnées au jeu, qui avait pris femme et acheté des terres et qui, au lieu de continuer à miser sur des cartes, hypothéquait maintenant, certaines années, sa récolte, pour spéculer avec l'argent sur l'achat et la vente du coton — debout sur la route maintenant, à côté du fourgon, sa haute silhouette se détachant dans la pénombre et s'adressant aux hommes du fourgon sans élever la voix ni faire de gestes. Puis il y eut un autre homme à côté de lui, en chemise blanche, que Stevens ne parvint pas à reconnaître, et ne regarda pas une seconde fois.

Sa main retomba sur la clef du contact : le moteur ronfla de nouveau et la voiture se mit en marche. Il alluma ses phares, débouchant rapidement du cimetière sur la route, et arrivait derrière le fourgon quand l'homme à la chemise blanche sauta sur le marchepied en criant quelque chose, et Stevens le reconnut à son tour : un frère cadet de Ballenbaugh qui, il y avait des années, était parti à Memphis où, selon la rumeur, il s'était embauché comme garde armé pendant une grève dans une usine de textiles, mais qui, depuis deux ou trois ans, était retourné chez son frère pour échapper, disait-on, non pas à la police mais à la vindicte de certains amis de Memphis ou d'associés avec lesquels il avait travaillé par la suite. De temps en temps, son nom était cité dans les faits divers locaux, dans des comptes rendus de bagarres ou de rixes, au cours de bals de campagne et de pique-niques. Il s'était déjà fait corriger et ramasser par deux agents de police à Jefferson, où, soûl tous les samedis, il se vantait de ses prouesses passées ou maudissait sa mauvaise fortune présente et le frère aîné qui le faisait travailler à la ferme.

— Pourquoi est-ce que tu viens fourrer ton sale nez par ici ? cria-t-il.

— Boyd, dit l'autre Ballenbaugh. » Il n'avait même pas haussé la voix. « Retourne au camion. »

Il n'avait pas bougé ; un homme de haute taille, au visage sombre, qui fixait sur Stevens un regard pâle, froid, absolument sans expression.

— Ça va, Gavin ? demanda-t-il.

— Et vous, Tyler ? répondit Stevens. Vous allez prendre Lonnie ?

— Quelqu'un y trouve-t-il à redire ?

— Pas moi, dit Stevens, sortant de sa voiture. Je vais vous aider à le transférer.

Puis il rentra dans sa voiture. Le fourgon démarra. Le camion fit marche arrière, puis demi-tour, prenant déjà de la vitesse ; les deux visages se profilèrent au passage — celui que Stevens put maintenant entrevoir n'était pas arrogant, mais effrayé ; l'autre, absolument vide, sauf les yeux pâles, froids, immobiles. Le feu arrière, tout fêlé, disparut derrière la colline. *C'est le numéro d'immatriculation du comté d'Okatoba,* pensa-t-il.

Lonnie Grinnup fut conduit au cimetière l'après-midi suivante, de la maison de Tyler Ballenbaugh.

Stevens n'y était pas. « Joe ne devait pas y être non plus, j'imagine, dit-il. Vous savez, le sourd-muet de Lonnie.

— Non, il n'y était pas non plus. Les gars qui sont allés dimanche matin au camp de Lonnie pour voir cette cordée disent qu'il était toujours dans les parages en train de chercher Lonnie. Mais il n'était pas à l'enterrement. Quand il retrouvera Lonnie, cette fois, il aura beau se coucher près de lui, il pourra plus l'entendre respirer. »

III

— Non, dit Stevens.

Il était à Mottstown, le chef-lieu du comté d'Okatoba, cette après-midi-là. Et bien que ce fût dimanche et qu'il ne pût savoir au juste ce qu'il était en train de chercher avant d'avoir mis la main dessus, il finit par le trouver avant la tombée du jour : le représentant de la compagnie qui, onze ans auparavant, avait remis à Lonnie Grinnup une police d'assurance sur la vie de cinq mille dollars, avec double indemnité en cas de mort accidentelle, au profit de Tyler Ballenbaugh.

Il n'y avait rien à redire. Le docteur chargé de l'examen n'avait jamais vu Lonnie Grinnup auparavant, mais il connaissait Tyler Ballenbaugh depuis des années; Lonnie avait signé sa demande d'une croix et Ballenbaugh avait réglé la première échéance et payé les autres régulièrement depuis.

La transaction n'avait rien eu de spécialement secret, sauf qu'elle s'était déroulée dans une autre ville, et Stevens se rendit compte que le fait, en soi, ne constituait rien d'anormal.

Le comté d'Okatoba se trouvait juste de l'autre côté du fleuve, à trois miles de l'endroit où vivait Ballenbaugh, et Stevens savait que Ballenbaugh était loin d'être le seul à posséder des terres dans un comté, et à acheter son camion et sa voiture et avoir son compte en banque dans un autre, obéissant à la vague méfiance instinctive, sans doute atavique, que conservent peut-être les hommes élevés à la campagne, pas tant envers les employés de bureau qu'à l'égard de l'électricité et des rues pavées.

— Alors, vous ne voulez pas que je prévienne la compagnie? demanda le représentant.

— Non. Vous allez accepter sa demande quand il viendra la déposer, lui expliquer que ça prendra environ une semaine à régler; puis vous allez attendre trois jours, et alors vous lui ferez dire de passer le lendemain matin à votre bureau vers neuf ou dix heures ; ne lui dites pas pourquoi, ne lui donnez pas de raison, et téléphonez-moi à Jefferson, dès que vous saurez que votre message a été transmis.

Tôt, le lendemain matin, vers l'aube, la vague de chaleur creva. Il resta au lit à écouter et à contempler les lueurs et le fracas des éclairs et la furie tapageuse de la pluie, pensant à la façon dont elle devait tambouriner, férocement dégouliner en gros ruisseaux boueux par-dessus la tombe fraîche et sans famille de Lonnie Grinnup sur la colline dénudée, près de l'église sans clocher, à tout le bruit qu'elle devait faire, en plus du fracas de la rivière en crue, sur la cahute de toile et de bidons où le jeune sourd-muet était sans doute toujours en train de l'attendre, se rendant compte que quelque chose avait dû se passer, mais sans savoir comment ni pourquoi. *Sans savoir comment*, pensa Stevens. *Ils ont dû le prendre en traître. Ils n'ont pas même pris la peine de l'attacher. Ils ont dû le prendre en traître.*

Le mercredi soir, il reçut un message téléphonique du représentant de Mottstown qui lui dit que Tyler Ballenbaugh était venu déposer sa demande.

— Bon, dit Stevens. Faites-le prévenir lundi de venir mardi. Et prévenez-moi dès que vous saurez qu'il a reçu votre message.

Il raccrocha l'appareil. *Je joue au poker avec un homme qui a la réputation d'être un bon joueur : moi pas,* pensa-t-il. *Mais au moins, je l'ai forcé à jouer sa carte. Et il sait qui est de part avec lui.*

Aussi, quand le deuxième message lui parvint le lundi suivant, il ne savait que ce qu'il avait lui-même décidé de faire. Il avait pensé un moment à demander main-forte au shérif, ou à emmener un ami avec lui. *Mais même un ami ne voudra pas croire que j'ai un atout,* pensa-t-il, *alors que j'en ai un : un homme seul, même un assassin amateur, pourrait être plus ou moins sûr de ne pas avoir laissé de trace. Mais comme ils sont deux, aucun d'eux ne pourra avoir la certitude que l'autre a tout laissé en ordre.*

C'est pourquoi il y alla seul. Il possédait un revolver. Après l'avoir considéré un instant, il le remit dans le tiroir. *Au moins, ce n'est pas avec celui-là qu'on me tirera dessus,* se dit-il. Il quitta la ville dès la tombée du jour.

Cette fois, il ne s'arrêta pas devant le magasin obscur au bout de la route. Quand il arriva au croisement où il avait obliqué neuf jours auparavant, il tourna, cette fois, sur la droite, roula un quart de mile environ et entra dans une cour jonchée de débris, braquant ses phares sur une cahute obscure. Il ne les éteignit pas. Il marcha vers la cabane au milieu du faisceau de lumière jaune, en criant : « Nate, Nate ! »

Après un moment, une voix de nègre se fit entendre, mais aucune lumière n'apparut.

— Je vais au camp de M. Lonnie Grinnup. Si je ne suis pas de retour à l'aube, va prévenir les gens au magasin.

Il n'y eut pas de réponse. Puis une voix de femme s'exclama :

— Tu vas aller à la porte !

La voix de l'homme murmura quelque chose.

— J'y peux rien, cria la femme. Tu vas pas y aller. Laisse les Blancs se débrouiller entre eux.

Je ne suis donc pas seul à être là ce soir, pensa Stevens, et il pensa à cet instinct qu'ont souvent les nègres, qui n'est pas un instinct du mal, mais qui leur permet presque toujours de le déceler quand il existe. Il retourna à la voiture, éteignit les phares et prit sa lampe de poche sur le siège.

Il trouva le camion. Abaissant le pinceau de lumière, il déchiffra de nouveau le numéro qu'il avait vu filer neuf jours auparavant par-dessus la colline. Il éteignit sa lampe et la mit dans sa poche.

Vingt minutes plus tard, il se rendit compte qu'il aurait pu se passer de lumière. Il était sur le sentier entre la rivière et le mur noir de la brousse, et il aperçut la lueur qui filtrait à travers le mur de toile de la cahute ; il pouvait déjà entendre les deux voix — l'une froide, posée, contenue ; l'autre violente et aiguë. Il trébucha sur le tas de bois, puis sur quelque chose d'autre, et trouva la porte, la poussa devant lui et entra dans la dévastation de la maison du mort — les paillasses arrachées des banquettes, le fourneau renversé, la vaisselle sens dessus dessous — où Tyler Ballenbaugh braquait sur lui un revolver, tandis que le cadet se ramassait derrière une caisse renversée.

— Reculez, Gavin, dit Ballenbaugh.

— Reculez vous-même, Tyler, dit Stevens. Vous êtes venu trop tard.

Le cadet se releva. À son visage, Stevens vit qu'il venait de le reconnaître.

— Sacré nom de..., commença-t-il.

— On est cuits, Gavin ? interrompit Ballenbaugh. Ne me dites pas de mensonge.

— Ça en a tout l'air, répondit Stevens. Jetez votre revolver.

— Qui d'autre est avec vous ?

— Ça suffit, dit Stevens. Jetez votre revolver, Tyler.

— Merde ! » dit le cadet. Il fit un pas en avant. Stevens vit son regard glisser rapidement de lui à la porte derrière son dos. « Il ment. Il est seul. Il est venu rôder par ici comme la dernière fois, et fourrer son nez où il va regretter de l'avoir mis parce que, cette fois, il va l'y laisser ! »

Il s'avançait vers Stevens, légèrement penché en avant, en écartant un peu les bras.

— Boyd ! » fit Tyler. L'autre continuait à s'approcher de Stevens, sans sourire, avec un reflet bizarre, une lueur dans le visage. « Boyd ! » répéta Tyler.

Alors il s'avança à son tour avec une rapidité surprenante, rattrapa son frère, et d'un seul geste le fit rouler sur la banquette. Ils s'affrontèrent tous deux du regard — l'un, le revolver braqué dans le vide, toujours froid, impassible, immobile, l'autre à moitié replié sur lui-même et grondant.

— Qu'est-ce que tu vas foutre ? Nous laisser ramener en ville comme deux foutus moutons ?

— C'est à moi de décider », répondit Tyler. Il regarda Stevens. « Je n'ai jamais eu l'intention de faire une chose pareille, Gavin. Je lui ai pris une assurance sur la vie, j'ai réglé chaque échéance, — d'accord. Mais l'affaire était bonne. S'il avait vécu plus longtemps que moi, je perdais mon argent de toute façon, et si je lui survivais, je gagnais ma mise. Il n'y avait rien de secret. Tout se passait au grand jour. N'importe qui aurait pu être au courant. Peut-être même qu'il en a parlé. Je ne lui ai jamais dit de ne pas le faire. Et que peut-on trouver à y redire ? Je lui ai toujours donné à manger quand il venait chez moi, il restait aussi longtemps qu'il voulait, venait quand bon lui semblait. Mais j'ai jamais eu l'intention de faire ça.

Soudain, le jeune se mit à rire, toujours à moitié replié contre la banquette où l'autre l'avait jeté. « Alors c'est ça, la chanson ? dit-il. Tu crois que ça va se passer comme ça ? » Puis ça cessa d'être du rire, mais la transition était si ténue ou si rapide peut-être qu'elle en était imperceptible. Il se tenait debout maintenant, un peu penché en avant, faisant face à son frère. « C'est pas moi qui l'ai assuré pour cinq mille dollars ! C'est pas moi qui allais toucher...

— La ferme ! dit Tyler.

— ... Cinq mille dollars, quand on l'a trouvé mort sur cette... »

Tyler marcha vers lui d'un pas assuré et le gifla à deux reprises, de la paume puis du revers de la main, en tenant toujours son revolver braqué devant lui.

— Je t'ai dit de la fermer, Boyd. » Il regarda de nouveau Stevens. « J'ai jamais eu l'intention de faire une chose pareille. Je ne veux pas de cet argent maintenant, même s'ils voulaient me le payer, parce que c'est pas comme ça que j'avais envisagé la chose. C'est pas mon genre de mise. Qu'est-ce que vous allez faire maintenant ?

— Vous me posez la question sérieusement ? Je veux une inculpation de meurtre.

— Essayez toujours de le prouver ! gronda le cadet. Essayez toujours ! C'est pas moi qui lui ai payé une assurance sur la vie de...

— La ferme ! » interrompit Tyler. Il parlait presque avec douceur, fixant Stevens de son regard pâle qui semblait totalement vide. « Vous ne pouvez pas faire ça. C'est un nom honorable. Du moins il l'a toujours été. On n'a peut-être pas fait grand-chose pour lui, mais on ne lui a pas fait de tort non plus, jusqu'à présent. J'ai jamais eu de dettes. J'ai jamais pris le bien d'autrui. Vous ne devez pas faire ça, Gavin.

— Je ne dois pas faire autre chose, Tyler. »

L'autre le regardait. Stevens l'entendit respirer et pousser un long soupir.

— Alors, c'est œil pour œil et dent pour dent?

— La justice le veut. C'est peut-être Lonnie Grinnup qui le veut. Ne l'auriez-vous pas voulu vous-même?

L'autre le regarda encore un moment. Puis Ballenbaugh se tourna, fit un signe tranquille à son frère et un autre à Stevens, tranquille et péremptoire.

Ils étaient dehors, debout dans la lumière de la porte; une brise se leva quelque part, fit frissonner les feuilles au-dessus de leurs têtes, puis se dissipa, cessa.

Au début, Stevens ne voyait pas où Ballenbaugh voulait en venir. Il le vit, avec une surprise grandissante, se tourner vers son frère, la main étendue, lui adressant la parole d'une voix quasi brutale à présent.

— Il est temps d'en finir maintenant. J'ai pas cessé de me faire du mauvais sang depuis la nuit où tu es rentré et où tu m'as raconté ce qui s'était passé. J'aurais dû t'élever mieux que ça, mais je ne l'ai pas fait. Tiens, debout et finis-en!

— Attention, Tyler! s'écria Stevens. Ne faites pas ça.

— Ne vous occupez pas de ça, Gavin. Si c'est de la viande pour de la viande que vous voulez, vous en aurez. » Il faisait toujours face à son frère, et il n'avait même pas tourné les yeux vers Stevens. « Tiens, dit-il. Prends-le, comme un homme. »

Puis il fut trop tard. Stevens vit le cadet sauter en arrière. Il vit Tyler faire un pas en avant, et il lui sembla percevoir dans la voix de l'autre sa stupeur, son incrédulité, puis la réalisation de la faute... « Lâche le revolver, Boyd, dit-il. Lâche-le !

— Tu veux que je te le rende, hein ? répondit le cadet. Quand je suis venu te voir cette nuit-là, et que je t'ai dit que tu allais toucher cinq mille dollars, dès qu'on s'aviserait de jeter un coup d'œil sur cette cordée, et que je t'ai demandé de me donner dix dollars, tu me les as refusés ! Dix dollars, et tu as canné. Naturellement que je vais te le rendre, et comment. Attrape. » Un éclair lui sortit de la main qu'il tenait serrée contre sa hanche ; la flamme orange darda encore une fois vers le sol, tandis que l'autre s'affalait.

C'est mon tour maintenant, pensa Stevens. Ils s'affrontèrent du regard ; il entendit de nouveau ce petit vent souffler quelque part, remuant les feuilles au-dessus, se dissipant :

— File maintenant pendant qu'il en est encore temps, Boyd, dit-il. Tu en as assez fait comme ça. File maintenant.

— Sûr que je vais filer. Vous vous occupez de moi maintenant, parce que, d'ici un moment, vous vous occuperez plus de rien. Sûr que je vais filer. Mais pas avant d'avoir dit un mot aux types qui font les malins et qui viennent fourrer leur nez là où ils vont drôlement le regretter...

Il va tirer maintenant, pensa Stevens, et il prit son

élan. Pendant un moment il eut l'illusion de se voir lui-même sauter, comme s'il avait été réfléchi par la lueur pâle de la rivière, par cette luminosité que dégage l'eau dans le noir, dans l'air, au-dessus de la tête de Boyd Ballenbaugh. Puis, soudain, il s'aperçut que ce n'était pas lui qu'il voyait, que ce n'était pas le vent qu'il avait entendu tout à l'heure, tandis que l'être, la silhouette qui n'avait pas de langue et qui n'en avait nul besoin, les mains déjà tendues, le corps voûté et rigide, après avoir attendu Lonnie Grinnup pendant neuf jours, tout à son entreprise muette et meurtrière, s'abattait sur le dos de l'assassin.

Il était dans l'arbre, se dit Stevens. Le revolver lança un éclair, il vit la lueur, mais n'entendit pas la détonation.

IV

Il était assis sur la véranda après dîner, avec son bandage impeccable, lorsque le shérif du comté arriva dans l'allée. C'était un homme de haute stature aussi, amène, affable, mais dont le regard était encore plus pâle, plus froid et plus inexpressif que celui de Tyler Ballenbaugh.

— Je n'en ai que pour une minute, dit-il, sinon je ne t'aurais pas dérangé.

— Dérangé ? Comment ça ? dit Stevens.

Le shérif appuya une cuisse contre la balustrade de la véranda.

— Comment va la tête ?

— Pas mal, répondit Stevens.

— Tant mieux. J'imagine que tu as appris où on a retrouvé Boyd ?

Stevens lui renvoya un regard tout aussi anodin.

— C'est possible, répondit-il avec amabilité. Mais tu sais, je ne me rappelle pas grand-chose aujourd'hui, avec ce mal de tête.

— C'est toi qui nous as dit où regarder. Tu n'avais pas perdu connaissance quand je suis arrivé. Tu étais en train d'essayer de donner à boire à Tyler. C'est toi qui nous as dit de regarder du côté de cette cordée.

— Vraiment ? C'est fou ce qu'on peut raconter quand on est soûl ou qu'on a l'esprit dérangé. Et des fois on tombe juste...

— En effet. On a été voir la cordée et on a trouvé Boyd mort, accroché à un hameçon, exactement comme Lonnie Grinnup. Et Tyler Ballenbaugh avec une jambe cassée et une autre balle dans l'épaule. Et toi, avec dans le crâne, un trou où on aurait pu cacher un cigare. Comment s'est-il pris dans cette cordée, Gavin ?

— Je n'en sais rien, répondit Stevens.

— Bon. Ce n'est plus le shérif qui te le demande. Comment Boyd s'est-il pris dans cette cordée ?

— Je n'en sais rien.

Le shérif le regarda ; ils se regardèrent l'un l'autre.

— C'est tout ce que tu as à dire à un ami qui te pose une question ?

— C'est que, vois-tu, j'ai reçu une balle. Je n'en sais rien.

Le shérif sortit un cigare de sa poche et l'examina un moment.

— Joe — le sourd-muet que Lonnie a élevé — a l'air d'être parti pour de bon maintenant. Il était encore dans les parages dimanche matin, mais on ne l'a plus revu depuis. Il aurait pu rester, personne ne lui aurait fait de mal.

— Peut-être que Lonnie lui manquait trop pour qu'il reste ici, dit Stevens.

— Peut-être que Lonnie lui manquait. » Le shérif se leva. Il coupa le bout de son cigare avec les dents et l'alluma. « Est-ce que cette balle t'a fait aussi oublier le reste ? Qu'est-ce qui t'a fait soupçonner, au juste, qu'il y avait quelque chose de louche ? Qu'est-ce qui a pu nous échapper, à nous autres ?

— C'était cette pagaie, dit Stevens.

— Cette pagaie ?

— Tu n'as donc jamais posé de cordée, en allant camper ? On ne va jamais à la pagaie, on tire la barque de main à main le long de la corde, en allant d'un hameçon à l'autre. Lonnie ne se servait jamais de sa pagaie ; sa barque restait même toujours amarrée à l'arbre où sa cordée était attachée, et il gardait la pagaie dans sa maison. Si tu étais jamais entré chez lui, tu l'aurais vue. Mais la pagaie était dans la barque quand le garçon l'a trouvée. »

MONK

Il faut que je tâche de raconter l'histoire de Monk. Oui, je pourrai seulement tâcher d'aplanir les incohérences que présente son histoire, assez brève pourtant, assez sordide et dépourvue d'originalité — d'en tirer quelque chose, par un effort délibéré, non seulement à l'aide des outils nébuleux de la conjecture, de l'inférence et de l'imagination, mais en travaillant avec ces outils nébuleux à même la matière nébuleuse, inexplicable qu'il a laissée derrière lui. Car c'est seulement dans la littérature que les épisodes paradoxaux de l'histoire d'un cœur humain, qui parfois même vont à l'encontre les uns des autres, peuvent, grâce aux prestiges de l'art, se fondre ensemble et se recomposer de façon plausible et vraisemblable.

C'était un demeuré, peut-être même un crétin ; on n'aurait jamais dû l'envoyer au pénitencier. Mais au moment du procès, nous avions un procureur qui était jeune et ne pensait qu'à se faire élire au Congrès. Monk, lui, n'avait ni parents, ni argent, ni avocat même : je ne crois pas qu'il ait jamais compris la nécessité d'avoir un avocat, ni même qu'il ait su ce que c'était; alors le Tribunal lui en désigna un d'office, un jeune homme qui venait de se faire inscrire au barreau, qui sans doute était aussi peu versé que Monk dans la pratique du code pénal et plaida coupable, soit que les juges le lui aient conseillé, soit que l'idée d'invoquer l'irresponsabilité de son client ne lui soit même pas venue à l'esprit, puisque, après tout, Monk ne niait à aucun moment d'avoir tué le défunt. Et même on avait du mal à l'empêcher d'insister là-dessus, de le répéter à tout propos. Ce n'était pas forfanterie, ni besoin de se confesser. C'était presque comme s'il s'efforçait de prononcer un discours, s'adressant tour à tour aux gens qui le maintenaient près du cadavre en attendant l'arrivée du shérif, puis au shérif lui-même, puis au geôlier, puis aux autres prisonniers — la fournée quotidienne des nègres ramassés un peu partout pour jeu, pour vagabondage ou vente de whisky à la sauvette — puis au juge de paix qui le fit écrouer, puis à l'avocat désigné par le Tribunal, puis au jury, enfin. Une heure s'était à peine écoulée qu'il n'avait même plus l'air de se rappeler l'endroit où le crime avait été commis; il ne pouvait même pas se rappeler qui était l'homme qu'il affirmait avoir tué. À force d'être pressé, sollicité, il finit par désigner comme sa victime plusieurs hommes encore en vie, et même quelqu'un qui se trouvait à ce moment-là dans le bureau du juge. Mais il ne niait jamais d'avoir tué quelqu'un. Non qu'il insistât là-dessus : il revenait simplement, avec calme, d'une voix distincte, chaleureuse, pleine de bonne volonté, sur un fait évident; il tâchait de prononcer une sorte de discours; il tâchait de signifier quelque chose qui leur semblait n'avoir ni queue ni tête, à quoi on se refusait du reste à prêter la moindre attention. Ce n'était pas une confession ; il n'essayait pas de les prévenir en sa faveur, d'échapper aux conséquences de son acte. On eût dit plutôt qu'il essayait d'établir un postulat, se servant simplement de l'occasion pour franchir un gouffre qui jusqu'alors le coupait du monde vivant, du monde des vivants, de la terre tangible, germinative. Telle, du moins, fut l'impression que produisit le curieux discours qu'il prononça, cinq ans plus tard, sous le gibet.

Mais aussi n'aurait-il jamais dû avoir vécu. Il avait surgi — quant à savoir s'il y était né, c'est une autre affaire — de la région des collines et des pinèdes à l'est de notre comté, région qui, il y a vingt-cinq ans (Monk avait à peu près vingt-cinq ans) était presque entièrement dépourvue de routes et où le shérif du comté ne s'aventurait lui-même jamais — région impénétrable, presque partout en friche, dont les aborigènes formaient une sorte de clan sans foi ni loi, privé de tout contact avec le dehors, jusqu'à l'époque, encore récente, où routes praticables et automobiles battirent en brèche ces fortins de verdure, dont les citoyens, aux noms irlandais et écossais pour lors méconnaissables, se mariaient entre eux, fabriquaient du whisky, et tiraient sur les étrangers de passage, de derrière leurs granges de rondins et leurs lacis de haies. Ce fut par les routes, devenues praticables, et par les gués que Monk descendit à Jefferson, que s'ébruitèrent aussi les rumeurs qui couraient sur son origine.

Car les gens parmi lesquels il avait grandi n'avaient pas l'air d'en savoir davantage sur son compte que nous. On parlait bien d'une vieille femme vivant toute seule, en ermite, parmi ces gens d'humeur pourtant assez farouche et solitaire, dans une maison de rondins, avec un fusil de chasse toujours chargé derrière la porte, et un fils dont les natifs avaient eux-mêmes eu par-dessus la tête, qui, après quelque crime, avait pris le large — ou peut-être lui avait-on rendu la vie impossible là-bas —, était parti Dieu sait où, pour revenir dix ans plus tard avec une femme — une femme avec des cheveux comme on en voit à la ville, durs, métalliques et clairs, avec un visage citadin aussi, dur et blond, que l'on apercevait de loin en loin vaquant à ses affaires, traversant la cour, ou debout, simplement, dans le chambranle, à contempler la solitude verte d'un air impassible, à la fois vacant, obstiné et froid, meurtrier aussi, mais plutôt comme un serpent que comme les gens du pays, avec leur manière presque conventionnelle et quasi rituelle de crier halte avant de faire feu. Puis ils s'en allèrent. Personne ne sut au juste quand ni comment ils s'en allèrent, pas plus qu'on n'avait su quand ni comment ils étaient venus. Le bruit courut qu'une nuit la vieille dame, Mme Odlethrop, leur était tombée sur le dos à tous deux avec son fusil de chasse et les avait boutés hors de la maison et du pays.

Enfin ils n'étaient plus là; et ce ne fut qu'au bout de quelques mois que les voisins s'aperçurent qu'il y avait un enfant, un bébé dans la maison; et personne, une fois de plus, ne sut s'il y était né ou si on l'y avait amené. C'était Monk. Six ou sept ans plus tard, toujours selon les on-dit, une odeur de cadavre commença à se dégager, et quelques hommes pénétrèrent alors dans la maison où la vieille Mme Odlethrop était décédée depuis une semaine, et ils aperçurent un petit être uniquement vêtu d'une chemisette taillée dans de la toile à matelas qui tâchait de soulever le fusil de chasse dans le coin de la porte. Ils ne parvinrent pas à s'emparer de Monk. Ou plutôt, la première fois, il leur glissa entre les mains, et après, il n'y eut plus moyen. Mais il n'avait pas disparu. Ils savaient qu'il était caché dans les parages et les guettait pendant qu'ils faisaient la toilette du cadavre, que tapi dans les buissons, il les observait durant l'enterrement. Ils ne le revirent pas de sitôt, mais ils savaient bien qu'il rôdait alentour, et le dimanche d'après ils s'aperçurent qu'il avait éventré la fosse avec ses mains et avec des bâtons. Le trou qu'il avait creusé était déjà profond ; après l'avoir comblé, on lui tendit une embuscade, à la tombée du jour, pour mettre la main sur lui et lui donner à manger. Mais, de nouveau, ils ne parvinrent pas à s'en saisir : le petit corps (il était nu maintenant) se débattit furieusement, leur glissa entre les mains comme s'il eût été enduit de graisse, et disparut avec des hurlements sauvages. Après quoi, des voisins lui laissèrent à manger dans la maison déserte. Mais on ne le voyait jamais. On apprit seulement, quelques mois plus tard, qu'il vivait chez un vieillard nommé Fraser, veuf et sans enfants, qui fabriquait un whisky réputé. Il semble qu'il passa là une dizaine d'années, jusqu'à ce que Fraser mourût à son tour. C'est sans doute ce Fraser qui lui donna le nom sous lequel il fut bientôt connu en ville ; jamais on ne sut comment l'avait appelé la vieille Mme Odlethrop. Maintenant on le connaissait partout, de vue du moins, ce garçon pas très grand, un peu replet déjà, comme si, au lieu d'avoir dix-huit ans, il en avait trente-huit, dont les traits disgracieux, mélange de candeur, de sottise et de ruse, plutôt que l'expression, avaient dû lui valoir son sobriquet de « singe », ce garçon qui avait voué à l'homme qui s'était occupé de lui et lui avait donné à manger, une gratitude sans bornes, démesurée, comme un chien, et qui, à dix-huit ans, avait appris, disait-on, à fabriquer le whisky de Fraser aussi bien que Fraser lui-même.

Il n'apprit jamais autre chose qu'à fabriquer et vendre du whisky dans un pays où cela était prohibé par la loi et où l'opération devait, par conséquent, s'effectuer en cachette. Ce qui rend d'autant plus paradoxales les déclarations qu'il fit après qu'on lui eût rabattu le capuchon noir sur la tête, pour avoir tué, cinq ans plus tard, le gardien du pénitencier. Il n'en savait pas davantage ; ça, et être fidèle à l'homme qui le nourrissait et qui lui montrait ce qu'il devait faire, et le moment et la manière de le faire. Si bien qu'après la mort de Fraser, il monta dans le camion du premier passant qui lui dit : « Allez, Monk, saute », exactement comme un chien abandonné, et arriva à Jefferson. Cette fois, c'était une station à essence, à deux ou trois miles de la ville ; il dormait là, sur un grabat, dans la pièce du fond, quand le grabat n'était pas déjà occupé par un client trop soûl pour s'en aller à pied ou en voiture ; et il finit par apprendre à faire marcher la pompe à essence et à rendre la monnaie, quoique le gros de son travail consistât à se rappeler où on avait enterré les bidons dans le sable, à cinq cents mètres de la station. Dès lors, on le voyait partout en ville, dans le costume de ville criard et bon marché qu'il troquait contre sa salopette — chemise de couleur qui passait au premier lavage, chapeau de paille enrubanné se dépenaillant à la première averse, chaussures zébrées tombant en morceaux sur ses pieds, — affable, indifférent aux insultes, bavard pour peu qu'on veuille l'écouter, avec son visage à la fois rusé et obtus, futé et rêveur, un peu pâteux, même sous le hâle, comme sous l'effet bizarre d'un imparfait accord entre le bon sens et la ratiocination. Ça faisait déjà sept ans qu'on le connaissait en ville, quand un samedi à minuit, on trouva le mort (personne n'en fut affligé, mais comme je vous l'ai déjà dit, Monk n'avait ni amis, ni argent, ni avocat) étendu par terre derrière la station à essence, et Monk debout à côté de lui, un revolver à la main — il y avait aussi là deux autres hommes qui avaient passé toute la soirée avec le défunt — essayant de faire comprendre à ceux qui le maintenaient, puis au shérif, qu'il avait on ne sait quoi à leur dire, d'une voix chaleureuse, vibrante même, comme si la barrière derrière laquelle il vivait depuis vingt-cinq ans venait d'être rompue par le bruit de la détonation, comme si, passant par-dessus le corps étendu à ses pieds, il avait enfin réussi à franchir le gouffre qui le séparait des vivants.

Car la mort n'avait guère plus de signification pour Monk que pour un animal — celle de l'homme étendu à ses pieds pas plus que celle du gardien ou que la sienne, plus tard. La chose à ses pieds n'était qu'une chose qui avait cessé de marcher, de manger, de parler, qui, par conséquent, ne pouvait plus faire ni de bien ni de mal à personne ; de toute façon, ç'avait cessé d'être bon ou utile. La notion de perte, de finalité irrévocable, lui était étrangère. Il en était chagriné, sans plus. Je ne crois pas qu'il se soit rendu compte que cet homme, en s'affalant, avait mis en train une machinerie punitive, causé une perturbation, dont quelqu'un aurait à supporter les conséquences. Car il ne nia jamais qu'il fût le coupable, quoique à vrai dire il n'eût rien gagné à protester de son innocence, puisque les deux compagnons du mort étaient là pour le charger. Mais jamais il ne songea à nier quoi que ce soit, seulement il demeura toujours incapable d'expliquer au juste ce qui s'était passé, ou quel avait été le motif de la querelle, ou même par la suite d'indiquer (comme je l'ai déjà dit) où la chose avait eu lieu, et qui était l'homme qu'il avait tué, allant même jusqu'à affirmer (comme je l'ai dit aussi) que la victime n'était autre qu'un passant qui se trouvait alors dans la foule qui l'avait suivi jusqu'au bureau du juge de paix. Non, il s'efforçait seulement de formuler tout ce qui avait pu s'amasser en lui depuis vingt-cinq ans et dont il venait alors seulement de trouver l'occasion (les mots peut-être) de se libérer ; mais ce ne fut que cinq ans plus tard, sous le gibet, que cela (ou autre chose) lui sortit enfin du gosier, lui permettant enfin d'établir ce contact avec la vieille, féconde, pondérable terre en gésine, qu'il avait toujours désiré sans jamais avoir réussi à en parler, parce que ce n'était qu'alors, et alors seulement, qu'on venait de lui apprendre à formuler l'objet de son désir. Il tâchait de le dire au shérif qui vint l'arrêter et au juge de paix qui le fit écrouer ; debout, au tribunal, il avait l'expression de quelqu'un qui attend de pouvoir parler, quand il entendit la lecture de la sentence : ... *contre la paix et la dignité de l'État souverain du Mississippi, que ledit Monk Odlethrop a délibérément commis avec malice et préméditation,* et s'écria soudain, d'une voix de fausset, d'une voix aiguë, dont le son, en s'atténuant, laissa sur son visage une expression d'étonnement et de stupeur identique à celle qui avait marqué tous nos visages : « Je m'appelle pas Monk, je m'appelle Stonewall Jackson Odlethrop. »

Vous voyez ? Si c'était là son vrai nom, cela faisait plus de vingt ans qu'il ne l'avait pas entendu, depuis la mort de sa grand-mère (si c'était bien sa grand-mère) ; et néanmoins il était incapable de se remémorer les circonstances d'un crime qu'il avait commis un mois auparavant. Et il n'aurait pas pu l'inventer : Il n'aurait pas pu savoir qui était Stonewall Jackson[1] pour avoir lui-même choisi ce nom. Il était allé pendant un an à l'école communale. C'était sans doute le vieux Fraser qui l'y avait envoyé, mais il n'y était pas resté. Peut-être même le travail élémentaire de l'école communale était-il au-dessus de son niveau. Il en parla à mon oncle quand il fut question de le gracier. Il ne se rappelait pas exactement quand il y avait été ni l'endroit où elle se trouvait ni pourquoi il l'avait quittée. Il se rappelait seulement y avoir été, parce qu'il s'y était plu. La seule chose dont il se souvînt était qu'ils lisaient ensemble à haute voix. Il ne savait pas ce que le livre disait ; même à présent, il ne savait pas écrire son nom. Mais il disait qu'il était bien agréable de tenir le livre ouvert et d'entendre toutes les voix réciter en chœur

1. Général de l'armée du Sud pendant la guerre de Sécession (*N.d.T.*).

et puis de sentir (il disait qu'il était incapable d'entendre sa propre voix) sa voix résonner à l'unisson avec celles des autres, d'après la façon dont la gorge lui tintait, disait-il. Ainsi, il n'avait jamais pu entendre parler de Stonewall Jackson. Mais le fait n'en restait pas moins là, comme un signe héréditaire que lui aurait légué tout un peuple qui s'était lui-même condamné à devenir paria, comme un âcre relent de l'orgueil d'un sol indomptable et invaincu, des hommes et des femmes qui le foulaient et y dormaient à jamais.

On le condamna à la détention perpétuelle. Ce fut un des procès les plus expéditifs qui aient eu lieu dans notre comté : personne, comme je l'ai dit, ne regrettait le mort, et personne, à part mon oncle Gavin, ne semblait s'intéresser à Monk. Il n'avait jamais pris le train auparavant. Il monta donc dans le wagon, le poignet rivé à celui du shérif, dans une salopette neuve, dont quelqu'un, peut-être même l'État souverain dont il avait offensé la paix et la dignité, lui avait fait présent, coiffé d'un simili panama encore flambant neuf, rehaussé d'un ruban criard (ce n'était que le premier juin et il venait de passer six semaines en prison) dont il avait fait l'emplette au cours de la semaine qui avait précédé la nuit fatale du samedi. Il était assis dans le wagon du côté de la fenêtre, et de là il tournait vers nous son visage épais, ahuri, déformé, nous faisant des petits signes d'adieu avec les doigts, restant accoudé à la fenêtre de son bras libre jusqu'à ce que le train, énorme, cahotant, s'étant ébranlé, prenant peu à peu de la vitesse, faisant grincer ses passerelles de métal, l'eût arraché à notre vue, se scellant aussi hermétiquement sur lui, nous communiquant une impression aussi définitive et plus irrévocable encore que si nous avions vu les portes du pénitencier se refermer sur lui pour ne jamais plus se rouvrir, le visage se retournant vers nous, se penchant pour ne pas nous perdre de vue, pâle et menu derrière la vitre crasseuse et toujours empreint du même air perplexe, mais calme néanmoins, grave, sérieux et absolument dépourvu d'appréhension. Cinq ans plus tard un des deux compagnons de l'homme qui avait été tué dans la nuit du samedi confessa, sur le point de mourir de pneumonie et de whisky, que c'était lui qui avait tiré, et qu'il avait glissé le revolver dans la main de Monk, en disant : « Regarde, Monk, ce que tu viens de faire. »

Mon oncle Gavin obtint sa grâce ; il fit toutes les démarches nécessaires, rédigea la pétition, se rendit au Capitole, la fit signer et valider par le gouverneur, la porta lui-même au pénitencier et annonça à Monk qu'il était libre. Et Monk le dévisagea un bon moment sans comprendre de quoi il s'agissait, puis fondit en larmes. Il ne voulait pas s'en aller. À présent, on lui avait donné un poste de confiance ; il avait reporté sur le garde tout le dévouement de chien fidèle qu'il avait contracté à l'égard du vieux Fraser. Il n'avait jamais appris à bien faire quoi que ce soit, sauf à fabriquer et vendre du whisky, mais après être venu à la ville, il avait tout de même appris à balayer la station à essence ; alors c'est ce qu'il faisait maintenant là où il était ; sa vie à présent devait être quelque peu semblable à celle qu'il menait du temps où il allait à l'école. Il balayait la maison du gardien, et s'occupait, comme une femme, du ménage, et la femme du gardien lui avait appris à tricoter. Les larmes aux yeux, il montra à mon oncle le chandail qu'il était en train de tricoter pour l'anniversaire du garde et qu'il n'aurait pas fini avant plusieurs semaines.

Mon oncle Gavin rentra alors chez lui. Il remporta la grâce sans la détruire, parce qu'elle avait été enregistrée et que, disait-il, il fallait encore voir si la loi permettait de renvoyer quelqu'un du bagne, comme de l'école. Mais je crois qu'il espérait, malgré tout, qu'un jour Monk changerait d'avis; je crois qu'il la garda pour cette éventualité. En effet, Monk se libéra bientôt lui-même, sans aide d'aucune sorte. Et cela, moins d'une semaine après que l'oncle Gavin eut été lui parler. Je crois que l'oncle Gavin n'avait même pas encore eu le temps de décider où il allait ranger le papier, quand on annonça la nouvelle. Les journaux de Memphis la tirèrent en grosses manchettes le lendemain, mais nous avions déjà été prévenus, pendant la nuit, par téléphone : Monk Odlethrop, au cours d'une tentative d'évasion qu'il était apparemment en train de diriger, avait tué le garde de sang-froid avec le propre revolver de celui-ci. Cette fois, cela ne faisait aucun doute : une cinquantaine d'hommes avaient été témoins du fait, et ce furent d'autres prisonniers qui le maîtrisèrent et lui enlevèrent le revolver de la main. Oui, Monk, l'homme qui, une semaine auparavant, avait pleuré quand l'oncle Gavin lui avait dit qu'il était libre, dirigeant une tentative d'évasion et perpétrant un assassinat (sur la personne de l'homme pour qui il tricotait le chandail qu'il demandait la permission de terminer, les larmes aux yeux), avec un tel sang-froid que ses complices s'étaient retournés contre lui.

L'oncle Gavin alla de nouveau lui rendre visite. Cette fois il était relégué dans la cellule des condamnés à mort. Il était toujours en train de tricoter son chandail. Il savait bien tricoter, dit l'oncle Gavin, et le chandail était presque terminé. « J'ai plus que trois jours, dit Monk. Alors, j'ai pas de temps à perdre.

— Mais pourquoi? dit l'oncle Gavin. Pourquoi? Pourquoi as-tu fait ça? » Les aiguilles à tricoter, dit-il, allaient leur train sans heurt, sans hésitation, et Monk le regardait de son air serein, chaleureux, exalté presque. Parce qu'il n'avait aucune idée de ce que c'était que la mort. Je ne crois pas qu'il ait jamais songé qu'il y eût un rapport quelconque entre la charogne étendue à ses pieds dans la nuit du samedi et l'homme qu'il avait vu marcher et parler l'instant d'auparavant, entre celle qui s'était effondrée dans la cour et l'homme pour qui il était en train de tricoter un chandail.

— J' savais bien qu'il fallait pas en fabriquer et en vendre, du whisky, dit-il. J' savais bien que c'était pas ça. Seulement, moi...

Il leva les yeux vers l'oncle Gavin. Son regard restait toujours serein, mais, pendant un moment, il eut l'air de chercher quelque chose : ce n'était pas de l'étonnement ou de l'incertitude ; il semblait simplement chercher quelque chose à tâtons, dans le noir.

— Seulement quoi? dit l'oncle Gavin. C'était le whisky qui était pas ça? Était quoi? Quoi, ça?

— Non. Pas ça. » Monk regarda l'oncle Gavin. « J' pense au jour que j' suis monté dans le train, et le type avec la casquette qui passait sa tête par la porte et qui criait de temps en temps, et moi, j' disais : "C'est ici ? C'est ici qu'on descend ?" Et le gendarme, il répondait : Non. Seulement moi, si j'avais été là et qu'y avait pas eu de gendarme pour me répondre, et que le type était arrivé et s'était mis à crier, moi j' serai...

— Descendu là où il ne fallait pas ? C'est bien ça ? Et maintenant tu sais ce qu'il faut faire, tu sais où il faut aller ?

— Oui, dit Monk. Oui, maintenant j' sais ce qu'il faut faire ?

— Quoi donc ? Qu'est-ce qu'il faut faire ? Qu'est-ce qu'on t'a dit que tu ne savais pas auparavant ?

Il finit par le leur dire. Il monta sous le gibet trois jours plus tard, et il se plaça à l'endroit où on lui dit de se placer, et pencha docilement la tête de côté (sans même qu'on le lui ait demandé) pour qu'ils puissent nouer la corde plus facilement, sans jamais se départir de son air serein, exalté, et avec la mine de quelqu'un qui attend de pouvoir parler, jusqu'au moment où ils s'écartèrent de lui. Il prit, sans doute, leur mouvement pour un signal, parce qu'il dit, tout d'un coup :

— J'ai péché contre le bon Dieu et contre les hommes, mais maintenant, vrai, je l'ai bien payé avec ma souffrance. Et maintenant... » Il prononça le reste avec force, paraît-il, d'une voix haute et claire. Ses paroles durent lui donner du cœur, et lui paraître d'autant plus irréfutables et éclatantes qu'il parlait maintenant sous le capuchon noir qu'on venait de lui rabattre par-dessus la tête. « Et maintenant, je m'en vais dans le vaste monde où on est libre de travailler la terre.

Vous voyez ? Rien ne colle dans cette histoire. Même en admettant qu'il n'ait pas su qu'il était sur le point de mourir, ses paroles n'en restent pas moins dépourvues de sens. Le travail de la campagne ne devait guère lui être plus familier que Stonewall Jackson ; il ne s'y était certainement jamais adonné lui-même. Il le connaissait, naturellement, le coton, le maïs dans les champs, les hommes au travail. Mais il ne devait pas avoir eu envie de s'y mettre lui-même, sinon il l'aurait fait, car ce n'étaient pas les occasions qui manquaient. Pourtant, il se retourne et tue le seul homme qui lui ait montré de l'amitié et qui, sciemment ou non, lui ait rendu à peu près supportable une vie d'enfer, l'homme sur qui il avait reporté toute la fidélité de chien, tout l'amour dont il était capable, et pour lequel, une semaine auparavant, il avait refusé sa grâce, et la raison ? Parce qu'il voulait retourner dans le vaste monde et travailler la terre. Et ce changement soudain se serait produit en l'espace d'une semaine, après qu'il eut été, pendant cinq ans, plus hermétiquement coupé et isolé du monde extérieur que s'il eût été cloîtré parmi des nonnes. Oui, en admettant que tel eût pu être l'enchaînement logique des idées qu'il avait pu concevoir, lui qui avait tant de mal à concevoir quoi que ce soit, en admettant qu'elles eussent été assez puissantes pour le pousser à tuer son seul ami (oui, le revolver appartenait bien au gardien ; nous le sûmes par la suite : le gardien le laissait toujours à la maison, paraît-il ; un jour il disparut, et le gardien, pour empêcher la nouvelle de se répandre, et imaginant que le coupable ne pouvait être que son cuisinier nègre, autre forçat privilégié, le fit rouer de coups pour le faire avouer. Puis, Monk trouva tout seul le revolver à l'endroit où le gardien se souvint alors de l'avoir lui-même caché, et le lui rapporta) — même en admettant tout cela, comment donc ce besoin, ce désir de travailler la terre avait-il pu se frayer un chemin jusqu'à lui ? Voilà ce que je disais à l'oncle Gavin.

— Si, ça colle tout de même, dit l'oncle Gavin. Seulement nous n'avons pas encore le fin mot de l'histoire. Eux non plus, d'ailleurs.

— Eux non plus ?

— Oui. Ce n'est pas l'homme qui a assassiné Gambrell qu'ils ont pendu. Ils ont tout juste crucifié le revolver.

— Que voulez-vous dire ? demandai-je.

— Je n'en sais rien. Peut-être n'en saurai-je jamais rien. Jamais rien, probablement. Mais ça colle, comme tu dis, quelque part, d'une manière ou d'une autre. C'est trop bouffon, après tout, pour pouvoir être seulement attribué même aux circonstances, et encore moins à un vulgaire idiot en chair et en os. Mais, probablement, la dernière clownerie des circonstances fera que nous n'en saurons jamais rien.

Mais nous finîmes par le savoir. L'oncle Gavin le découvrit par hasard, mais il ne le raconta qu'à moi et je vais vous dire pourquoi.

À cette époque, nous avions pour gouverneur un homme d'origine obscure, dont les antécédents étaient presque aussi vagues que ceux de Monk, un politicien, un homme retors, qui (certains d'entre nous, comme l'oncle Gavin, et d'autres un peu partout dans l'État, le craignaient) irait loin, s'il vivait assez longtemps pour cela. Trois ans environ après la mort de Monk, il proclama une sorte de jubilé. Il fixa une date où la Commission des Grâces devait se réunir au pénitencier et laissa entendre qu'il ferait grâce à certains prisonniers, un peu comme le roi anglais qui célèbre son anniversaire en procédant à des distributions de titres et de jarretières. Évidemment, l'Opposition ne manqua pas de dire qu'il mettait ouvertement les grâces à l'encan, mais l'oncle Gavin, lui, n'était pas de cet avis. Il disait que le gouverneur était plus habile que cela, que les élections devaient avoir lieu l'année suivante, et que le gouverneur voulait non seulement gagner des voix parmi les familles des détenus qu'il allait gracier, mais aussi tendre un piège aux puristes et aux moralistes qui tâcheraient de le convaincre de forfaiture et de corruption, pour les faire échouer, faute de preuves suffisantes. Mais on savait que la Commission des Grâces lui était entièrement acquise, et l'Opposition ne put protester contre cet état de choses qu'en formant des comités pour assister aux séances, ce à quoi le gouverneur — oh ! il était habile — donna son plein assentiment, poussant la courtoisie jusqu'à leur payer leurs frais de transport. L'oncle Gavin était un des délégués de notre comté.

Il raconta qu'on remit à chacun des délégués officieux une copie de la liste des détenus susceptibles d'être graciés (ceux, j'imagine, qui avaient suffisamment d'électeurs dans leur famille pour bénéficier d'une pareille remise), portant en regard de chaque nom le crime, la sentence, la peine qu'ils avaient déjà purgée, leur conduite, etc. Cela se passait dans le réfectoire ; il avait pris place, raconta-t-il, avec les autres délégués sur des bancs de bois sans dossier rangés contre un mur, tandis que le gouverneur et sa Commission s'étaient installés devant une table, sur l'estrade où les gardiens s'asseyaient pendant le repas des prisonniers, quand on fit entrer les hommes en bon ordre et on leur dit de faire halte. Le gouverneur appela alors le premier nom inscrit sur la liste et dit à l'homme de s'avancer vers la table. Mais personne ne bougea. Ils se pressaient les uns contre les autres dans leurs salopettes rayées, chuchotant entre eux, tandis que les gardiens commençaient à crier à l'homme de sortir des rangs et que le gouverneur, relevant les yeux de la feuille qu'il tenait à la main, les contemplait en haussant les sourcils. Alors, quelqu'un s'écria de derrière la foule : « Terrel va parler pour nous, gouverneur. On l'a élu pour parler pour nous. »

L'oncle Gavin ne leva pas tout de suite les yeux. Il parcourut la liste jusqu'à ce qu'il ait trouvé le nom : *Terrel, Bill. Homicide involontaire. Vingt ans. Incarcéré le 9 mai 19.. Demande de grâce formulée en janvier 19.. Veto du garde C.L. Gambrell. Demande de grâce formulée en septembre 19.. Veto du garde C.L. Gambrell. Conduite : mauvaise tête.* Alors il leva les yeux et vit Terrel se détacher de la foule et s'approcher de la table — un homme de haute stature, un homme gigantesque, au visage sombre, au nez en bec d'aigle, comme un Indien, sauf ses yeux jaune pâle et sa tignasse noire en broussaille, qui s'avança à grands pas vers la table, avec un curieux mélange d'arrogance et de servilité, et, avant même qu'on lui ait dit de parler, déclara d'une voix bizarre, aiguë, chantonnante, imbue de la même arrogance abjecte : « Votre Honneur et mes bons messieurs, oui, on a péché cont' Dieu et cont' les hommes, mais maintenant, vrai, on l'a bien payé de not' souffrance. Et, maintenant, on veut retourner dans le vaste monde où on est libre de travailler la terre. »

Terrel n'avait pas fini de parler que mon oncle Gavin était déjà sur l'estrade, se penchant par-dessus la chaise du gouverneur ; le gouverneur tourna son petit visage gras et rusé vers l'oncle Gavin et le fixa d'un œil impassible, spéculatif, sans avoir l'air autrement surpris par sa demande et par son agitation.

— Renvoyez cet homme un moment, dit l'oncle Gavin. J'ai à vous parler en particulier.

Le gouverneur regarda un instant l'oncle Gavin, la Commission de marionnettes le regardait aussi, d'un air tout à fait vide, dit l'oncle Gavin.

— Mais certainement, M. Stevens, dit le gouverneur.

Il se leva et suivit l'oncle Gavin jusqu'au mur, sous les barreaux de la fenêtre, tandis que l'homme, Terrel, ayant soudain redressé la tête, se tenait là sans esquisser le moindre mouvement, fixant l'oncle Gavin de ses yeux jaunes que la lumière tombant de la fenêtre faisait flamber comme deux allumettes.

— Gouverneur, cet homme est un assassin, dit l'oncle Gavin.

Le visage du gouverneur resta immobile.

— Homicide involontaire, M. Stevens, dit-il. Homicide involontaire. En tant que simples citoyens et citoyens honorables de cet État, dont nous ne sommes que les humbles serviteurs, vous et moi pouvons certainement faire confiance au verdict d'un jury du Mississippi.

— Ce n'est pas ce que je veux dire, dit l'oncle Gavin. » Il dit cela d'un trait, raconta-t-il, aussi rapidement que possible, comme si le moindre délai risquait de faire disparaître Terrel; il raconta qu'il avait terriblement peur que le petit homme impénétrable, affable, qui se tenait devant lui, soustraie Terrel comme par magie à son châtiment, pour peu que cela ne rentrât dans les calculs amoraux de sa froide et inexorable ambition. « Je parle de Gambrell et de l'idiot qui a été pendu. Cet homme-là les a tués tous les deux, aussi sûrement que s'il avait lui-même appuyé sur la gâchette et ouvert la trappe. »

Le visage du gouverneur restait toujours immobile. « Voilà une accusation fort curieuse, pour ne pas dire sérieuse, dit-il. Naturellement, vous avez la preuve de ce que vous avancez?

— Non, mais cela ne tardera pas. Laissez-moi dix minutes seul avec lui. Il sera forcé de m'en donner la preuve.

— Ah! » fit le gouverneur.

Puis son regard se perdit dans le vague pendant une bonne minute. Quand il releva la tête, son expression n'avait toujours pas changé, et pourtant il avait l'air d'avoir essuyé quelque chose de son visage, comme il aurait pu le faire physiquement avec un mouchoir. (« Tu comprends, il me faisait un compliment, me dit l'oncle Gavin. Sur mon intelligence. Maintenant il disait toute la vérité. C'était le plus grand compliment dont il fût capable. »)

— À quoi pensez-vous que ça puisse servir? demanda-t-il.

— Vous voulez dire... » commença l'oncle Gavin. Ils se regardèrent en silence. « Alors vous allez le relâcher comme ça, dans la rue, dans l'État, dans le pays, rien que pour gagner quelques voix?

— Pourquoi pas? S'il tue quelqu'un d'autre, il pourra toujours revenir ici. »

Ce fut maintenant au tour de l'oncle Gavin de réfléchir pendant une minute, mais il ne baissa pas les yeux.

— Et si je répétais ce que vous venez de me dire? Je n'en aurais pas non plus la preuve, mais on me croira. En ce cas...

— Je perdrais des voix? En effet. Mais voyez-vous, ces voix-là, je les ai déjà perdues, parce que je ne les ai jamais eues. Vous voyez? Vous me forcez à faire quelque chose qui pourrait être, sait-on jamais, contre mes principes. Mais peut-être ne m'accordez-vous pas de principes? » À présent, dit l'oncle Gavin, le gouverneur le contemplait d'un œil presque amical, presque apitoyé — avec curiosité, en tout cas. « M. Stevens, vous êtes un gentleman, comme aurait dit mon ancêtre. Il vous aurait craché le mot à la figure, car il détestait les gens de votre espèce, et même à l'occasion, il n'aurait pas manqué de s'embusquer derrière une haie pour tirer sur votre cheval à votre passage — oui, par principe. Et vous voilà, en plein XXe siècle, en train d'essayer d'introduire dans la politique des notions qui avaient cours en 1860. Non, au XXe siècle, la politique est une sale affaire. Et quelquefois je me prends à penser qu'en fait, tout le XXe siècle est une sale affaire, une affaire malodorante qui doit taper quelque part là-haut dans le nez du Créateur. Mais là n'est pas la question. » Il se retournait déjà, prêt à regagner la table, vers la pièce remplie de visages aux aguets. « C'est un conseil, je ne dirai pas d'ami, mais que je vous donne dans votre intérêt. Laissez cette histoire-là tranquille.

Comme je vous l'ai dit, si, après qu'on l'eut relâché, il tue quelqu'un d'autre, comme c'est probable d'ailleurs, il pourra toujours revenir ici.

— Pour être gracié, de nouveau, dit l'oncle Gavin.

— Sans doute. Les coutumes ne changent pas si vite, vous savez.

— Mais vous ne voyez pas d'inconvénient à ce que je lui parle en particulier, n'est-ce pas ?

Le gouverneur s'arrêta un moment et se retourna vers lui, toujours courtois, toujours affable :

— Comment donc ! Naturellement, M. Stevens. Je serai ravi de pouvoir vous être utile à quelque chose.

On les mena dans une cellule, en compagnie d'un gardien qui se posta en face de la porte grillagée, un fusil à la main. « Soyez prudent, dit le gardien à l'oncle Gavin. Il n'est pas commode. Ne vous y fiez pas.

— Je n'ai pas peur », dit l'oncle Gavin. Il dit qu'il ne prenait même plus de précautions maintenant, quoique le gardien ne pût pas savoir de quoi il parlait. « J'ai encore moins de raisons d'avoir peur de lui que M. Gambrell, parce que à présent Monk Odlethrop est mort. » Ils restèrent ainsi face à face, entre les quatre murs de la cellule — d'un côté l'oncle Gavin, de l'autre le colosse qui avait l'air d'un Indien avec ses yeux jaunes et féroces.

— Alors, c'est vous, cette fois, qui me jetez des bâtons dans les roues », dit Terrel, de cette voix bizarre, chantonnante, presque geignarde. Nous avions entendu parler de son histoire à lui aussi ; elle avait paru dans les faits divers du Mississippi, et de plus ça s'était passé pas très loin de chez nous : Terrel, lui non plus, n'était pas un paysan. Oncle Gavin disait qu'il avait compris que c'était là l'essentiel, avant même de se rendre compte que Terrel avait prononcé exactement les mêmes paroles que Monk sous le gibet, des paroles que Terrel ne pouvait pas avoir entendues, dont il n'avait jamais pu avoir connaissance; pas tant la similarité des paroles que le fait que ni Monk ni Terrel n'avaient jamais nulle part travaillé la terre. Il y avait aussi une station à essence dans son histoire à lui, mais, cette fois, près d'une voie de chemin de fer, et à l'enquête, le serre-frein d'un train de marchandises déclara qu'il avait vu, dans la nuit, deux hommes sortir des buissons et courir vers le train, en portant quelque chose qui, par la suite, s'avéra être un homme (le serre-frein fut incapable de dire s'il était mort ou vivant) et le lancer sous les roues du train. La station à essence appartenait à Terrel, on put prouver qu'il y avait eu une bagarre, et Terrel fut arrêté. Il commença par nier qu'il se fût battu, puis il nia que le défunt eût été mêlé à l'histoire, puis il finit par déclarer que le défunt avait séduit sa fille (la fille de Terrel), que son fils (le fils de Terrel) avait tué l'homme en question, et que lui avait simplement essayé de détourner les soupçons qui auraient pu peser sur son fils. Le fils et la fille lui opposèrent un démenti catégorique, le fils put prouver un alibi, et Terrel fut traîné hors des assises en couvrant ses enfants d'imprécations.

— Un moment, dit l'oncle Gavin. Je vais d'abord te poser une question. Qu'as-tu dit exactement à Monk Odlethrop?

— Rien, répondit Terrel. Je lui ai rien dit du tout.

— C'est bon, dit l'oncle Gavin. C'est tout ce que je voulais savoir. » Il se tourna vers le gardien de l'autre côté de la porte, et lui dit : « C'est fini. Vous pouvez nous laisser sortir.

— Attendez », dit Terrel. L'oncle Gavin se retourna. Terrel se dressait devant lui, comme auparavant, de toute sa taille, maigre et osseux dans sa salopette rayée, le fixant de ses yeux jaunes, féroces, sans fond, et parlant toujours de sa voix un peu geignarde et chantonnante. « Qu'est-ce que j'ai bien pu vous faire, pourquoi voulez-vous me garder sous les verrous ? Vous, vous êtes riche, libre, vous pouvez aller où vous voulez, tandis que moi, j' dois... » Il se mit alors à crier. Il criait, disait l'oncle Gavin, sans jamais hausser le ton, et le gardien ne pouvait pas l'entendre dans le corridor. « Rien du tout, j' vous dis ! J' lui ai jamais rien dit. » Mais, cette fois, l'oncle Gavin n'eut même pas le temps de faire demi-tour vers la porte. Terrel, dit-il, sans faire le moindre bruit, le dépassa en deux enjambées et jeta un coup d'œil dans le corridor. Puis, faisant volte-face, il regarda l'oncle Gavin. « Écoutez, dit-il. Si je vous dis la vérité, vous me jurez de ne pas voter cont' moi ?

— Oui, dit l'oncle Gavin. Je ne voterai pas cont' toi, comme tu dis.

— Mais comment être sûr que vous ne mentez pas ?

— Ah ! ça, dit l'oncle Gavin. Pour être sûr, il faut en courir le risque. » Ils se dévisagèrent. Terrel baissait les yeux à présent ; l'oncle Gavin dit qu'il avait une main étendue devant lui et qu'il (l'oncle Gavin) voyait ses articulations blanchir à mesure que Terrel la refermait.

— On dirait qu'il n'y a pas moyen de faire autrement, dit-il. On dirait vraiment qu'il y a pas de moyen de faire autrement. » Et il leva les yeux; puis il se mit de nouveau à vociférer, sans faire plus de bruit qu'auparavant. « Mais si vous me trompez, et que je sorte jamais d'ici, prenez garde, vous entendez, prenez garde.

— Tu me menaces? dit l'oncle Gavin. Toi, ici, dans ta salopette rayée, avec un mur derrière toi et cette porte verrouillée devant, et un homme avec un fusil de l'autre côté? Tu veux rire.

— J' veux rien du tout », dit Terrel. Il était presque larmoyant. « Tout ce que j'veux, c'est qu'on me rende justice. C'est tout. » Puis il recommença à crier, de sa voix contenue, en fixant d'une manière un peu trop apparente ses articulations livides, contractées. « J' l'ai demandé deux fois. J'ai demandé deux fois qu'on me rende justice et qu'on me relâche. Mais c'était lui; c'était toujours lui; et il savait bien que j' le savais. J' lui avais bien dit que j'allais... » Il s'arrêta tout à coup de parler, aussi brusquement qu'il avait commencé; l'oncle Gavin disait qu'il pouvait l'entendre respirer et souffler.

— C'était Gambrell, hein? dit l'oncle Gavin. Continue.

— Oui, j' lui avais bien dit qu'il y couperait pas. J' lui avais bien dit. Parce qu'il se fichait de moi. Il n'avait pas besoin de faire ça. Il n'avait qu'à voter cont' moi et me fiche la paix. Il n'avait pas besoin de rire. Il disait que je resterais ici aussi longtemps qu'il serait là pour me garder, et qu'il était là pour le restant de sa vie. Et c'est juste. Il est resté ici toute sa vie. Toute sa vie, ni plus ni moins, qu'il est resté ici. » Mais il ne riait pas, disait l'oncle Gavin. Ce n'était pas un rire.

— Oui. Alors tu as dit à Monk...

— Oui, j' lui ai dit. J' lui ai dit qu'on était tous ici, nous aut' pauv' gens de la campagne qui n'y connaissons rien à rien et qui avons jamais eu not'chance. Que le bon Dieu, il avait voulu qu'on vive en plein air dans le vaste monde, où on est libre de travailler Sa terre pour Lui; seulement, nous aut', on était pauv' et pas éduqués et on n'en savait rien, et les riches, eux, ils ne nous le disaient que quand il était trop tard. Qu'on était des pauv' gens de la campagne qui connaissons pas grand-chose, qui avons jamais vu de train de notre vie, qu'on nous faisait monter dans le train et que, là, personne ne voulait nous dire où il fallait descendre pour aller dans le vaste monde et travailler la terre, comme le bon Dieu l'avait voulu, et que c'était l'*autre* qui nous en empêchait, qui nous retenait prisonniers, hors du vaste monde, et se moquait de nous cont' la volonté du bon Dieu. Mais je lui ai jamais dit de faire ça. J'ai dit seulement, « on peut pas s'en aller maintenant, parce qu'on n'a pas de revolver. Mais si un de nous avait un revolver, on pourrait s'en aller dans le vaste monde et on pourrait travailler la terre, parce que c'est ce que le bon Dieu voulait qu'on fasse, et c'est ce que nous-mêmes on veut faire. C'est-y pas ça qu'on veut faire ? » Et lui il a dit : « Oui, c'est ça. C'est bien ça. » Et moi j'ai dit : « Seulement, nous, on n'a pas de revolver. » Et lui il a dit : « Je pourrais en avoir un, de revolver. » Et moi j'ai dit : « Alors on pourra s'en aller dans le vaste monde, parce qu'on a péché cont' le bon Dieu, seulement c'était pas de not' faute, parce qu'on nous a jamais dit ce qu'Il voulait qu'on fasse. Mais maintenant on sait ce que c'est, parce qu'on veut s'en aller dans le vaste monde et travailler la terre du bon Dieu. C'est tout ce que je lui ai dit. J' lui ai jamais dit de faire quoi que ce soit. Et maintenant vous pouvez aller leur dire. Ils n'ont qu'à me pendre aussi. Gambrell est pourri et ce crétin est pourri aussi, et autant pourrir sous terre que pourrir ici. Vous n'avez qu'à aller leur dire.

— Oui, dit l'oncle Gavin. Entendu. Tu seras libéré.

Pendant une minute, dit-il, Terrel resta immobile. Puis il demanda : « Libéré ?

— Oui, dit l'oncle Gavin. Libéré. Mais rappelle-toi une chose : tu m'as menacé tout à l'heure. Maintenant, c'est moi qui vais te menacer. Et moi je ne parle pas en l'air, c'est drôle, mais c'est comme ça. Je t'aurai à l'œil. Et la prochaine fois qu'il arrive quelque chose, que quelqu'un essaye de te mettre un crime sur le dos et que tu ne trouves personne pour dire que tu n'étais pas là, ni personne dans ta famille sur qui rejeter la faute... tu comprends ce que je veux dire ? » Terrel avait relevé les yeux vers lui quand il avait dit « libéré », mais maintenant il regardait de nouveau à terre. « Tu comprends ? répéta l'oncle Gavin.

— Oui, répondit Terrel. Je comprends.

— Entendu », dit l'oncle Gavin. Il se tourna vers la porte et appela le gardien. « Vous pouvez nous laisser sortir maintenant », dit-il. Il retourna au réfectoire, où le gouverneur était en train d'appeler les hommes un à un et de leur remettre leurs papiers et, de nouveau, le gouverneur s'interrompit un instant, contemplant l'oncle Gavin de son air suave, impénétrable. Il ne laissa pas à l'oncle Gavin le temps de parler.

— Vous avez réussi, à ce que je vois, dit-il.

— Oui. Vous voulez savoir...

— Non, cher monsieur, je vous remercie. Et je vous dirai même plus : je dois refuser. » Il le contempla une fois de plus, dit l'oncle Gavin, de son air chaleureux, amusé, apitoyé presque, et néanmoins profondément curieux et attentif. « J'ai vraiment l'impression que vous n'abandonnerez jamais tout à fait l'espoir de changer la façon dont les choses se passent. Pas vrai ? »

L'oncle Gavin dit qu'il attendit un moment avant de répondre. Puis il dit : « Oui. C'est vrai. Alors vous allez le relâcher comme ça? Vous allez vraiment le relâcher ? »

Alors, dit-il, l'expression de pitié, de sympathie s'effaça complètement, son visage avait repris son premier aspect : lisse, impénétrable, faux au possible.

— Mon cher M. Stevens, reprit le gouverneur. Vous m'avez déjà convaincu, mais moi je ne fais que présider cette réunion; ce sont ces Messieurs qui décident. Vous pensez pouvoir les convaincre ? » Et l'oncle Gavin dit qu'il les enveloppa d'un coup d'œil, les sept ou huit têtes identiques de ces colonels-marionnettes que le gouverneur fabriquait en série par bataillons entiers.

— Non, répondit l'oncle Gavin. Je ne peux pas ». Puis il s'en alla. On était en pleine matinée, et il faisait chaud, mais il n'en prit pas moins sur-le-champ le chemin de Jefferson, chevauchant à travers la vaste campagne où la chaleur créait comme un mirage, entre le coton et le maïs qui poussaient en toute quiétude dans les arpents éternellement féconds de Dieu, et n'en continueraient pas moins de croître malgré l'injustice et la corruption présentes. Il était content de la chaleur, disait-il; content d'être en sueur, de suer à grande eau, de chasser hors de lui le goût et l'odeur de l'endroit qu'il venait de quitter.

SANS RELÂCHE

L'oncle Gavin n'avait pas toujours été procureur du comté. Mais comme cela faisait plus de vingt ans qu'il l'était, il n'y avait que les vieux, et encore, pour se rappeler qu'à une époque il avait rempli d'autres fonctions. Car, à vrai dire, cela n'avait duré que le temps de s'occuper d'une seule affaire.

Il était encore jeune à cette époque, vingt-huit ans, et venait de sortir l'année précédente de l'École de Droit de l'État où, sur la demande de grand-père, il s'était inscrit à son retour de Harvard et de Heidelberg; et il avait offert de prendre l'affaire en main, n'ayant pas eu trop de peine à persuader grand-père de le laisser faire à sa guise, parce que tout le monde était convaincu que l'issue du procès ne faisait aucun doute.

Alors il s'était chargé de l'affaire. Il disait encore, bien des années après, que c'était la seule affaire dont il ait eu à s'occuper en tant que défenseur privé ou procureur public, qu'il eût jamais perdue tout en ayant la conviction que la justice et le bon droit se trouvaient de son côté. Mais on ne peut pas dire qu'il l'ait vraiment perdue — le procès, qui eut lieu aux assises d'automne, ayant dû être remis aux assises de printemps pour vice de procédure et s'étant terminé par un acquittement — l'accusé, un fermier solide, aisé, marié et père de famille de surcroît, nommé Bookwright, qui venait d'un lieu appelé Frenchman's Bend, au fin fond du sud-est du comté ; la victime, une espèce de brute fanfaronne répondant au nom de Buck Thorpe, mais que les jeunes gens qu'il avait assommés à coups de poing au cours des trois années qu'il avait passées à Frenchman's Bend, avaient surnommé Bucksnort[1] ; sans famille, qui était arrivé un beau jour d'on ne savait où, bagarreur avec ça, et joueur, et connu pour fabriquer du whisky sous le manteau. On l'avait, un jour, attrapé sur la route de Memphis avec un petit troupeau de bestiaux volés que leur propriétaire reconnut sur-le-champ. Il montra bien une facture, mais personne dans le pays n'en connaissait le signataire.

Et l'histoire elle-même était vieille comme le monde, tout à fait dépourvue d'originalité : la jeune fille de la campagne qui, à dix-sept ans, se laisse monter la tête par les vantardises, les fanfaronnades, les gageures, et les belles paroles ; le père qui tâche de lui faire entendre raison avec le succès qu'ont habituellement les parents ; puis l'interdiction, les visites interdites, l'inévitable enlèvement à minuit ; après quoi Bookwright tirait de son lit, à quatre heures du matin, Will Warner, juge de paix et premier magistrat du pays, et lui tendait son revolver en déclarant : « Je viens me constituer prisonnier. J'ai tué Thorpe il y a deux heures. » Et un voisin, nommé Quick, le

1. Daim reniflant (*N.d.T.*).

premier arrivé sur les lieux, trouva Thorpe avec son revolver à moitié tiré à la main ; et une semaine après que la nouvelle eut paru en entrefilet dans les journaux de Memphis, une femme, qui prétendait être l'épouse légitime de Thorpe, arriva à Frenchman's Bend avec son certificat de mariage pour tâcher de récupérer l'argent ou les biens qu'il pouvait avoir laissés.

On fut même surpris, je m'en souviens encore, de ce que la chambre des mises en accusation allât jusqu'à déclarer fondés les chefs d'accusation ; et quand le greffier lut l'acte d'accusation, les paris étaient à vingt contre un que le jury serait de retour avant dix minutes. Le procureur avait même confié l'affaire à un stagiaire, et les dépositions des témoins durèrent à peine une heure. Puis ce fut le tour de l'oncle Gavin de se lever, et je me rappelle l'air avec lequel il regarda le jury — les onze fermiers et boutiquiers, et le douzième aussi, le fermier qui devait lui gâcher son affaire : petit, maigriot, avec des cheveux gris clairsemés, et l'aspect physique de ces fermiers des collines, à la fois fragiles et usés par le travail, mais curieusement inaltérables, qui, à cinquante ans, deviennent soudain des vieillards, et cessent dès lors de donner prise au temps. L'oncle Gavin parlait avec calme, avec monotonie presque, sans déclamer, comme nous y avions été accoutumés par les cours d'assises ; seuls ses mots étaient un peu différents de ceux dont il devait se servir par la suite. Mais déjà, à l'époque, bien qu'il ne leur parlât que depuis un an, il savait parler de manière à se faire comprendre de tous les gens du pays — nègres, paysans des collines, riches planteurs de la plaine.

— Il y a plusieurs choses que nous autres, qui sommes nés dans ce pays, dans le Sud, avons appris dès notre naissance à tenir pour essentielles. Une des premières — pas la meilleure ; simplement une des premières — c'est que seule une vie peut payer pour la vie qu'elle a supprimée ; qu'une seule mort n'est complète qu'à moitié. S'il en est ainsi, nous aurions pu sauver deux vies, en empêchant l'accusé de quitter sa maison ; nous aurions pu en sauver une au moins, même si c'était au prix de sa vie que nous l'en avions empêché. Seulement nous ne l'avons pas su à temps. Et c'est de cela que je veux vous parler — non pas du défunt, de son caractère ou de la moralité de l'acte auquel il se livrait ; non pas pour savoir s'il s'agit d'un cas de légitime défense, si l'accusé a eu raison ou tort de trancher le débat en supprimant une vie humaine — mais de nous-mêmes qui sommes encore en vie, de tout ce que nous ignorons — de nous tous qui sommes des êtres humains, qui, au fond de nous-mêmes, voulons tous agir pour le mieux, sans causer de tort à personne ; des êtres humains avec tout un amas complexe de passions, de croyances et de sentiments humains, qu'il n'est pas en notre pouvoir d'accepter ou de refuser, qui ne pouvons qu'essayer de les vaincre ou de les mettre à profit pour agir selon notre conscience — cet accusé, lui aussi un être humain, avec le même amas complexe de passions, d'instincts et de croyances, qui avait un problème à résoudre — l'inévitable malheur de son enfant qui, avec l'emportement aveugle de la jeunesse — toujours cette complexité immémoriale qu'elle n'avait pas, elle non plus, volontairement choisie pour son lot — s'avérait incapable d'assurer sa propre sauvegarde — et ce problème, il l'a résolu, comme sa conscience le lui a dicté, avec toute l'énergie dont il était capable, sans demander aucun appui du dehors, en agissant conformément à la décision qu'il avait prise.

Il se rassit. Le stagiaire, après s'être levé de nouveau, se contenta de saluer le tribunal et se rassit à son tour. Nous ne sortîmes même pas de la pièce quand le jury se retira. Le juge lui-même resta à sa place. Et je me souviens encore du léger bruissement qui parcourut l'assistance comme un souffle, quand l'aiguille de l'horloge, au-dessus du tribunal, marqua que dix minutes, puis une demi-heure s'étaient écoulées; alors le juge fit signe à un huissier, lui chuchota quelques mots à l'oreille, l'huissier sortit de la pièce, revint, chuchota quelque chose à l'oreille du juge, et le juge se leva, frappa un coup de marteau, et ajourna la séance.

Je me dépêchai de rentrer à la maison pour avaler mon déjeuner et retourner en ville aussi vite que possible. Le bureau était désert. Même grand-père qui, pendaison ou pas pendaison, faisait toujours la sieste après déjeuner, fut le premier à retourner en ville; il était trois heures, et déjà tout le monde savait que le vote du jury de l'oncle Gavin restait en suspens en faveur de l'acquittement par onze voix contre une; puis l'oncle Gavin arriva en hâte, à son tour, et grand-père lui dit :

— Eh bien, Gavin, tu t'es arrêté de parler à temps; un peu plus, et c'est ton client et non pas le vote qui était en suspens.

— Ça en a tout l'air, monsieur, répondit l'oncle Gavin. » Mais il se tournait déjà vers moi, le regard pétillant, avec son visage fin et mobile et ses cheveux en broussaille qui commençaient déjà à blanchir. « Viens ici, Chick, me dit-il. J'ai besoin de toi un moment.

— Pourquoi ne demanderais-tu pas au juge Fraser de te laisser rétracter ton discours ? Tu pourrais alors demander à Charley de le résumer à ta place en deux mots, lança grand-père.

Mais nous étions déjà dehors, dans l'escalier. L'oncle Gavin s'arrêta à mi-chemin, comme au seuil d'une décision, puis, prenant son parti et mettant la main sur mon épaule, le regard plus pétillant et plus décidé que jamais.

— Ce n'est pas de jeu, dit-il. Mais ce ne sera pas la première fois qu'on aura eu recours à des moyens inavouables dans l'intérêt de la justice. Le jury est installé dans la pension de Mme Rouncewell, dans la chambre du fond, celle qui donne sur le mûrier, de l'autre côté. Si tu pouvais te glisser derrière dans la cour, sans qu'on te voie, et grimper sur l'arbre en faisant bien attention...

Personne ne m'aperçut. Mais moi je pouvais apercevoir, à travers les feuilles de mûrier agitées par le vent, ce qui se passait dans la pièce, et entendre ce qui s'y disait. Neuf jurés étaient affalés sur des chaises, à l'autre bout de la pièce, avec des airs furieux et dégoûtés, et M. Holland, le président du jury, debout, se penchait avec quelqu'un d'autre vers la chaise où, tout usé, parcheminé, était assis le petit homme des collines. Il s'appelait Fentry. Je me souvenais de tous leurs noms, parce que j'avais maintes fois entendu l'oncle Gavin dire que chez nous, pour réussir, en politique ou en droit, on n'avait pas besoin d'avoir la langue bien pendue ni même d'être intelligent; qu'il suffisait d'avoir la mémoire des noms. Mais de toute façon je n'aurais pas pu oublier ce nom-là, Stonewall Jackson — Stonewall Jackson Fentry.

— Pourtant, vous admettez qu'il était en train d'enlever la fille de Bookwright, qui a dix-sept ans, disait M. Holland. Vous admettez que, lorsqu'on l'a trouvé, il avait un revolver à la main ? Vous admettez qu'à peine était-il enterré, une femme est venue prouver qu'il était déjà marié ? Vous admettez que c'était non seulement un vaurien, mais un bandit et que si ça n'avait pas été Bookwright, il se serait trouvé tôt ou tard quelqu'un d'autre pour lui régler son compte, et que Bookwright n'a simplement pas eu de chance ?

— Oui, dit Fentry.

— Alors, que vous faut-il de plus ? dit M. Holland. Que vous faut-il de plus ?

— J'y peux rien, dit Fentry. Je vais pas voter pour qu'on relâche M. Bookwright.

Il tint parole. Le juge Fraser congédia les jurés dans le courant de l'après-midi, et annonça que le procès serait remis à la prochaine session du tribunal. Le lendemain matin, l'oncle Gavin arriva à la maison au milieu du petit déjeuner pour me chercher.

— Dis à ta mère qu'on ne va peut-être pas rentrer ce soir. Dis-lui aussi que je promets de ne pas te laisser tirer dessus, ni mordre par les serpents, ni attraper une indigestion de limonade... Parce qu'il faut que je tire ça au clair, dit-il. » Nous roulions déjà à toute vitesse sur la route du nord-est; son regard n'exprimait aucune perplexité; il était tout pétillant d'ardeur et d'impatience. « Il est né à l'autre bout du pays, à trente miles de Frenchman's Bend, il y a grandi, il a passé toute sa vie là-bas. Il a affirmé sous serment qu'il n'avait jamais vu Bookwright auparavant, et il suffit de le regarder pour se rendre compte que, en travaillant toute sa vie comme il l'a fait, il n'a jamais eu le temps d'apprendre à mentir. Ça m'étonnerait qu'il ait même jamais entendu prononcer le nom de Bookwright auparavant. »

On roula presque jusqu'à midi. On était maintenant dans les collines, loin de la plaine grasse et fertile, dans les pins et les fougères, au milieu d'un sol aride, rompu à flanc de coteau par de petites bandes clairsemées de maïs rabougri et de coton, qui arrivaient on ne sait comment à s'y accrocher, tout aussi inexplicablement que les gens qui parvenaient à en tirer leurs vêtements et leur subsistance; nous suivions des routes défoncées qui ressemblaient plutôt à des sentiers, tout en zigzag, avec à peine assez de place pour s'y engager, en seconde vitesse le plus souvent, dans des nuages de poussière. Et, tout d'un coup, nous aperçûmes la boîte aux lettres qui portait en caractères grossièrement tracés, un nom : G. A. Fentry; et derrière, la maison de rondins de deux pièces, avec son vestibule ouvert, et même moi, qui n'avais alors que douze ans, je pouvais voir que ça faisait pas mal d'années qu'aucune femme n'y avait mis les pieds.

Nous entrâmes dans la cour. Une voix se fit entendre : « Halte-là! Arrêtez où vous êtes. » On ne l'avait même pas vu venir, le vieux, nu-pieds, avec une moustache blanche en brosse, furieusement hérissée, accoutré d'un bleu rapiécé tellement passé qu'il était presque devenu couleur de lait écrémé, encore plus maigre et petit que son fils, debout au bord de la véranda défoncée, nous barrant le passage avec un fusil de chasse et tremblant de fureur, ou de paralysie peut-être, vu son âge.

— M. Fentry... commença l'oncle Gavin.

— Vous l'avez déjà assez harassé et tracassé comme ça », cria le vieillard. C'était bien de la fureur ; sa voix sembla tout à coup atteindre un nouveau paroxysme, comme sous l'effet d'une bouffée plus véhémente et plus sauvage. « Foutez-moi le camp d'ici ! Foutez-le camp de ma terre ! Foutez-moi le camp !

— Allons-nous-en », dit tranquillement l'oncle Gavin. Son regard, toujours plein d'ardeur et de vivacité, était devenu cette fois un peu plus pensif et grave. Nous roulions lentement à présent. La boîte aux lettres suivante se trouvait à un mile plus loin ; cette fois-ci, la maison était peinte, même avec des plates-bandes de pétunias le long des marches ; le terrain alentour avait l'air mieux entretenu, et cette fois un homme se leva de la véranda pour venir à notre rencontre jusqu'à l'entrée.

— Comment ça va, M. Stevens ? dit-il. Alors, Jackson Fentry vous a bloqué votre jury.

— Bien, et vous-même, M. Pruitt ? dit l'oncle Gavin. Oui, ça en a tout l'air. De quoi sagit-il ?

Et Pruitt ne se fit pas prier pour répondre. Encore qu'à cette époque l'oncle Gavin s'oubliât de temps en temps et que parfois on eût dit, à l'entendre, qu'il se croyait toujours à Harvard et même à Heidelberg. Mais, malgré tout, les gens avaient l'air de savoir d'instinct, rien qu'en le regardant, que ce n'était pas pour satisfaire sa curiosité ni à des fins égoïstes qu'il posait des questions.

— Seulement, la maman en sait davantage que moi, dit Pruitt. Venez donc sur la véranda.

Nous le suivîmes jusqu'à la véranda, où une vieille dame dodue, coiffée d'un bonnet de coton fraîchement lavé qui laissait entrevoir ses cheveux blancs, vêtue de frais sous son tablier blanc, était installée dans une petite chaise à bascule, en train d'écosser des petits pois dans une écuelle de bois. « Je te présente l'avocat Stevens, annonça Pruitt. C'est le fils du capitaine Stevens qui arrive de la ville. Il voudrait qu'on lui raconte ce qu'on sait au sujet de Jackson Fentry. »

Alors nous nous assîmes ensemble, tandis que la mère et le fils se mettaient à nous raconter l'histoire, parlant à tour de rôle.

— L'endroit où ils habitent, dit Pruitt. Vous avez pu en voir un bout, quand vous étiez sur la route. Et si vous avez pas tout vu, vous avez pas perdu grand-chose. Mais son père et son grand-père y travaillaient déjà ; c'est là qu'ils ont gagné leur vie, et élevé leur famille, en payant tous leurs impôts et sans jamais faire de dettes. Je sais pas comment ils y sont arrivés, mais ils y sont arrivés tout de même. Et Jackson a travaillé à leur côté du jour où il a été assez grand pour prendre en main les poignées de la charrue. Il n'a jamais guère été plus grand que ça. Les autres non plus, d'ailleurs. Et pour cause. Et Jackson, le moment venu, s'y est attelé à son tour, jusqu'à vingt-cinq ans, et déjà il avait l'air d'en avoir quarante ; — il ne demandait rien à personne, il n'avait pas de femme, en fait, il n'avait rien du tout; lui et le vieux, ils vivaient tout seuls ensemble, ils faisaient leur lessive et leur cuisine — un homme, quand il n'a qu'une paire de chaussures à mettre et qu'il doit encore la partager avec son père, comment peut-il songer à se marier ? À supposer que ç'ait valu la peine de trouver une femme pour vivre dans un endroit qui avait déjà causé la mort de sa mère et de sa grand-mère avant qu'elles aient atteint la quarantaine. Jusqu'à ce qu'un soir...

— Tu ne sais pas de quoi tu parles, interrompit Mme Pruitt. Quand ton père et moi, on s'est mariés, on n'avait même pas un toit à nous. Et on a dû louer la maison, louer la terre...

— Bon, dit Pruitt. Jusqu'à ce qu'un soir, il vienne me voir pour me dire qu'il a trouvé du boulot dans une scierie à Frenchman's Bend.

— Frenchman's Bend ? » répéta l'oncle Gavin, et ses yeux vifs, d'attentifs qu'ils étaient, se mirent soudain à briller. « Oui, dit-il.

— Un travail payé à la journée, ajouta Pruitt. Pas pour s'enrichir. Seulement pour gagner quelques sous de plus, courir sa chance un an ou deux, qui sait, pour gagner les quelques sous qui lui épargneraient la vie que son grand-père avait menée jusqu'à ce qu'il soit tombé raide mort entre les poignées de sa charrue, que son père continuerait de mener jusqu'à ce qu'il crève dans un sillon de maïs, et que sans ça lui aurait dû mener à son tour sans même avoir de fils pour le ramasser dans la poussière. Et aussi qu'il avait conclu un arrangement avec un nègre qui viendrait aider le vieux à travailler la terre pendant son absence, et il me demande si je pourrais pas aller de temps en temps jeter un coup d'œil là-haut pour voir comment allait le vieux.

— Ce que tu n'as pas manqué de faire, dit Mme Pruitt.

— J'y allais d'assez près, continua Pruitt. J'allais assez près du champ pour pouvoir l'entendre sacrer contre le nègre qui allait pas assez vite, et pour voir le nègre qui faisait de son mieux pour ne pas se laisser distancer, et je me disais que Jackson avait bien fait de ne prendre qu'un seul nègre pour s'occuper de la terre pendant qu'il était pas là, parce que si le vieux — il avait déjà près de soixante ans — avait dû passer une journée entière à l'ombre, assis sur une chaise à se tourner les pouces, sans avoir à couper du bois ou à sarcler, pour sûr, il serait mort avant le coucher du soleil. Alors, comme ça, Jackson est parti. À pied, vu qu'ils n'avaient qu'un seul mulet. Ils n'en avaient jamais eu qu'un seul, de mulet. Mais c'était seulement à trente miles de là. On l'a plus revu pendant deux ans et demi environ. Puis un beau jour...

— Dis donc, il est revenu la première fois à Noël, interrompit Mme Pruitt.

— Tu as raison, dit Pruitt. Oui, il a fait trente miles à pied pour passer le jour de Noël à la maison, puis trente miles en sens inverse pour retourner à la scierie.

— À qui appartenait la scierie? demanda l'oncle Gavin.

— À Quick, répondit Pruitt. Au vieux Ben Quick. C'est la deuxième année qu'il n'est pas revenu pour Noël. Puis, au début de mars, vers la saison où le lit du fleuve à Frenchman's Bend commence à s'assécher, et qu'on commence à pouvoir y faire glisser les bûches, et juste au moment où on aurait pu croire qu'il s'apprêtait à passer une troisième année à la scierie, le voilà qui revient pour de bon cette fois. Et pas à pied. Le gars arrive dans une voiture de louage. À cause de la chèvre et du bébé qu'il avait avec lui.

— Un instant, dit l'oncle Gavin.

— Mais non, on n'a jamais su comment il est rentré, dit Mme Pruitt. Parce que, quand on s'est aperçu qu'il avait le bébé, ça faisait déjà une semaine qu'il était rentré.

— Un instant, répéta l'oncle Gavin.

Ils le regardèrent en silence. Pruitt assis sur la balustrade de la véranda et Mme Pruitt toujours occupée à sortir les petits pois de leurs cosses longues et cassantes; et ils regardaient l'oncle Gavin. Il n'y avait pas plus d'exultation dans ses yeux, à présent, que de perplexité ou même de spéculation l'instant d'auparavant; ils s'étaient simplement allumés, une flamme soudaine, soutenue, de plus en plus vive, et calme néanmoins, comme si ce qui se trouvait derrière eux allait plus vite que ce qu'on était en train de raconter.

— Oui, dit-il. Continuez.

— Et quand j'ai appris la nouvelle, je suis montée là-haut, reprit Mme Pruitt. Le bébé avait à peine deux semaines. Et là, j'ai vu comment il le faisait vivre, rien qu'avec du lait de chèvre.

— Je sais pas si vous êtes au courant, dit Pruitt. Mais les chèvres, c'est pas comme les vaches. On doit les traire toutes les deux heures environ. Ce qui veut dire toute la nuit aussi.

— Oui, continua Mme Pruitt. Il avait même pas de couches, il n'avait que quelques sacs à farine coupés en deux dont la sage-femme lui avait montré comment se servir. Alors je lui ai cousu quelques langes, et je suis montée plusieurs fois là-haut ; il avait gardé le nègre qui travaillait au champ avec son père, et, lui, il faisait la cuisine et la lessive et s'occupait du bébé, et il allait traire la chèvre pour lui donner son biberon ; moi, je lui disais : « Laissez-moi le prendre, au moins jusqu'à ce qu'il soit sevré. Vous pouvez venir à la maison, vous aussi, si le cœur vous en dit. » Et, lui, il me regardait comme ça — tout petit, malingre, déjà usé jusqu'à la trame, un homme qui, de sa vie, ne s'était assis devant une table et n'avait mangé son soûl — et il me disait : « Non, merci, Ma'ame. Je peux me débrouiller. »

— Et il savait de quoi il retournait, ajouta Pruitt. Je sais pas comment il travaillait à la scierie, et il n'a jamais eu de ferme, alors on peut pas savoir quel genre de fermier il aurait fait. Mais on peut pas dire qu'il savait pas élever son garçon.

— Oui, dit Mme Pruitt. Et moi je revenais à la charge. « On savait même pas que vous étiez marié », que je lui ai dit. — « Mais oui, Ma'ame, qu'il m'a répondu. On s'est mariés l'année dernière. Elle est morte quand le bébé est venu. » — « Qui était-ce ? que je lui ai demandé. Elle était de Frenchman's Bend ? » — « Non, Ma'ame, qu'il m'a répondu. Elle venait de plus bas, du Sud. » — « Comment est-ce qu'elle s'appelait ? », que je lui ai demandé. — « Mlle Smith », qu'il a dit.

— À travailler comme ça, sans relâche, il n'a jamais eu le temps d'apprendre à mentir, dit Pruitt. Mais il en a tout de même trouvé pour élever cet enfant. Après qu'ils eurent rentré leur récolte, en automne, il a congédié le nègre, et le printemps suivant, lui et le vieux s'étaient remis au boulot, comme d'habitude. Il s'était fabriqué une sorte de hotte comme les Indiens, il paraît, pour porter l'enfant. De temps en temps, je montais là-haut, quand le sol était encore froid, et je voyais Jackson et le vieux en train de biner et de sarcler la brousse, et la hotte qui était accrochée à un pieu, sur une haie, et le gosse raide comme un piquet qui dormait dedans comme si ç'avait été un plumard. Il a appris à marcher au printemps, et moi je me tenais là de l'autre côté de la haie, à regarder le petit bougre au beau milieu du sillon, qui se démenait pour rester au niveau de Jackson, jusqu'à ce que Jackson arrête la charrue au tournant, retourne le ramasser, le mette à califourchon sur sa nuque, empoigne de nouveau la charrue, et en avant. À la fin de l'été, il marchait déjà pas mal. Alors Jackson lui a fabriqué une petite houe avec un bout de bois et un morceau de caillou et on pouvait voir mon Jackson à mi-cuisse dans le coton, mais le petit gars on pouvait pas le voir ; on voyait juste le coton qui tremblait à l'endroit où il se tenait.

— Jackson lui fabriquait ses vêtements, reprit Mme Pruitt. Il les cousait lui-même, à la main. Une fois je lui ai apporté quelques vêtements que j'avais confectionnés, mais je ne l'ai fait qu'une seule fois. Il me les a bien pris, il m'a même remerciée. Mais on voyait ce qu'il pensait. À tel point qu'on aurait dit qu'il en voulait même à la terre du peu de nourriture dont le gosse avait besoin pour vivre. Et j'ai essayé de dire à Jackson qu'il devrait l'amener à l'église pour le faire baptiser. « Je lui ai déjà donné un nom, qu'il a dit. Il s'appelle Jackson et Longstreet[1] Fentry. Papa a fait la guerre sous les deux. »

— Il allait jamais nulle part, ajouta Pruitt. Parce que Jackson, on pouvait jamais le voir sans son garçon. On aurait pu croire qu'il l'avait volé, là-bas, à Frenchman's Bend, tant il restait terré là-haut. C'était le vieux qui allait lui-même sur son mulet au magasin de Haven Hill pour acheter des provisions, et si jamais Jackson se séparait de son garçon le temps de respirer, c'était quand il descendait une fois par an à Jefferson pour payer leurs impôts; la première fois que j'ai vu le gosse, je croyais qu'il était doux comme un petit épagneul... Ah! ouiche! Un jour que je savais que Jackson était parti en ville payer ses impôts, je suis monté là-haut, et le gosse, il était sous le lit, sans piper mot, acculé dans un coin à me regarder venir. Il n'a pas sourcillé une seule fois. On aurait dit un louveteau ou un petit renard attrapé la nuit d'avant.

Nous avions les yeux fixés sur lui tandis qu'il tirait de sa poche une boîte de tabac à priser, en versait une mesure dans le couvercle, puis vidait le couvercle dans le creux de sa lèvre inférieure, en tapotant dessus pour en détacher les derniers brins avec lenteur et minutie.

— Eh bien? demanda l'oncle Gavin. Et après?

— C'est tout, dit Pruitt. L'été suivant, lui et le gosse avaient disparu.

— Disparu? demanda l'oncle Gavin.

— Eh oui! Ils ont dû s'en aller un matin. Je n'en

1. Généraux de l'armée du Sud pendant la guerre de Sécession (*N.d.T.*).

ai rien su sur le moment. Mais, un jour, j'ai pas pu y tenir davantage ; je suis monté là-haut, la maison était déserte ; je suis allé vers le champ où le vieux était en train de labourer ; j'ai cru d'abord que la barre qui tenait en place les poignées de la charrue s'était rompue et qu'il avait fixé à la place un morceau de bois entre les poignées, jusqu'à ce qu'il m'ait aperçu et qu'il ait empoigné le morceau de bois : c'était son fusil de chasse, et s'il m'avait crié la même chose qu'à vous ce matin sur la route, j'en serais pas plus étonné pour ça. L'année suivante, il avait repris le nègre. Puis, environ cinq ans plus tard, voilà mon Jackson qui se ramène. Quand, exactement, je n'en sais rien. Toujours est-il qu'un matin, on l'a vu dans le champ. Le nègre était de nouveau parti, et lui et le vieux ils s'étaient remis à travailler comme si de rien n'était. Et, un jour, j'ai pas pu y tenir davantage, et je suis monté là-haut derrière la haie pour le voir labourer, jusqu'à ce que, en traçant son sillon, il passe le long de la haie, et il m'avait toujours pas regardé ; il labourait tout près de moi, à moins de dix pas, et il me regardait toujours pas ; puis, après avoir bouclé le tournant, il rebrousse chemin, et moi, je lui dis : « Dis donc, il est mort, Jackson ? » Lui me regarde. « Le garçon ? » que je lui dis. « Quel garçon ? » qu'il me répond.

Ils nous invitèrent à dîner.

L'oncle Gavin les remercia. « On a apporté de quoi manger avec nous, dit-il. Et puis nous avons encore trente miles à faire jusqu'au magasin Warner et vingt-deux miles de là à Jefferson. Et nos routes, elles ne sont pas encore bien habituées aux voitures, hein ? »

Nous arrivâmes donc au magasin Warner, à Frenchman's Bend, vers la tombée du jour; un homme se leva, une fois de plus, d'une véranda déserte et descendit les marches jusqu'à la voiture.

C'était Isham Quick, le témoin qui était arrivé le premier au corps de Thorpe — un grand homme dégingandé, tirant sur la cinquantaine, au visage un peu rêveur, qui masquait sous un regard de myope pas mal de finesse et même quelque chose d'un peu moqueur. « Je vous attendais, dit-il. Ça n'a pas marché, hein ? » Il cligna de l'œil à l'oncle Gavin. « C'est ce Fentry ?

— En effet, répondit l'oncle Gavin. Pourquoi ne m'en avez-vous pas parlé ?

— Je ne l'avais pas reconnu moi-même, répondit Quick. Ce n'est que lorsque j'ai appris qu'il y avait un type qui bloquait votre jury que j'ai pensé à faire le rapprochement entre ces noms.

— Ces noms? répéta l'oncle Gavin, quels n... ? Mais n'importe. Racontez-moi ça. »

Alors nous nous assîmes sous la véranda, devant la boutique déserte et fermée à clef, tandis que les cigales crépitaient et craquetaient dans les arbres et que les lucioles filaient en clignotant au-dessus de la route poussiéreuse, et Quick se mit à parler. Il était affalé sur le banc, face à l'oncle Gavin, comme si, tout désarticulé, il allait tomber en morceaux au moindre mouvement; il parlait d'une voix paresseuse, un peu sardonique, comme si on avait toute la nuit devant nous, et qu'il allait prendre la nuit entière à raconter son histoire. Mais ce n'était pas aussi long que ça. Et même ce n'était pas très long, quand on pense à ce qu'il nous dit ce soir-là. Aussi l'oncle Gavin disait-il que peu de mots suffisent pour faire le compte de toute expérience humaine ; que tout avait déjà été résumé en neuf mots : il est né, il a souffert, il est mort.

— C'était papa qui l'avait embauché. Mais quand j'ai appris d'où il venait, je savais qu'il travaillerait dur, parce que les gens de son pays, ils n'ont jamais eu le temps de faire autre chose que de travailler. Et je savais qu'il serait honnête, pour la même raison, parce que dans son pays, il y a rien qui vaille vraiment la peine qu'on le vole. Mais avec tout ça, je m'étais pas figuré qu'il allait tomber amoureux. Je m'étais sans doute figuré que, venant d'où il venait, il avait jamais su ce que c'était que l'amour, et toujours rapport à la même raison — qu'on avait même dû oublier ce que c'était que l'amour là-haut, qu'il n'y avait jamais eu personne pour le lui faire savoir, que ça c'était perdu au cours des générations, depuis que le premier d'entre eux avait dû choisir là-bas, une fois pour toutes, entre la poursuite de l'amour et la poursuite, simplement, de continuer à respirer.

« Il est venu ici, comme ça, faire un travail de nègre, et payé comme un nègre. Jusqu'à ce qu'à la fin de l'automne, au moment où le lit du fleuve commençait à se remplir et qu'on allait fermer pour la durée de l'hiver, j'ai appris qu'il avait conclu un arrangement avec papa, comme quoi il pouvait rester ici jusqu'au printemps comme veilleur de nuit et homme de peine, avec un congé de trois jours pour rentrer chez lui à la Noël. Et c'est ce qu'il a fait, et l'année suivante, quand le travail a repris, il s'était si bien mis au courant, il s'était tant appliqué qu'au milieu de l'été il faisait déjà marcher la scierie à lui tout seul, et, à la fin de l'été, papa n'avait même plus besoin d'y mettre les pieds, et moi, j'y allais seulement quand ça me chantait, peut-être bien une fois par semaine environ ; et à l'automne, papa pensait même lui faire construire une cahute où il pourrait s'installer, au lieu de continuer à vivre dans le hangar de la chaudière, avec son grabat et son vieux fourneau démoli. Il y est resté tout l'hiver aussi. On ne s'est même pas aperçu de son absence quand il est parti pour Noël, cette fois, ni du moment où il est rentré, parce que, même moi, j'avais pas mis les pieds à la scierie depuis l'automne.

« Puis une après-midi de février — il faisait plus doux et ça m'avait sans doute un peu donné la bougeotte — je suis allé là-bas à cheval. Et la première chose qui me tombe sous les yeux, c'est elle, et c'était bien la première fois que je la voyais, cette femme — elle était jeune, et peut-être qu'elle aurait pu être jolie si elle avait été en bonne santé. Mais on pouvait pas se rendre compte. Parce qu'elle était pas maigre : elle était décharnée. Elle était malade, et c'était pas seulement faute d'avoir assez à manger, bien qu'elle tenait encore sur ses jambes ; et c'était pas seulement rapport au bébé qu'elle allait avoir dans un mois, tout au plus. Et moi je lui dis : « Qui c'est, ça ? » Et, lui, il m'a regardé et il m'a dit : « C'est ma femme. — Depuis quand ? Tu avais pas de femme en automne ? Et le bébé n'en a pas pour un mois à attendre ? » Alors, lui, il m'a dit : « Vous voulez qu'on s'en aille ? » Et moi je lui ai répondu : « Pourquoi est-ce que je voudrais que tu t'en ailles ? » Maintenant je vais vous raconter le reste comme je l'ai su, par la suite, quand les deux frères sont arrivés, trois ans plus tard, avec leur papier, et pas d'après ce qu'il m'a dit lui-même, parce que lui, il a jamais rien dit à personne.

— Entendu, acquiesça l'oncle Gavin. Allez-y.

— J'ai pas la moindre idée où il l'a trouvée. Je sais même pas s'il l'a trouvée où que ce soit, ou si elle est arrivée elle-même à la scierie un jour ou une nuit; lui, il a dû lever les yeux et la regarder, et comme on dit — personne ne sait quand ni comment l'amour ou la foudre vont tomber, tout ce qu'on sait, c'est que ça tombe jamais deux fois au même endroit, parce qu'il n'y a pas de raison pour ça. Et je crois pas qu'elle essayait de retrouver le mari qui l'avait abandonnée — c'est probable qu'il avait pris le large aussitôt qu'elle lui avait parlé du bébé — et je crois pas qu'elle avait peur ou honte de rentrer à la maison, simplement parce que ses frères avaient essayé, au début, de l'empêcher d'épouser son mari. Je crois plutôt qu'elle aussi avait dans le sang le même satané orgueil, noir, têtu, inhumain, sans en être plus avancée pour ça, que ses frères sont eux-mêmes venus exhiber ici pendant toute une heure ce jour-là.

« Le fait est qu'elle était là, et je crois qu'elle savait qu'elle n'en avait plus pour longtemps; lui, il a dû lui dire : “On va se marier”, et elle, de répondre : “On peut pas se marier, j'ai déjà un mari.” Et, le jour venu, elle a dû s'étendre sur le grabat, et lui, il a dû lui donner à manger à la cuillère, et je suppose qu'elle savait qu'elle allait pas se relever, et lui, il est allé chercher une sage-femme et l'enfant est venu au monde, et elle savait sans doute aussi bien que la sage-femme qu'elle allait jamais plus se relever de la paillasse, et peut-être qu'ils ont enfin réussi à l'en convaincre, ou peut-être bien qu'elle savait que maintenant ça pouvait plus faire de différence et qu'elle a dit oui, alors lui est allé chercher le mulet que papa lui laissait à la scierie, et il fait sept miles pour aller chercher le pasteur Whitfield, et il ramène Whitfield au petit jour, et Whitfield les prononce mari et femme, et alors elle est morte, et lui et Whitfield l'ont enterrée. Alors, la nuit d'après, le voilà qui arrive à la maison pour annoncer à papa qu'il s'en va, et il laisse le mulet, et quand je suis retourné à la scierie, quelques jours plus tard, il était déjà parti. Il restait plus que le grabat et le fourneau, et les plats et la casserole que maman lui avait laissé avoir, bien lavés, nettoyés, et rangés sur la planche. Et, trois ans après, les deux frères, ces Thorpe...

— Thorpe ? » dit l'oncle Gavin. Il n'avait pas élevé la voix. La nuit tombait rapidement, comme elle le fait chez nous, et je ne pouvais plus distinguer ses traits. « Racontez, dit-il.

— Des noirauds comme elle — le cadet était son portrait tout craché — ont rappliqué en carriole avec le bailli ou le shérif ou Dieu sait qui, avec un papier en bonne et due forme, timbré et scellé, et moi je leur ai dit : « Vous pouvez pas faire ça. Elle est venue ici de son propre gré ; elle était malade et sans le sou, et lui l'a recueillie, lui a donné à manger, l'a soignée, a fait venir quelqu'un pour la faire accoucher, et un pasteur pour l'enterrer. Ils ont même eu le temps de se marier avant qu'elle meure. Le pasteur et la sage-femme sont là pour en témoigner. » Et l'aîné m'a répondu : « Ils pouvaient pas se marier. Elle avait déjà un mari. On a déjà tout réglé avec lui. » Et, moi, je lui dis : « Entendu, mais il a pris l'enfant quand il n'y avait personne pour le réclamer. Il l'a élevé, il l'a nourri, il l'a vêtu pendant plus de deux ans. » Alors l'aîné, il tire à moitié un porte-monnaie de sa poche, et puis il le remet dedans. « On a l'intention de tenir compte de tout ça, aussi, dès qu'on aura vu l'enfant, qu'il dit. Il est de la famille. On le veut et on a l'intention de le prendre. » Et c'est pas la première fois que j'ai pensé que, la plupart du temps, les choses se passent pas comme elles devraient, dans le monde, et alors je lui ai dit : « C'est à trente miles d'ici. J'imagine que vous voulez passer la nuit ici, pour que vos chevaux puissent se reposer. » Et lui, il me regarde et il me dit : « L'attelage est pas fatigué. On va pas s'arrêter. — Alors je vais y aller avec vous », que je lui dis. « Si vous voulez », qu'il me répond. On a roulé jusqu'à minuit. Je pensais alors que je trouverais bien une occasion, même si je devais y aller à pied. Mais quand on a dételé et qu'on s'est couché, l'aîné, lui, il est resté debout. « Je suis pas fatigué, qu'il a dit, je vais pas dormir. » Alors, comme il n'y avait plus rien à faire, je me suis endormi, et quand je me suis réveillé, le soleil était déjà levé, et il était trop tard ; vers le milieu de la matinée, on est arrivés à la boîte aux lettres avec le nom dessus en toutes lettres, qu'il n'y avait pas moyen de manquer ; il n'y avait personne à la maison, personne en vue, jusqu'à ce qu'on ait entendu un bruit de hache et qu'on ait fait le tour de la maison, et il a levé la tête de son tas de bois pour voir ce que, j'imagine, il s'attendait à voir chaque fois que le soleil se levait depuis trois ans. Parce qu'il s'est pas même arrêté. Il a dit au gosse : « Cours, cours au champ rejoindre grand-père, cours », et il est allé droit au frère aîné en levant sa hache, tout prêt à lui en assener un coup quand j'ai réussi à attraper la hache par le manche, tandis que l'aîné le ceinturait et on l'a soulevé de terre pour le maîtriser, ou pour essayer du moins. « Arrête, Jackson, que je lui dis. Arrête donc, ils ont la loi pour eux. »

« Alors je sens quelque chose de minuscule qui me griffe et qui me donne des coups dans les jambes ; c'était le gosse qui tournoyait autour de nous, sans pousser un seul cri, et qui nous frappait aussi haut qu'il pouvait avec un morceau de bois que Fentry avait fendu. « Attrape-le et mets-le dans la carriole », a dit l'aîné. Alors le cadet l'a empoigné ; il était presque aussi dur à maintenir que Fentry ; il gigotait et donnait des coups de pied même après que le cadet l'ait ramassé, toujours sans piper mot ; et Fentry se débattait et se démenait comme quatre, jusqu'à ce que le cadet et le gosse aient disparu. Alors il s'est effondré. C'était comme si ses os s'étaient liquéfiés : alors le frère aîné et moi, on l'a déposé contre le billot, comme s'il avait jamais eu d'os du tout, adossé contre le tas de bois qu'il avait fendu, tout haletant, avec un peu d'écume au coin de la bouche. « C'est la loi, Jackson, que je lui ai dit. Son mari vit encore. »

— « J' sais bien », qu'il a répondu. On l'entendait à peine, tellement il parlait bas. « J' m'y attendais. Je pense que c'est pour ça que ça m'a tellement pris au dépourvu. Ça va, maintenant. »

— « Je regrette, a dit le frère. On n'en avait pas entendu parler avant la semaine dernière. Mais il est de la famille. On veut l'avoir avec nous. Vous avez pris bon soin de lui. Nous vous en remercions. Sa mère vous remercie. Tenez », qu'il dit. Et il tire le porte-monnaie de sa poche et le met dans la main de Fentry. Puis il tourne le dos et s'en va. Après un moment, j'ai entendu la carriole faire marche arrière et dévaler la colline. Puis j'ai plus rien entendu. Je sais pas si Fentry, lui, avait entendu un seul mot.

— C'est la loi, Jackson, que je lui ai dit. Mais on peut toujours avoir recours. On va aller en ville et parler au capitaine Stevens. On va y aller ensemble.

« Alors il s'est assis sur le billot, tout raide, lentement. Il avait un peu repris son souffle, et il avait l'air mieux, sauf ses yeux qui étaient tout à fait chavirés. Puis il a levé la main où on lui avait glissé le porte-monnaie, et il a commencé à s'essuyer la figure avec le porte-monnaie, comme si ç'avait été un mouchoir; sans doute il savait même pas qu'il avait quelque chose dans la main jusqu'à ce moment-là, parce que soudain il l'a baissée, il a regardé le porte-monnaie pendant peut-être bien cinq secondes, puis il l'a rejeté, il l'a pas lancé, il l'a juste rejeté, comme si ç'avait été une poignée de poussière qu'il avait ramassée pour voir ce que c'était — derrière le billot, puis il s'est levé, il a traversé la cour en direction des bois, marchant droit devant lui, sans se presser, il avait pas l'air beaucoup plus grand que le gosse, et puis il a disparu dans le bois. « Jackson », que je lui ai dit. Il s'est même pas retourné.

« Alors j'ai passé la nuit chez Rufus Pruitt et je lui ai emprunté un mulet; je lui ai seulement dit que je passais dans les environs, sans plus, parce que ce jour-là, j'avais pas envie de parler, et, le lendemain matin, j'attache mon mulet à la porte et je commence à monter le chemin, sans avoir aperçu le vieux Fentry qui était sur la véranda. Et, quand je l'ai aperçu, il s'y est pris si vite que j'ai pas eu le temps de voir ce qu'il avait dans les mains avant que ça ait fait boum ! et j'ai entendu les chevrotines qui claquaient dans les feuilles au-dessus de ma tête, et le mulet de Rufus Pruitt qui se cabrait comme le tonnerre de Dieu pour casser sa longe ou se pendre au poteau.

« Et, un jour, environ six mois après qu'il ait décidé de s'installer ici pour solder le montant de ses soûleries, de ses bagarres et de ses trafics avec les bestiaux des autres, Bucksnort était ici sur la véranda, soûl comme d'habitude, en train de jacter, avec autour de lui une demi-douzaine de ces gars qu'il assommait en traître de temps en temps, et même dans les règles, à l'occasion, qui rigolaient chaque fois qu'il ouvrait la bouche pour reprendre son souffle. Et moi, je lève les yeux par hasard, et je vois Fentry, là, au tournant, assis sur son mulet. Il restait assis juste là, avec trente miles de poussière plaqués par la sueur au poil du mulet, et il regardait Thorpe. Je sais pas combien de temps ça faisait qu'il était là ; il disait rien, il restait juste là, assis, à regarder Thorpe ; puis il tourne son mulet et il rebrousse chemin vers ses collines qu'il aurait jamais dû quitter. Sauf que peut-être, comme dit le proverbe, l'amour, c'est comme la foudre, on n'en est nulle part à l'abri. Et, à ce moment-là, j'avais pas encore compris. J'avais pas fait le rapprochement entre leurs noms. Je savais que Thorpe ne m'était pas inconnu, mais l'autre histoire s'était passée il y a vingt ans, et j'avais tout oublié, jusqu'à l'autre jour, quand on m'a dit que votre jury était bloqué. Naturellement, il allait pas voter pour qu'on relâche Bookwright... Il fait noir. Allons dîner. »

Mais nous n'avions plus que vingt-deux miles à faire pour rentrer en ville, maintenant; nous étions sur la route, maintenant, en plein cailloutis; d'ici une heure, une heure et demie, on serait à la maison, parce que, de temps en temps, on pouvait bien faire trente à trente-cinq miles à l'heure, et l'oncle Gavin disait qu'un jour toutes les grandes routes du Mississippi seraient pavées comme les rues de Memphis, et que chaque famille en Amérique aurait sa voiture à elle. On roulait vite à présent.

— Naturellement, il n'allait pas faire ça, dit l'oncle Gavin. Les misérables de la terre, les invincibles — souffrant sans relâche, souffrant et puis souffrant, jour après jour. Naturellement, il n'allait pas voter pour qu'on relâche Bookwright.

— Moi, j'aurais pas hésité, dis-je. Je l'aurais fait relâcher. Parce que Buck Thorpe ne valait pas grand-chose. Il...

— Non, toi non plus tu n'aurais pas fait ça », répondit l'oncle Gavin. Il me saisit le genou d'une main, bien que nous allions très vite; la route était jaune et les phares projetaient au-dessus un faisceau de lumière jaune, les insectes tournoyaient dans le faisceau lumineux, puis s'envolaient comme des ballons. « Ce n'est pas de Buck Thorpe, de l'homme fait, de l'adulte, qu'il s'agissait. Il aurait tiré sur cet homme-là avec aussi peu d'hésitation que Bookwright, s'il avait été à la place de Bookwright. C'est seulement que dans cette chair déchue et abrutie que Bookwright avait assassinée, subsistait encore quelque part, non pas l'esprit sans doute, mais le souvenir de ce petit garçon, de ce Jackson et Longstreet Fentry, même si l'homme qu'était devenu ce petit garçon n'en savait rien et que Fentry était seul à le savoir. Toi non plus, tu ne l'aurais pas fait relâcher. Ne l'oublie jamais. Jamais. »

UNE ERREUR DE CHIMIE

Ce fut Joel Flint lui-même qui téléphona au shérif qu'il avait tué sa femme. Et quand le shérif arriva sur les lieux avec son assistant, — ils avaient dû parcourir une vingtaine de miles à travers l'arrière-pays pour arriver jusqu'au coin perdu où vivait le vieux Wesley Pritchel —, ce fut Joel Flint en personne qui les accueillit à la porte et les fit entrer. Il n'était pas du pays; c'était l'étranger, le Yankee qui deux ans auparavant était venu dans notre comté avec une foire ambulante où il tenait une baraque foraine: un stand éclairé où il faisait tourner une roue au milieu d'une cuve garnie de pistolets nickelés, de rasoirs, de montres et d'harmonicas; il était resté dans le pays après le départ des autres forains, et deux mois s'étaient à peine écoulés, qu'il épousait la seule fille qui restait à Pritchel, vieille fille bornée approchant de la quarantaine qui jusqu'alors avait vécu en ermite avec son irascible et sauvage père dans la ferme, petite mais prospère, qu'il possédait.

Mais, même après le mariage, le vieux Pritchel sembla toujours battre froid à son gendre. Il leur fit construire une petite maison à deux miles de la sienne, où la fille se mit bientôt à élever des poulets pour les vendre au marché. À ce qu'on disait, le vieux Pritchel qui, de toute façon, ne sortait pour ainsi dire pas de chez lui, ne mit pas une seule fois les pieds dans la nouvelle maison, et dès lors ne vit qu'une fois par semaine le seul enfant qui lui restait. Tous les dimanches, elle et son mari sortaient la camionnette que le gendre avait achetée d'occasion pour aller vendre ses poulets au marché, et allaient déjeuner avec le vieux Pritchel dans la vieille maison où lui, Pritchel, faisait maintenant tout seul sa cuisine et son ménage. Et, en fait, disaient les voisins, même en cette occasion il ne laissait son gendre entrer chez lui que pour permettre à sa fille de lui préparer le seul bon repas chaud qu'il mangeât de la semaine.

Ainsi, pendant deux ans, on eut maintes fois l'occasion de voir, et aussi d'entendre, le gendre, parfois à Jefferson, le chef-lieu du comté, mais le plus souvent dans le petit hameau situé à l'embranchement de la route près de chez lui. C'était un homme d'environ quarante-cinq ans, ni grand ni petit, ni gros ni maigre (de fait, son ombre et celle de son beau-père auraient facilement pu se confondre, comme elles le firent effectivement pendant un court intervalle, par la suite), au visage froid, méprisant, intelligent, avec une voix toute traînante d'anecdotes de tumultueuses régions où ses auditeurs ne s'étaient jamais hasardés — un citadin qui, à l'en croire, ne s'était jamais fixé dans aucune ville, et avait particulièrement frappé les gens du pays dont il venait d'assumer le mode de vie par une habitude bizarre qui, dès les trois premiers mois de son arrivée, l'avait rendu notoire à travers tout le comté, même parmi les gens qui ne l'avaient jamais aperçu. C'était sa manie de déblatérer à tout propos avec une véhémence, avec un mépris d'autant moins motivé que la plupart du temps personne ne s'avisait de le contredire, contre l'habitude que nous avons, ici, dans le Sud, de boire notre whisky avec de l'eau et du sucre. Il disait que c'était efféminé, de la bouillie pour enfants, et il avalait même le whisky de maïs du pays, vert, violent, illégal, corrosif, sans même boire une gorgée d'eau après.

Puis, enfin, un dimanche matin, il téléphona au shérif qu'il avait tué sa femme et il accueillit les représentants de la loi sur le pas de la porte de son beau-père, en déclarant : « Je l'ai déjà portée à l'intérieur. Alors c'est pas la peine de gaspiller votre salive pour me dire que j'aurais pas dû la toucher avant que vous ne soyez là.

— Je vois pas quel mal il aurait pu y avoir à la tirer de la poussière, dit le shérif. Vous m'avez bien dit que c'est un accident, je crois ?

— Alors, c'est que vous m'avez mal compris, dit Flint. J'ai dit que je l'ai tuée. »

Il n'en dit pas davantage.

Le shérif le ramena à Jefferson et l'enferma dans une cellule de la prison. Et le soir, après dîner, le shérif entra par la porte de côté dans le bureau où j'étais en train de préparer un dossier sous l'œil vigilant de l'oncle Gavin. L'oncle Gavin n'était pas procureur de l'État, il n'était que procureur du comté. Mais lui et le shérif, qui avait été shérif à intervalles irréguliers pendant plus de temps encore que l'oncle Gavin n'avait été procureur, étaient restés amis tout au long. Amis dans le sens où deux hommes qui jouent ensemble aux échecs sont amis, quoique leurs buts soient parfois diamétralement opposés. Un jour, je les entendis qui en discutaient :

— Pour moi, ce qui compte, c'est la vérité, disait le shérif.

— Pour moi aussi, disait l'oncle Gavin. C'est si rare. Mais moi, la justice et les êtres humains m'importent encore davantage.

— La justice et la vérité, c'est la même chose, non? rétorquait le shérif.

— Depuis quand? disait l'oncle Gavin. Dans ma vie, il m'est arrivé de voir des vérités qui étaient tout ce que tu veux, sauf justes, et j'ai bien vu la justice avoir recours à des outils et à des instruments que je n'aurais pas voulu toucher du bout d'une perche de dix pieds.

Le shérif nous mit au courant du meurtre, debout près de la table, se profilant au-dessus de la lampe — un grand gaillard aux petits yeux serrés, parlant par-dessus la tignasse ébouriffée, prématurément blanche, du visage mobile et fin de l'oncle Gavin, tandis que l'oncle Gavin, les jambes croisées sur la table et quasiment renversé contre la nuque, mâchonnait le tuyau de sa pipe de maïs en faisant tourner autour de son doigt, dans un sens, puis dans l'autre, sa chaîne de montre lestée de la clef de Phi Beta Kappa[1] qu'il avait obtenue à Harvard.

— Pourquoi? demanda l'oncle Gavin.

— C'est ce que je lui ai moi-même demandé, dit

1. Insigne d'une association universitaire où sont admis les étudiants les plus méritoires *(N.d.T.)*.

le shérif. Il m'a répondu : « Pourquoi croyez-vous qu'il y a des hommes qui tuent leurs femmes ? Mettons que ce soit pour toucher la police d'assurance. »

— C'est faux, dit l'oncle Gavin. Ce sont les femmes qui assassinent leurs maris pour en retirer un profit immédiat — la police d'assurance, ou en cédant à ce qu'elles pensent être l'instigation ou la promesse d'un autre homme. Quant aux hommes, ils tuent leurs femmes par haine, par rage, par désespoir, ou pour les faire taire, puisqu'il n'y a pas moyen de forcer une femme à tenir sa langue, même à prix d'argent, même simplement en la quittant.

— C'est juste », acquiesça le shérif. Il cligna ses petits yeux vers l'oncle Gavin. « On dirait vraiment qu'il tient à être mis en prison. Ce n'est pas comme s'il se laissait arrêter parce qu'il avait tué sa femme, c'est comme s'il l'avait tuée rien que pour se faire arrêter, mettre sous les verrous. En lieu sûr.

— Pourquoi ? demanda l'oncle Gavin.

— C'est juste aussi, dit le shérif. Quand un type s'enferme exprès à double tour, c'est qu'il a peur. Et un type qui se fait mettre exprès en tôle en se faisant soupçonner d'un assassinat... » Il fixa l'oncle Gavin de ses petits yeux durs en battant des paupières pendant une bonne dizaine de secondes, tandis que l'oncle Gavin, sans sourciller, lui renvoyait son regard. « C'est qu'il n'avait pas peur. Maintenant pas plus qu'auparavant. On rencontre comme ça, de temps en temps, un homme qui n'a jamais eu peur, pas même de soi. C'est un type de ce genre.

— Si c'était cela qu'il voulait que tu fasses, demanda l'oncle Gavin, pourquoi l'as-tu fait ?

— Tu crois que j'aurais dû attendre un peu ? »

Ils se regardèrent un moment en silence. Maintenant l'oncle Gavin ne faisait plus tourner sa chaîne de montre. « Bon, dit-il, le vieux Pritchel...

— J'allais y venir, interrompit le shérif. Rien à faire.

— Rien à faire ? dit l'oncle Gavin. Vous ne l'avez même pas vu ! »

Et le shérif raconta ce qui s'était passé — comme, alors que lui et son adjoint se trouvaient sur la véranda, ils avaient tout à coup aperçu le vieillard qui les regardait par la fenêtre — un visage rigide, furibond, les fixant avec haine à travers la vitre pour se retirer l'instant d'après et s'effacer en laissant une impression de furie exultante, de triomphe enragé, et de quelque chose d'autre aussi... « Peur ? dit le shérif. Non. Je t'ai dit qu'il n'avait pas peur. Oh ! reprit-il. Tu veux dire Pritchel ? »

Cette fois, il fixa l'oncle Gavin si longuement que l'oncle Gavin finit par lui dire :

— Bon. Continue.

Et le shérif continua son histoire : comme ils étaient entrés dans la maison, dans le vestibule, comme il s'était arrêté devant la porte de la pièce où ils avaient aperçu le visage ; elle était fermée à clef ; il avait frappé et avait même appelé le vieux Pritchel par son nom sans obtenir de réponse. Puis comme, poursuivant leur chemin, ils avaient trouvé Mme Flint étendue sur un lit dans la pièce de derrière avec une blessure de fusil au cou, et la camionnette délabrée de Flint garée le long des marches de derrière, comme s'ils venaient d'en descendre un moment auparavant.

— Il y avait trois écureuils morts dans la camionnette, ajouta le shérif. Ils m'ont eu l'air d'avoir été tués seulement depuis l'aube », et le sang sur les marches, sur le sol, entre les marches et la camionnette, comme si le coup de feu avait été tiré de l'intérieur de la camionnette, et le fusil lui-même, contenant encore la cartouche brûlée, posé contre le mur à l'intérieur, de l'autre côté de la porte, à l'endroit où on l'aurait posé d'ordinaire en entrant dans la maison. Et comme le shérif était de nouveau entré dans le vestibule et avait de nouveau frappé à la porte qui était toujours fermée à clef.

— Fermée, comment? demanda l'oncle Gavin.

— De l'intérieur, dit le shérif, et avait crié devant le battant inamovible qu'il allait défoncer la porte si M. Pritchel refusait de lui répondre et de le laisser entrer, et comme cette fois la vieille voix cassante, furibonde, avait retenti, criant :

— Sortez de chez moi ! emmenez cet assassin et sortez de chez moi !

— On aura besoin de votre témoignage, répondit le shérif.

— Je témoignerai quand il le faudra, hurla le vieillard. Sortez tous de chez moi !

Et comme lui (le shérif) avait envoyé son adjoint chercher en voiture le voisin le plus proche, et était resté avec Flint jusqu'à ce que l'adjoint fût revenu avec un homme et une femme. Après quoi ils avaient ramené Flint en ville et l'avaient mis sous les verrous ; puis le shérif avait téléphoné à la maison du vieux Pritchel, et le voisin avait répondu que le vieillard restait toujours enfermé dans la pièce, qu'il refusait de sortir ou même de répondre, sauf pour leur intimer à tous (la nouvelle du drame s'étant répandue et plusieurs autres voisins étant arrivés sur ces entrefaites) l'ordre de vider les lieux. Mais quelques-uns d'entre eux avaient décidé de rester dans la maison, en dépit des invectives et des menaces du vieillard qui apparemment était devenu fou, et l'enterrement devait avoir lieu le lendemain.

— Et c'est tout? demanda l'oncle Gavin.

— C'est tout, dit le shérif. Car maintenant il est trop tard.

— C'est-à-dire? fit l'oncle Gavin.

— Il y a eu erreur quant à la victime. Ça arrive.

— C'est-à-dire? fit l'oncle Gavin.

— L'histoire de la carrière d'argile.

— Quelle histoire? » Car tout le pays savait que le vieux Pritchel avait une carrière d'argile. C'était une poche d'argile malléable qui se trouvait au milieu de sa ferme, dont les gens du voisinage se servaient pour façonner une sorte de poterie grossière — chaque fois qu'ils arrivaient à sortir assez de glaise avant que M. Pritchel ne s'en aperçoive et ne les chasse. Des générations de galopins en avaient retiré des vestiges indiens et même aborigènes — des pointes de flèches en silex, des haches, de la poterie, des crânes, des fémurs, des pipes — et quelques années auparavant, un groupe d'archéologues de l'Université de l'État avait commencé à y pratiquer des fouilles, jusqu'à ce que le vieux Pritchel leur soit tombé sur le dos avec un fusil, cette fois. Mais tout le monde savait ça; le shérif faisait allusion à autre chose et l'oncle Gavin s'était soudain remis d'aplomb sur sa chaise, les pieds par terre maintenant.

— Je n'étais pas au courant de ça, dit l'oncle Gavin.

— Tout le monde en parle là-bas, reprit le shérif. On peut même dire que c'est un sport local; ça a commencé il y a six semaines environ. Ce sont trois hommes du Nord. Ils essaient de persuader le vieux Pritchel de leur vendre toute sa ferme pour avoir la carrière; ils veulent fabriquer une sorte de macadam avec l'argile, d'après ce que j'ai compris. Les gens du patelin les regardent toujours faire. Apparemment il n'y a que des gens du Nord dans tout le pays pour ne pas se douter que le vieux Pritchel n'a pas la moindre intention de leur vendre son argile, ni sa ferme à plus forte raison.

— Alors, ils lui ont fait une offre, naturellement?

— Oui, et sans doute avantageuse. Les gens citent des chiffres qui varient entre deux cents et deux cent cinquante mille dollars. Ces gens du Nord ne savent pas s'y prendre. Si seulement ils essayaient de le convaincre que tous les gens du pays espèrent qu'il ne leur vendra pas sa ferme, le marché serait conclu aujourd'hui même avant dîner. » Il fixa l'oncle Gavin en clignant des yeux. « Alors, tu vois, il y a eu erreur quant à la victime. Si c'est la carrière d'argile qu'il avait en vue, il en est exactement au même point qu'hier. Et même il en est encore plus éloigné qu'hier. Il n'y avait alors aucun obstacle entre lui et l'argent de son beau-père, sauf les sentiments, les désirs ou les espoirs obscurs que cette fille bornée pouvait avoir conçus. À présent il y a le mur du pénitencier, et la corde vraisemblablement. C'est à n'y rien comprendre. Si c'est d'un témoin éventuel dont il avait peur, il a supprimé son témoin avant qu'il y ait eu matière à un témoignage quelconque, et même avant qu'il y ait eu un témoin à supprimer.

C'est comme s'il avait dressé une pancarte proclamant : « Regardez bien ce que je suis en train de faire », à l'adresse non seulement de ce comté ou de cet État, mais de tous ceux qui de par le monde croient aux paroles du Livre, là où il dit *Tu ne tueras point,* pour aller ensuite de lui-même se faire enfermer dans le lieu expressément créé pour le châtier et l'empêcher de commettre un autre crime. Il y a quelque chose qui a dû aller de travers.

— J'espère, dit l'oncle Gavin.

— Comment, tu espères ?

— Oui, que quelque chose est allé de travers et que ce quelque chose a déjà eu lieu, plutôt que ce qui a déjà eu lieu ne soit pas encore terminé.

— Comment, pas encore terminé ? dit le shérif. Comment peut-il terminer ce qu'il pourrait avoir à terminer ? Il est derrière les barreaux, non ? Et le seul homme dans le comté capable de verser une caution pour le faire relâcher est le père de la femme qu'il a pratiquement avoué avoir tuée.

— Évidemment, dit l'oncle Gavin. Il y avait une police d'assurance ?

— Je n'en sais rien, répondit le shérif. Je vais tirer ça au clair demain. Mais ce n'est pas ça que je veux savoir. Je veux savoir pourquoi il tenait tant à être mis sous les verrous. Parce que je te dis qu'il n'avait pas peur, il n'a jamais été homme à avoir peur. Tu as déjà deviné qui, par contre, avait peur là-bas.

Mais, pour le moment, cette question devait demeurer sans réponse. Et, en effet, il y avait une police d'assurance. Mais, quand nous l'apprîmes, un fait nouveau s'était produit qui relégua momentanément tout le reste dans l'ombre. Quand, le lendemain à l'aube, le geôlier alla jeter un coup d'œil dans la cellule de Flint, il la trouva vide. Il ne s'était pas évadé. Il était simplement sorti de la cellule, de la prison, de la ville — et apparemment du pays — sans laisser de trace, de signe, sans qu'on pût trouver un seul homme qui l'ait vu ou qui ait vu personne qui lui ressemblât de près ou de loin. Le soleil était à peine levé que j'ouvrais la porte latérale du bureau au shérif; l'oncle Gavin était déjà assis dans son lit quand nous entrâmes dans sa chambre.

— Le vieux Pritchel, dit l'oncle Gavin. Seulement, maintenant il est déjà trop tard.

— Qu'est-ce que tu racontes? riposta le shérif. Je t'ai déjà dit hier soir que c'était lui qui s'est aperçu trop tard qu'il avait mal visé quand il a appuyé sur la gâchette. Du reste, rien que pour être à même de te tranquilliser, j'ai déjà donné un coup de téléphone là-bas. Il y a une douzaine de gens qui ont passé la nuit à veiller le ... à veiller Mme Flint, et le vieux Pritchel est toujours enfermé dans la pièce. Il ne lui est rien arrivé. Ils l'ont entendu jurer et cogner là-bas juste avant l'aube, alors quelqu'un a frappé à la porte et a continué à frapper et à l'appeler jusqu'à ce qu'il ait entrouvert la porte pour les envoyer tous au diable en leur ordonnant de sortir de chez lui et de ne plus y remettre les pieds. Après quoi, il a de nouveau fermé la porte à clef. Il m'a l'air d'en avoir pris un coup, le vieux. Il devait être là quand c'est arrivé, et vu son âge, et après s'être retranché, comme il l'a fait, de tous les êtres humains, sauf de cette fille à moitié idiote, jusqu'à ce qu'elle-même en ait eu assez et se soit décidée à partir, coûte que coûte... Oui, c'est pas étonnant qu'elle ait fini par épouser même un homme comme Flint. Tu te rappelles ce que dit le Livre : « Qui vit par l'épée périra par l'épée. » Eh bien, dans le cas du vieux Pritchel, l'épée, c'est ce qu'il a choisi de faire passer avant les êtres humains, quand il était encore assez jeune, assez solide et robuste, pour se débrouiller sans l'aide de personne. Mais pour que tu ne te fasses pas de mauvais sang, j'ai envoyé Bryan Ewell là-bas, il y a une demi-heure, et je lui ai dit d'avoir l'œil jusqu'à nouvel ordre sur cette porte verrouillée et sur le vieux Pritchel lui-même, si jamais il s'avisait de sortir. J'ai aussi envoyé Ben Berry avec quelques autres à la maison de Flint et j'ai dit à Ben de me téléphoner. Je t'appellerai s'il y a du nouveau. Mais il n'y aura rien, parce que le type est parti. Il s'est fait prendre hier parce qu'il a commis une erreur, et un gars qui a su sortir de prison comme il l'a fait ne va pas en commettre une deuxième à moins de cinq cent miles de Jefferson et même du Mississippi.

— Une erreur ? dit l'oncle Gavin. Il vient de nous faire savoir ce matin pourquoi il tenait tant à être mis en prison.

— Ah ! et pourquoi ça ?

— Pour s'en évader.

— Et pourquoi prendre la peine de s'évader, puisqu'il était déjà dehors et qu'il pouvait s'en aller les mains dans les poches, au lieu de me téléphoner qu'il avait commis un crime ?

— J'en sais rien, dit l'oncle Gavin. Tu es sûr que le vieux Pritchel...

— Mais puisque je te dis que les gens l'ont vu et lui ont parlé ce matin par la porte entrouverte. Et au moment où je te parle, Bryan Ewell est déjà probablement adossé sur une chaise contre la porte — en tout cas, il ferait mieux d'y être. Je te téléphonerai s'il y a du nouveau. Mais qu'est-ce que je te parie qu'il ne se passera rien ?

Il téléphona une heure après. Il venait de parler à l'officier qui avait perquisitionné la maison de Flint, rapportant seulement que Flint y était passé durant la nuit — la porte de derrière ouverte, par terre les débris d'une lampe à huile que Flint avait dû faire tomber en tâtonnant dans le noir, car l'officier avait également trouvé, près d'une grande malle ouverte, sens dessus dessous, qui avait l'air d'avoir été fouillée à la hâte, un tortillon de papier dont Flint s'était évidemment servi pour s'éclairer pendant qu'il retournait le contenu de la malle — un morceau de papier déchiré d'un bulletin...

— Un quoi ? dit l'oncle Gavin.

— C'est bien ce que je lui ai demandé, dit le shérif. Et Ben, lui, il me dit : « Vous pouvez toujours envoyer quelqu'un d'autre ici, si vous trouvez que je lis pas assez clairement. C'est un morceau de papier qui m'a tout l'air d'avoir été arraché du coin d'un bulletin ; même moi je peux vous lire ce qui est écrit dessus, c'est en bon anglais... » Et moi je lui réponds : « Dis-moi exactement ce que tu tiens à la main. » C'est ce qu'il a fait. C'est la page d'une revue ou bien d'un petit journal qui s'appelle *Bulletin Théâtral* ou *Le Bulletin Théâtral*. Il y a encore quelques lignes imprimées dessus, mais Ben ne peut pas voir ce que ça dit, parce que tout à l'heure il a perdu ses lunettes dans le bois en tâchant d'encercler la maison pour mettre la main sur Flint pendant que l'autre, à son idée, était sans doute en train de préparer son petit déjeuner. Tu sais ce que c'est ?

— Oui, dit l'oncle Gavin.

— Tu as une idée de ce que ça signifie, de ce que ça faisait là ?

— Oui, dit l'oncle Gavin. Mais pourquoi ?

— Eh bien, pas moi. Et c'est pas par lui qu'on le saura. Il est bel et bien parti, Gavin. Oh ! il finira bien par se faire prendre un jour, quelque part, mais pas par nous. Et ce ne sera pas ici, et ce ne sera pas pour ça. On dirait que cette pauvre folle, cette pauvre innocente, ne valait pas la peine d'être vengée, même aux yeux de cette justice que tu prétends mettre au-dessus de la vérité.

Et l'affaire sembla effectivement devoir en rester là. Mme Flint fut enterrée dans l'après-midi. Le vieillard resta enfermé dans sa chambre pendant la cérémonie, même après qu'on eut enlevé le cercueil pour le porter au cimetière ; l'officier était toujours renversé sur son dossier contre la porte verrouillée ; deux voisines étaient restées dans la maison pour préparer un repas chaud au vieux Pritchel qui avait fini par se laisse amadouer et par ouvrir la porte, le temps de prendre le plateau qu'elles lui tendaient. Il bredouilla un remerciement bourru, les remercia aussi de tout ce qu'elles avaient fait pour lui pendant les dernières vingt-quatre heures. Comme une des femmes, apitoyée, lui proposait de revenir le lendemain pour lui préparer un autre repas, sa colère et sa mauvaise humeur coutumières le reprirent de plus belle, et la bonne femme regrettait déjà son offre, qu'il concluait d'une voix éraillée et stridente en repoussant la porte : « Je n'ai pas besoin qu'on m'aide, ça fait deux ans, de toute manière, que j'ai plus de fille », et leur claqua la porte au nez en poussant de nouveau le verrou.

Les deux femmes s'en allèrent, et il ne resta plus que l'officier renversé sur sa chaise en travers de la porte. Le lendemain matin, il était de retour en ville, racontant comme le vieillard avait soudain ouvert la porte sans dire gare, avait envoyé la chaise rouler par terre d'un coup de pied et avait ordonné, en sacrant, à l'officier réveillé en sursaut de vider instantanément les lieux; et comme, quelques instants plus tard, tandis que lui (l'officier) dissimulé derrière l'encoignure de la grange scrutait la maison, un coup de fusil avait retenti de la fenêtre de la cuisine, et une décharge de petit plomb à écureuil avait criblé le mur de l'étable à moins d'un mètre au-dessus de sa tête. Le shérif téléphona une fois de plus à mon oncle pour lui faire part de la nouvelle :

— Alors le voilà tout seul là-bas de nouveau. Il a l'air d'y tenir, et après tout, ça le regarde. Bien sûr, j'ai pitié de lui. Comme j'aurais pitié de quiconque aurait à vivre avec un caractère comme le sien. À son âge, et sans personne, avec tout ce qui lui est arrivé... C'est comme s'il avait été pris dans une tornade, emporté par un tourbillon, projeté en l'air, pour être violemment plaqué à son point de départ, sans même l'avantage ou le plaisir d'avoir fait un voyage. Tu te souviens de ce que je disais hier à propos de ceux qui vivent par l'épée?

— Non, je ne m'en souviens pas, dit l'oncle Gavin. Tu as dit pas mal de choses hier.

— Et il y avait pas mal de choses au sujet desquelles j'avais raison. J'ai dit que tout était terminé hier. Et c'est exact. Ce garçon finira bien par trébucher un jour, mais ça ne sera pas par ici.

Seulement c'était encore plus net. C'était comme

si Flint n'avait jamais même mis les pieds ici — pas la moindre trace, la moindre marque qui prouvât qu'il eût réellement été enfermé dans une des cellules de la prison. La poignée de gens compatissants, mais ne ressentant aucune perte en se séparant, en s'éloignant de la tombe fraîche de cette femme qui avait compté pour si peu dans notre vie, que quelques-uns d'entre nous avaient connue sans jamais l'avoir vue, que d'autres avaient vue sans jamais l'avoir connue... Le vieillard sans enfants que la plupart d'entre nous n'avaient jamais même aperçu, seul, une fois de plus, dans la maison où, de toute façon, comme il l'avait dit lui-même, il n'y avait pas eu d'enfant depuis deux ans...

— Comme si rien n'était jamais arrivé, dit l'oncle Gavin. Comme si Flint, non seulement n'avait jamais été en prison, mais n'avait jamais existé. Et le triumvirat de l'assassin, de la victime et de celui qui porte son deuil — pas des êtres vivants en chair et en os, mais un mirage, des ombres chinoises sur un drap — ni hommes, ni femmes, ni jeunes, ni vieux, rien que trois étiquettes projetant deux ombres pour la simple et unique raison qu'il faut être au moins deux pour postuler les vérités de l'iniquité et de la douleur. C'est bien ça. Ils n'ont jamais projeté que deux ombres, malgré le fait qu'ils aient eu trois étiquettes, trois noms. On dirait que c'est seulement par sa mort que cette pauvre femme a jamais pu assumer assez de réalité, assez de substance pour projeter une ombre.

— Mais il y a tout de même quelqu'un qui l'a tuée, dis-je.

— Oui, dit l'oncle Gavin. Il y a quelqu'un qui l'a tuée.

Il était midi. Cette après-midi-là, vers cinq heures, je répondis au téléphone. C'était le shérif. « Ton oncle est à la maison ? me demanda-t-il. Dis-lui de m'attendre. J'arrive tout de suite. » Il était accompagné d'un étranger — un homme de la ville, en costume de ville impeccable.

— M. Workman, dit le shérif. De la compagnie d'assurances. Il avait une police d'assurance. De cinq cents, souscrite il y a dix-sept mois. Ça ne valait pas le coup de tuer quelqu'un pour une somme pareille.

— Si c'est bien d'un meurtre qu'il s'agit », dit le représentant. Il parlait posément, mais sous le calme apparent de sa voix, on le sentait bouillonnant. « Cette assurance va être payée immédiatement sans la moindre difficulté et sans enquête. Mais je vais vous dire une chose dont vous n'avez pas l'air de vous apercevoir ici. Le vieux est fou. C'était pas cet homme, Flint, que vous auriez dû ramener en ville et mettre sous les verrous. »

Mais ce fut encore le shérif qui nous raconta l'histoire : comme la compagnie d'assurances avait reçu, la veille, une dépêche adressée à son bureau de Memphis et portant le nom du vieux Pritchel, les avisant de la mort de leur cliente, et le représentant était arrivé dans l'après-midi vers deux heures chez le vieux Pritchel et avait réussi en une demi-heure à tirer du vieux Pritchel la vérité sur la mort de sa fille. Les faits matériels — la camionnette, les trois écureuils morts, les traces de sang sur le sol et sur les marches — semblaient corroborer ses déclarations ; d'après lesquelles il ressortait que, pendant que la fille était occupée à préparer le déjeuner, Pritchel et

Flint étaient partis en camionnette dans le bois de Pritchel pour tuer des écureuils pour le dîner. « Et c'est exact, dit le shérif. Je me suis renseigné. Ils allaient chasser tous les dimanches matin. Pritchel ne permettait de tuer ses écureuils à personne d'autre qu'à Flint, et encore fallait-il qu'il accompagnât Flint lui-même — puis ils avaient abattu les trois écureuils, étaient rentrés en camionnette à la maison, et Flint avait garé la voiture le long des marches de derrière, et la femme était sortie pour prendre les écureuils, et Flint avait ouvert la portière en ramassant son fusil pour sortir, et avait trébuché en accrochant son talon au défaut du marchepied, projetant en avant le bras qui tenait le fusil pour amortir sa chute, de sorte que le canon du fusil était braqué sur la tête de sa femme quand le coup était parti. Quant au vieux Pritchel, non seulement il niait avoir envoyé le télégramme, mais il maintenait de façon véhémente, avec force jurons, qu'il n'avait jamais été au courant de la police d'assurance. Il soutenait *mordicus* que ce n'était pas par accident que sa fille avait été tuée. Il avait tâché de revenir sur ses déclarations au sujet de ce qui s'était passé quand elle était sortie pour prendre les écureuils, et avait rétracté sa déposition dès qu'il s'était rendu compte qu'elle disculpait son gendre, et avait arraché des mains du représentant un papier qu'il croyait évidemment être la police d'assurance, essayant de le déchirer et de le détruire avant que le représentant pût l'en empêcher.

— Pourquoi? dit l'oncle Gavin.

— Pourquoi pas? répondit le shérif. On a laissé Flint nous glisser entre les doigts; M. Pritchel savait qu'il était en liberté quelque part dans le monde. Tu ne penses tout de même pas qu'il allait le laisser toucher de l'argent pour avoir tué sa fille ?

— Peut-être, dit l'oncle Gavin. Mais je ne crois pas. Je ne crois pas que ce soit cela qui l'inquiète. J'ai idée que M. Pritchel sait que Joel Flint ne va plus pouvoir toucher cette assurance ni aucune prime. Peut-être savait-il que ce n'était pas une petite prison de campagne comme la nôtre, qui allait retenir un ancien forain rompu à tous les métiers ; il devait s'attendre à ce que Flint fût bientôt de retour, et cette fois il était prêt à le recevoir. Et j'ai idée, moi, qu'aussitôt que les gens vont le laisser un peu tranquille, il va te faire venir pour te mettre lui-même au courant.

— Ha ! interrompit le représentant. Il doit déjà se sentir tranquille, alors. Écoutez un peu : quand je suis arrivé là-bas cette après-midi, il y avait trois hommes avec lui dans la grande pièce. Ils avaient un chèque visé. C'était un gros chèque. Ils étaient en train de lui acheter sa ferme, de la cave au grenier, avec toutes les dépendances, et, soit dit en passant, j'ignorais qu'il y eût par ici des terres qui valent tant que ça. L'acte était déjà prêt et signé, mais quand je leur ai dit qui j'étais, ils se sont mis d'accord, comme de toute façon je devais repasser par la ville, pour attendre que j'aie mis quelqu'un au courant — le shérif, je suppose. Sur ce, je suis parti, avec le vieux toqué, debout sur le pas de la porte, qui gueulait en brandissant l'acte vers moi : « Va donc raconter ça au shérif, sacré nom d'un chien ! Et envoie-moi aussi un avocat ! Envoie-moi donc cet avocat Stevens ! On verra s'il est aussi malin qu'on le dit ! »

— Nous vous remercions », dit le shérif. La manière dont il s'exprimait, et jusqu'à ses moindres mouvements, était empreinte de cette circonspection, de cette politesse un peu cérémonieuse et désuète qui ne convient bien qu'aux hommes de taille imposante, sauf que lui ne s'en départait jamais; c'était la première fois que je le voyais ainsi couper court à une conversation, même quand il devait revoir son interlocuteur le lendemain. Il n'eut pas un regard pour le représentant : « Ma voiture est dehors », lança-t-il à l'oncle Gavin.

C'est ainsi que nous arrivâmes en voiture juste avant le coucher du soleil devant la palissade bien nette qui entourait la petite cour vide et nette et la maison coquette et nette du vieux Pritchel, devant laquelle était garée une grande voiture poussiéreuse avec une plaque d'immatriculation de la ville, et la camionnette délabrée de Flint où nous fûmes surpris de voir un jeune nègre étranger au volant — étranger parce que le vieux Pritchel n'avait jamais eu de domestique en dehors de sa fille.

— Il s'en va, lui aussi, dit l'oncle Gavin.

— C'est bien son droit, dit le shérif.

Nous montions les marches. Mais nous n'étions pas arrivés à la porte que déjà le vieux Pritchel nous criait d'entrer — la voix éraillée, cassante, stridente du vieillard nous interpellant de delà l'entrée, de l'autre côté de la porte qui donnait dans la salle à manger, où une énorme, antique sacoche de toile ficelée, bourrée à craquer, était posée en évidence sur une chaise, et où les trois hommes du Nord en kaki poussiéreux se tenaient debout, les yeux tournés vers la porte où le vieux Pritchel restait assis sans bouger devant la table.

Et j'aperçus pour la première fois (l'oncle Gavin me dit qu'il l'avait seulement entrevu deux fois) sa tignasse blanche ébouriffée, ses sourcils touffus hérissés au-dessus de ses bésicles à monture d'acier, son bout de moustache désordonné et sa petite barbe broussailleuse jaunie comme du vieux coton par l'usage de la chique.

— Entrez, dit-il. C'est l'avocat Stevens, hein?

— Oui, M. Pritchel, répondit le shérif.

— Hum, aboya le vieillard. Eh bien, Hub, reprit-il. Ai-je le droit de vendre mon terrain, ou pas?

— Bien entendu, M. Pritchel, répondit le shérif. On ne savait pas que vous aviez l'intention de le vendre.

— Ha! fit le vieillard. C'est peut-être ça qui m'a fait changer d'avis. » L'acte était plié devant, sur la table, à côté du chèque. Il poussa le chèque devant le shérif. Il ne tourna même pas la tête vers l'oncle Gavin; il se contenta de dire : « Vous aussi. » L'oncle Gavin et le shérif se rapprochèrent de la table pour regarder le chèque. Aucun d'eux n'y toucha. Je pouvais voir leurs visages. Ils étaient impassibles. « Eh bien? dit M. Pritchel.

— C'est un bon prix », remarqua le shérif.

Cette fois le vieillard poussa un « ha! » bref et rauque. Il déplia l'acte, en le faisant glisser non pas vers le shérif, mais vers l'oncle Gavin. « Eh bien, dit-il. Vous, l'avocat?

— Ça m'a l'air en règle, M. Pritchel », répondit l'oncle Gavin.

Le vieillard se renversa sur son dossier, et, les mains sur la table, rejeta la tête en arrière en fixant le shérif.

— Alors ? dit-il. Marché conclu ?

— La terre vous appartient, dit le shérif. Personne ne peut vous empêcher d'en faire ce que vous voulez.

— Ha ! dit M. Pritchel. » Il resta immobile. « Alors, c'est entendu, messieurs. » Il n'esquissa pas le moindre geste ; un des étrangers fit un pas en avant et saisit l'acte. « D'ici une demi-heure, je serai sorti de la maison ; vous pourrez occuper les lieux aussitôt, sinon vous trouverez la clef sous le paillasson demain matin. » Je n'ai même pas l'impression qu'il les regarda sortir, mais il n'y avait pas moyen de s'en rendre compte à cause du reflet de ses lunettes. Puis, tout à coup, je compris qu'il était en train de fixer le shérif, que ça faisait au moins une minute qu'il le fixait, et je m'aperçus qu'il tremblait, d'un tremblement fébrile de vieillard, mais ses mains, qu'il tenait toujours sur la table, ne bougeaient pas plus que si elles avaient été taillées dans la glaise.

— Alors, vous l'avez laissé filer, dit-il.

— Malheureusement, répondit le shérif. Mais ne vous en faites pas, M. Pritchel, on le rattrapera.

— Quand ça ? répliqua le vieillard. Dans deux ans ? Dans cinq ans ? Dans dix ans ? J'ai soixante-quatorze ans ; j'ai déjà enterré ma femme et quatre enfants. Où est-ce que je serai dans dix ans ?

— Mais ici, j'espère, dit le shérif.

— Ici ? reprit le vieillard. Vous ne m'avez pas entendu, tout à l'heure, dire au type qu'il pouvait venir occuper cette maison dans une demi-heure ? Et maintenant j'ai une camionnette-automobile ; et maintenant j'ai de l'argent, et je sais comment je vais l'employer.

— Comment ça ? demanda le shérif. Ce chèque ? Même le gosse qui est ici avec nous devrait se lever de bonne heure et se coucher bigrement tard pour venir à bout d'une pareille somme en dix ans.

— À faire arrêter l'homme qui a tué mon Ellie !

Il se leva brusquement en repoussant sa chaise en arrière. Il tituba, mais comme le shérif se précipitait vers lui, il leva violemment le bras comme sur le point de frapper le shérif qui recula d'un pas.

— Ça va, lâcha-t-il, en soufflant. » Et il se mit à vociférer d'une voix rauque, éraillée, chevrotante de fureur : « Sortez d'ici ! Sortez de ma maison, vous tous ! » Mais le shérif ne bougea pas, nous non plus ; le vieillard cessa bientôt de trembler. Mais il se retenait toujours au bord de la table. Mais sa voix était redevenue calme : « Passez-moi mon whisky. Sur l'étagère. Et trois verres. » Le shérif alla les chercher — un vieux carafon en verre taillé et trois gobelets — et les posa devant lui. Et quand il reprit la parole, son ton était presque aimable, et je compris comment la femme avait pu être amenée, l'autre soir, à lui proposer de revenir le lendemain pour lui préparer un autre repas : « Je vous prie de m'excuser. Je suis fatigué. Il m'est arrivé des tas de malheurs ces temps-ci, on dirait que j'ai du mal à me remettre d'aplomb. Peut-être qu'il me faut un changement d'air.

— Mais pas ce soir, M. Pritchel », dit le shérif.

Puis, de nouveau, comme lorsque la femme lui avait offert de revenir pour lui préparer à manger, il se rebiffa. « Il se peut que je ne parte pas ce soir, dit-il. Et il se peut aussi que je parte. Mais vous autres vous devez bientôt retourner en ville, alors on va juste boire un coup avant de se quitter, en trinquant à des temps meilleurs... » Il déboucha le carafon, versa du whisky dans les trois gobelets et, après avoir posé le carafon, jeta un coup d'œil autour de la table : « Toi, garçon, lança-t-il, va me chercher le seau d'eau. Il est sur l'étagère de la véranda derrière la maison. » Puis, comme je me tournais vers la porte pour sortir, je le vis étendre la main, prendre le sucrier, y plonger sa cuillère, et je m'arrêtai net aussi. Et je me souviens de la tête que faisaient l'oncle Gavin et le shérif, et moi non plus je ne pouvais pas en croire mes yeux, il était en train de verser une cuillerée de sucre dans son gobelet de whisky pur et se mettait à le remuer. Parce que j'avais bien vu comment faisaient l'oncle Gavin et le shérif quand il venait jouer aux échecs avec l'oncle Gavin, et pas seulement eux, mais aussi le père de l'oncle Gavin, mon grand-père, de même que mon père, de son vivant, et que tous les autres gens qui venaient chez grand-père et qui buvaient des grogs froids, comme on les appelle chez nous, et même moi je savais que pour préparer un grog froid, on ne doit pas mettre le sucre dans le whisky pur, parce que le sucre, au lieu de se dissoudre dans le whisky, forme une espèce de petit précipité granuleux au fond du verre, comme du sable; il faut commencer par verser l'eau dans le verre et faire dissoudre le sucre dans l'eau, presque un rite; et c'est seulement après qu'on ajoute le whisky. Tout le monde savait ça, y compris le vieux Pritchel, qui devait avoir vu préparer des grogs froids depuis près de soixante-dix ans et en préparait lui-même et en buvait depuis au moins cinquante-trois ans. Et je me souviens encore comment l'homme que nous avions pris pour le vieux Pritchel, se rendant compte, mais trop tard, de ce qu'il était en train de faire, redressa la tête au moment où l'oncle Gavin se précipitait sur lui, et jeta son bras en arrière pour lancer son verre à la tête de l'oncle Gavin, du bruit du verre rebondissant contre le mur, de la tache sombre dégoulinant, du fracas de la table renversée, de l'âcre puanteur du whisky coulant du carafon, et de l'oncle Gavin qui criait au shérif : « Attrape-le, Hub ! attrape-le ! »

Nous avions tous les trois sauté sur lui. Je me souviens encore de l'agilité et de la force sauvage de ce corps, qui n'était pas un corps de vieillard ; je le vis plonger sous le bras du shérif, et sa perruque tomba d'un seul coup : j'eus l'impression de voir son visage convulsé furieusement transparaître à travers le maquillage des rides peintes et des sourcils postiches. Quand le shérif arracha sa barbe et ses moustaches, la chair sembla venir avec, à vif, rose tout de suite, puis écarlate, comme si dans ce dernier rôle désespéré il avait dû dissimuler sous une barbe, déguiser, encore moins son visage que le sang même qu'il avait versé.

Nous ne mîmes pas plus d'une demi-heure à découvrir le corps du vieux Pritchel. Il était enfoui, à quelques centimètres du sol, dans l'étable, près des mangeoires, à peine recouvert de terre dans une fosse hâtivement creusée. Les cheveux avaient été non seulement teints, mais égalisés ; les sourcils aussi avaient été teints et rognés, la barbe et la moustache rasées. Il portait les vêtements que Flint avait sur lui en prison ; il avait reçu au moins un coup violent sur le visage, apparemment assené avec le plat de la hache qui lui avait fendu l'arrière du crâne, de sorte qu'on pouvait à peine distinguer ses traits; après avoir séjourné deux ou trois semaines sous terre, le corps aurait fini par être méconnaissable. Et soigneusement calé sous la tête, se trouvait un grand registre de près de six pouces d'épaisseur et pesant près de vingt livres, rempli de coupures de journaux soigneusement collées qui couvraient une période de plus de vingt ans. C'était la chronique, l'histoire des dons et du talent qu'il avait finalement dévoyés et trahis, et qui, dès lors, s'étaient retournés contre lui pour le perdre. Tout y était : les débuts, les points marquants de sa carrière, l'apogée, puis le déclin — prospectus, programmes, coupures de journaux, et jusqu'à une affiche de dix pieds :

SIGNOR CANOVA
MAÎTRE DE L'ILLUSION
Il disparaît sous vos yeux
La direction offre mille dollars comptant
à tout homme, femme ou enfant qui...

Puis, enfin la dernière coupure, extraite de notre journal local de Memphis et datée de Jefferson, qui, cette fois, rentrait dans la rubrique des faits divers et non plus dans celle des communiqués publicitaires. C'était l'histoire de son dernier coup de dés, avec lequel il avait joué sa vie et son talent pour l'argent, la fortune, et avait perdu — le fragment de journal soigneusement découpé relatant la fin non pas d'une existence, mais de trois, quoique les ombres de deux d'entre elles, là aussi, n'en fissent qu'une : non seulement celle de la pauvre innocente, mais aussi celle de Joel Flint et du Signor Canova, avec, éparses dans le tas et donnant à entendre que le Signor

Canova était mort lui aussi, les annonces prudemment rédigées qu'il s'était risqué à faire paraître dans *Variétés* et dans *Le Bulletin Théâtral*, sous son nouveau nom, sans avoir jamais probablement trouvé de preneurs, puisque, après son décès, le grand Signor Canova avait dû purger son purgatoire, six mois dans un cirque, huit mois dans un autre, tour à tour fanfariste, garçon de piste, et sauvage de Bornéo jusqu'à ce qu'enfin, touchant le fond, il ait dû prendre la route de ville en ville à travers les campagnes avec une roue garnie de montres de camelote et de pistolets inutilisables, jusqu'au jour où, instinctivement peut-être, il avait saisi une dernière occasion de mettre son don à profit.

— Et perdu pour de bon, cette fois », dit le shérif. Nous étions de nouveau dans le bureau. La porte de côté était ouverte, les lucioles clignotantes filaient dans la nuit d'été, les cigales et les rainettes crépitaient et sifflaient. « C'était la police d'assurance. Si ce représentant n'était pas passé en ville pour nous faire aller là-bas, on ne l'aurait jamais surpris en train d'essayer de faire dissoudre du sucre dans du whisky pur, il aurait simplement pris le chèque, il serait monté tranquillement dans la camionnette et il aurait disparu une fois pour toutes. Au lieu de cela, il fait venir le représentant, et nous met pratiquement au défi d'aller le trouver là-bas et de le reconnaître sous sa perruque et sous son maquillage...

— Tu disais l'autre jour, n'est-ce pas, qu'il avait supprimé son témoin un peu trop tôt, reprit l'oncle Gavin. Ce n'était pas elle, le témoin. Le témoin qu'il a supprimé, c'est celui que nous étions censés retrouver sous l'étable.

— Quel témoin ? demanda le shérif. Le témoin du fait que Joel Flint avait cessé d'exister ?

— En partie, oui. Mais surtout du premier crime, de l'ancien : de celui qui avait causé la perte du Signor Canova. Voilà le témoin qu'il voulait qu'on retrouvât. C'est pour cela qu'il ne l'a pas mieux enterré ni caché plus profondément. Aussitôt qu'on l'aurait retrouvé, il serait devenu riche, et libre surtout, débarrassé non seulement du Signor Canova qui l'avait trahi en mourant huit ans auparavant, mais aussi de Joel Flint. Même au cas où on aurait trouvé le corps avant qu'il n'ait eu le temps de partir, que crois-tu qu'il aurait dit ?

— Il aurait mieux fait d'écraser le visage un peu plus, opina le shérif.

— Je ne pense pas, répondit l'oncle Gavin. Alors, que crois-tu qu'il aurait dit ?

— Eh bien, quoi, d'après toi ? dit le shérif.

— « Eh oui, je l'ai tué. Il a assassiné ma fille ! » Et toi, qu'aurais-tu répondu, en tant que représentant de la Loi ?

— Rien, dit le shérif, après un moment.

— Rien », répéta l'oncle Gavin. Un chien aboyait quelque part, pas un gros chien, puis une chouette se posa dans le mûrier, derrière la maison, et fit entendre sa plainte craintive et frémissante, toutes les petites créatures à poil s'étaient mises à bouger — les musaraignes, les opossums, les lapins, les renards et les vertébrés rampants, filant, glissant à travers le pays obscur sous le ciel constellé de l'été sans pluie, obscur seulement : pas désolé. « C'est une des raisons pour lesquelles il a fait ça, dit l'oncle Gavin.

— Une des raisons? demanda le shérif. Quelles sont les autres?

— Il y en a une autre qui est la vraie. Qui n'a rien à voir avec l'argent; même s'il avait voulu, il n'aurait sans doute pas pu s'empêcher d'y obéir. Je pense à son don. Ce qu'il doit regretter par-dessus tout maintenant, ce n'est pas tant d'avoir été arrêté, que d'avoir été arrêté trop tôt, avant qu'on ait eu le temps de retrouver le corps et qu'on lui ait donné l'occasion de l'identifier comme étant le sien; avant que le signor Canova ait eu le temps de faire disparaître son haut-de-forme étincelant par-dessus son épaule, de s'incliner dans le fracas haché, émerveillé, tonitruant des paumes adulatrices, et de disparaître à son tour en une ou deux enjambées du feu mobile du projecteur — passez, muscade — une fois pour toutes. Quand on pense à ce qu'il fait : il s'est d'abord déclaré coupable d'un meurtre, lorsque, en toute probabilité, il aurait pu facilement s'enfuir; ensuite, il s'en est lui-même acquitté, après avoir regagné sa liberté. Puis il a eu l'audace de nous faire venir là-bas, afin que nous puissions littéralement sanctionner par notre présence la consommation de l'acte même auquel il savait que nous étions en train d'essayer de nous opposer. Quel autre sentiment ce don pouvait-il provoquer en lui, à un degré sans cesse accru par l'habileté avec laquelle il savait s'en servir, sinon un suprême mépris envers l'humanité? Tu m'as dit toi-même qu'il n'avait jamais eu peur de sa vie.

— Oui, dit le shérif. Le livre lui-même dit quelque part : *Connais-toi toi-même.* Est-ce qu'il n'y aurait pas quelque part un autre livre qui dirait : *Homme, prends garde à toi, méfie-toi de ton arrogance, de ta vanité, et de ton orgueil ?* Tu devrais savoir, puisqu'il paraît que tu es versé dans les livres. Du moins c'est ce que tu m'as dit, un jour, que signifiait l'espèce d'amulette accrochée à ta chaîne de montre... Alors, dans quel livre cela se trouve-t-il ?

— Ça se trouve dans tous les livres, dit l'oncle Gavin. Dans les bons, bien entendu. Cela y est dit de bien des manières différentes, mais en tout cas, cela y est.

LE GAMBIT DU CAVALIER

I

L'un d'eux frappa. Mais la porte, cédant au coup, s'ouvrit d'elle-même, et les deux visiteurs étaient déjà dans la pièce quand lui et son oncle relevèrent la tête de l'échiquier. Puis son oncle les reconnut à son tour.

C'étaient les Harriss. Le frère et la sœur. À première vue, on les aurait pris pour des jumeaux; pas seulement les étrangers : la plupart des gens de Jefferson s'y seraient trompés aussi. Car il ne devait pas y avoir plus d'une demi-douzaine de personnes dans tout le comté de Yoknapatawpha qui savaient au juste lequel des deux était l'aîné. La propriété qu'ils habitaient, à six miles de la ville, était encore, il y a vingt ans, une de ces plantations où l'on ne cultive, en dehors du coton destiné à la vente, que du maïs et du foin pour les mulets qui font le coton. Mais depuis, elle était devenue une des curiosités du comté (et même de tout le nord du Mississippi) : avec son mile carré de barres et de panneaux blancs clôturant prés et pâturages, ses écuries éclairées à l'électricité, leur maison, jadis sans prétention, rivalisait maintenant d'extravagance avec les décors Hollywood d'avant-guerre.

Ils étaient entrés, ils se tenaient là, sans dire mot, roses, juvéniles, délicats, luxueusement vêtus, le visage coloré par la nuit de décembre. Son oncle se leva.

— Mlle Harriss, M. Harriss, commença-t-il. Mais comme vous êtes déjà entrés, je ne peux guère...

Mais le garçon ne le laissa pas terminer. Puis il remarqua que le garçon, au lieu de tenir sa sœur par le bras ou par le coude, lui serrait l'avant-bras, juste au-dessus du poignet, comme dans une de ces vieilles lithographies où on voit le gendarme avec sa prisonnière éplorée, ou le soldat fêtant sa victoire avec sa proie Sabine effondrée. Il remarqua alors le visage de la fille.

— Vous êtes Stevens, dit le garçon.

Ce n'était pas même une question. Il relevait simplement le fait.

— C'est exact, en partie, répliqua son oncle. Mais passons. En quoi puis-je...

Le garçon l'interrompit une fois de plus. Il se tourna vers la fille.

— C'est Stevens, déclara-t-il. Tu peux lui parler.

Mais elle ne desserra pas les lèvres. Elle se tenait là sans mot dire, en robe du soir et en manteau de fourrure, un manteau de fourrure qu'aucune des jeunes filles ou des femmes du comté de Yoknapatawpha n'aurait pu s'offrir, fixant son oncle d'un air craintif, terrorisé, avec une expression maladive, figée, indéfinissable, tandis que la main du garçon, serrée autour de son poignet, devenait livide.

— Allez, parle, ordonna le garçon.

Elle ouvrit la bouche. On l'entendait à peine.

— Le capitaine Gualdres. À la maison...

Son oncle s'était avancé de quelques pas vers eux. À présent il s'arrêta, lui aussi, au milieu de la pièce, la contemplant.

— Oui, appuya son oncle. Dites-moi.

Mais les quelques paroles qui venaient d'expirer sur ses lèvres semblaient devoir être les dernières. Elle restait là, désemparée, tournée vers son oncle, essayant de lui signifier quelque chose avec les yeux — mais quoi exactement? — s'adressant à eux deux, d'ailleurs, puisque lui aussi était là. Mais ils ne mirent pas longtemps à se rendre compte de quoi il s'agissait, du moins de ce que le garçon voulait lui faire dire en la traînant en ville par le bras. Du moins de ce qu'il croyait qu'elle avait l'intention de dire. Parce qu'il aurait dû se douter dès le début que son oncle devait déjà en savoir plus long que ce que le garçon ou la fille pensaient encore lui faire savoir et était peut-être même alors au courant de toute l'histoire. Mais il allait encore mettre un certain temps à s'en aviser. Et la seule raison pour laquelle il fut si lent était son oncle.

— Oui », reprit le garçon, sans changer de ton et de voix, refusant toujours de se conformer à la politesse ou aux égards dus à l'homme plus âgé auquel il s'adressait. Lui — Charles — contemplait le garçon qui dévisageait son oncle, — les traits aussi délicats que ceux de sa sœur, mais rien de délicat, par contre, dans les yeux. Eux — les yeux — restaient fixés sur son oncle sans même se soucier d'être durs : ils attendaient, simplement.

— Le capitaine Gualdres, notre soi-disant invité. Nous ne voulons plus qu'il remette les pieds chez nous ou à Jefferson.

— Je vois », dit son oncle. Et il ajouta : « Je suis membre du conseil de révision ici, et je ne me rappelle pas avoir vu votre nom sur nos listes. »

Mais le garçon ne sourcilla pas. Son regard n'était même pas méprisant. Il attendait, simplement. Mais son oncle s'était déjà tourné vers la sœur ; et ce fut sur un tout autre ton qu'il lui demanda :

— C'est bien de cela qu'il s'agit ?

Mais elle ne répondit pas. Elle fixait toujours son oncle d'un regard instant, désespéré, le bras pendant, le poignet pris comme dans un étau dans la main livide de son frère. Son oncle s'adressait aussi au frère, à présent, mais en gardant toujours les yeux tournés vers elle, sur un ton encore amène ou calme tout au moins. « Et en quoi cela me regarde-t-il ? Qu'est-ce qui vous fait croire que je puisse vous aider ? Que je doive vous aider ?

— Vous êtes ici le représentant de la Loi, non ? » répliqua le garçon.

Son oncle avait toujours les yeux tournés vers la sœur. « Je suis Procureur du Comté. » Il s'adressait toujours à elle. « Mais même en admettant que je puisse vous aider, pourquoi le ferais-je ? »

Mais de nouveau ce fut le garçon qui déclara : « Parce que je ne veux pas que ma mère se marie avec un métèque qui n'en veut qu'à son argent. »

Il lui sembla, du coup, que pour la première fois son oncle regardait vraiment le garçon. « Je vois », dit son oncle. Et la voix de son oncle avait changé. Elle ne s'était pas élevée, elle avait simplement perdu son aménité, comme si, pour la première fois, son oncle pouvait cesser (de fait, il avait cessé) de s'adresser à la sœur. « C'est votre affaire et c'est votre droit. Mais, encore une fois, en quoi tout cela me regarde-t-il, même si je pouvais vous aider? »

Maintenant, ils parlaient tous deux — son oncle et le garçon — vite, sur un ton tranchant; presque comme s'ils étaient plantés face à face, à échanger des paires de claques.

— Il était fiancé à ma sœur. Quand il s'est rendu compte que l'argent devait rester à ma mère jusqu'à sa mort, il l'a plaquée.

— Je vois. Vous auriez voulu profiter des lois de déportation du Gouvernement Fédéral pour venger votre sœur du type qui l'a laissé tomber.

Cette fois, le garçon ne répondit même pas. Il toisa simplement l'homme plus âgé avec une hostilité si froide, si délibérée, si intense, que lui — Charles — vit son oncle hésiter un instant avant de se tourner vers la fille; de nouveau, il (son oncle) lui adressa la parole avec bienveillance, mais néanmoins il dut répéter sa question avant qu'elle ne se décidât à répondre : « Est-ce vrai?

— Pas fiancé, murmura-t-elle.

— Mais vous l'aimez? »

Mais le garçon ne lui laissa même pas le temps de répondre, il n'en laissait le temps à personne. « Elle n'y connaît rien, à l'amour! s'exclama-t-il. Alors, vous vous chargez de l'affaire? À moins que vous ne préfériez que je vous signale à vos supérieurs?

— Vous ne croyez pas qu'il se fait un peu tard pour vous et qu'on vous attend à la maison? » lui demanda son oncle, de cette voix douce que lui — Charles — connaissait bien.

Si son oncle s'était adressé à lui sur ce ton-là, il aurait sauté sur ses pieds pour le débarrasser de son chapeau. Mais le garçon ne marqua même pas le coup.

— Parlez un peu plus clairement, si vous en êtes capable, dit-il.

— Je ne me charge pas de votre affaire, dit son oncle.

Le garçon toisa son oncle pendant un moment encore, sans lâcher le poignet de la fille. Lui — Charles — crut alors que le garçon allait la tirer violemment par le bras, sortir en la projetant devant lui. Mais, au contraire, il lâcha même prise, et (sans tenir compte de son hôte, du propriétaire de la porte qu'il avait déjà franchie une fois sans en avoir demandé la permission et sans attendre qu'on l'y eût invité), se mit lui-même en devoir d'ouvrir la porte, s'effaçant pour permettre à la fille de passer devant lui — un geste, une pantomime de courtoisie et de déférence qui n'était, même s'il avait appris à s'y conformer machinalement et dès son plus jeune âge, que machinale : inculquée depuis longtemps, à n'en pas douter, par les maîtres et les répétiteurs, et les précepteurs les plus distingués dans une société qui, du moins à en croire les dames du comté de Yoknapatawpha, comptait parmi les plus distinguées. Mais peu importaient ses façons : faisant toujours preuve de la même arrogance, de la même désinvolture, de la même insolence tant envers celle devant qui il affectait de s'effacer qu'envers les témoins de la scène, sans un regard pour sa sœur, pour qui il maintenait la porte ouverte, continuant de toiser l'homme deux fois plus âgé que lui dont il venait ainsi de violer pour la seconde fois le domicile :

— Très bien, dit le garçon. Vous ne direz pas que vous n'avez pas été prévenu.

Ils avaient déjà disparu. Son oncle alla refermer la porte. Mais, pendant une seconde, son oncle resta immobile. Le temps de se ressaisir, de se contenir, marquant un temps d'arrêt presque infinitésimal, si imperceptible, si infinitésimal qu'il n'y eût sans doute pu y avoir que lui, Charles, pour s'en rendre compte. Et s'il s'en aperçut uniquement parce qu'il n'avait jamais vu son oncle, si vif, si nerveux à son accoutumée, si volubile de paroles et de gestes, se retenir ou donner un signe d'hésitation quelconque une fois qu'il était lancé. Puis son oncle fit demi-tour et regagna le coin de la pièce où lui, Charles, était toujours assis de son côté de l'échiquier, sans s'être aperçu, tant la scène avait été rapide et les reparties soudaines, qu'il ne s'était pas levé, qu'il n'aurait sans doute même pas eu le temps de se lever s'il y avait pensé. Et peut-être en était-il encore un peu bouche bée (il n'avait pas tout à fait dix-huit ans, et même à dix-huit ans, il existe encore un certain nombre de situations — et cela, même un homme doué de la présence d'esprit et du flegme de son oncle devrait l'admettre — qu'il est normal de ne pas savoir comment dominer en un clin d'œil entre deux claquements de porte, ou auxquelles du moins on peut ne pas avoir encore eu à faire face), assis de son côté devant la partie interrompue, regardant son oncle regagner son siège et s'apprêter à s'asseoir, en étendant simultanément la main vers la pipe de bruyère renversée sur le cendrier à pied.

— Prévenu ? dit-il.

— C'est le mot qu'il a employé », dit son oncle,

achevant de s'installer et portant le tuyau de la pipe à sa bouche tout en tirant une allumette de la boîte fixée au-dessous du cendrier, de sorte que le geste de rallumer sa pipe ne ferait que marquer la conclusion du mouvement qui l'avait reconduit à sa place. « Moi j'appellerais plutôt ça une menace. »

Et il répéta cela aussi, toujours bouche bée, probablement.

— Bon, répliqua son oncle. Alors comment appellerais-tu ça, toi ? — frottant l'allumette et portant du même geste la flamme à la cendre froide de la pipe tout en ayant l'air de continuer de parler à vide autour du tuyau, sans réussir à en tirer autre chose que d'illusoires bouffées qui allaient lui prouver d'ici une seconde qu'il ne lui restait plus qu'à fumer l'allumette.

Son oncle jeta alors l'allumette dans le cendrier, et de l'autre main joua le coup qu'il avait évidemment calculé bien avant qu'on eût frappé à la porte sans qu'il ait eu le loisir, faute de promptitude, de temps, peut-être, d'aller ouvrir ou même de dire : entrez. Il joua son coup sans même baisser les yeux, avançant le pion qui découvrait sa tour, celle de Charles, au pion que lui, Charles, — son oncle avait évidemment compté là-dessus avant même de dresser son plan — avait oublié de surveiller, puis se rejeta contre le dossier, avec son visage fin, mobile, sa tignasse prématurément blanche, sa clef de Phi Beta Kappa, sa pipe de maïs de dix cents, son costume dans lequel il avait l'air d'avoir dormi chaque nuit depuis le jour où il l'avait acheté, et dit : « À toi ! »

Mais lui, Charles, n'était pas si bête que ça, même s'il en restait encore bouche bée. En fait, il n'avait pas tardé à se ressaisir, une fois passée la surprise d'une visite aussi inattendue, aussi cavalière, à pareille heure et par cette nuit glacée : avec ce garçon qui sans doute avait traîné la fille par le bras jusqu'à la porte d'entrée pour faire irruption, sans même prendre la peine de sonner ou de frapper, dans le vestibule d'une maison inconnue, car ce n'était pas l'avoir connue que d'y avoir été amené dix-sept ans ou dix-huit ans auparavant, encore au biberon, s'arrêter devant une porte inconnue, frapper cette fois, à vrai dire, mais sans attendre de réponse, pour pénétrer (autre détail) dans une pièce où il n'y aurait rien eu d'étonnant à ce que sa mère, la mère de Charles, fût en train de se déshabiller pour se mettre au lit.

Non, en vérité, c'était son oncle qui l'avait étonné : cet homme loquace, plein de verve, si volubile, si bavard, surtout lorsqu'il s'agissait de quelque chose qui lui était entièrement indifférent, à tel point qu'il semblait vraiment y avoir deux êtres en lui : l'un, l'avocat, le procureur du comté, qui marchait, respirait, déplaçait de l'air ; et l'autre, la voix volubile, nonchalante, si volubile, si nonchalante qu'elle semblait complètement en dehors de la réalité, et qu'en l'écoutant elle finissait par devenir plus que fictive, on nageait en pleine littérature.

Et voilà que deux inconnus avaient fait irruption chez lui, s'étaient introduits jusque dans son cabinet particulier, avaient commencé par lui intimer un ordre sur un ton péremptoire, étaient ensuite passés aux menaces, et avaient enfin disparu aussi soudainement qu'ils étaient venus ; et son oncle, comme si de rien n'était, avait repris sa place devant la partie d'échecs interrompue, s'était remis à fumer sa pipe et avait tranquillement parachevé un coup prévu d'avance, comme si, en fait, il n'avait jamais été interrompu ; et cela, à la suite d'une série d'événements qui, normalement, auraient donné libre cours à la verve de son oncle pendant le reste de la nuit, puisque, de toutes les choses qui eussent pu aboutir des fins fonds du comté à sa chambre, celle-ci, vraiment, le concernait le moins : les complications, les dilemmes, les drames domestiques d'une famille, d'une maisonnée, habitant à six miles de la ville, dont moins d'une douzaine de gens dans tout le comté connaissaient les quatre membres, ou plutôt les quatre habitants, autrement que de vue : la riche veuve (millionnaire, précisait-on dans le comté), vaguement fanée, encore vaguement jolie, allant sur ses quarante ans, les deux enfants gâtés dont l'aîné, qui avait un an de plus que l'autre, n'avait pas vingt et un ans, et l'invité, le capitaine argentin, tout le quatuor ayant l'air de sortir du premier feuilleton venu, jusqu'à l'inévitable chevalier d'industrie étranger.

D'où il ressortait (peut-être était-ce là la vraie raison, mais il aurait tout de même fallu un peu plus que le mutisme inouï de son oncle pour l'en convaincre, lui, Charles) que son oncle n'avait réellement aucune raison de revenir sur tout cela. Parce que cela faisait vingt ans déjà, bien avant même qu'il y ait eu des enfants et rien de susceptible, à plus forte raison, d'attirer un aventurier étranger, que le comté tout entier suivait l'affaire de près au fur et à mesure qu'elle se déroulait, comme des abonnés avidement suspendus au feuilleton de leur magazine attendent avec impatience le numéro suivant.

Et tout cela — les vingt ans — s'était aussi passé avant son temps, celui de Charles. Mais, néanmoins, c'était bien à lui, cela faisait partie de son patrimoine, il l'avait hérité, lui aussi, comme un jour, lui aussi, il hériterait de son père et de sa mère qui eux aussi l'avaient hérité, le rayon de la bibliothèque qui se trouvait dans la pièce en face du vestibule, vis-à-vis de celle où il se tenait assis avec son oncle, où se trouvaient, non pas les livres que son grand-père avait personnellement choisis ou hérités, lui aussi, de son père, mais ceux sur lesquels sa grand-mère avait jeté son dévolu lors des voyages qu'elle faisait deux fois par an à Memphis — les volumes sombres datant d'avant l'époque des couvertures éclatantes, les pages de garde portant le nom et l'adresse de sa grand-mère et même parfois ceux du magasin où elle en avait fait l'acquisition, avec les dates de la fin du siècle dernier et du début du présent tracées d'une main déjà fanée de jeune fille de pensionnat, les volumes maintes fois échangés, prêtés et rendus en vue d'exposés circonstanciés à la prochaine réunion du club littéraire, les pages jaunies portant encore quarante et cinquante ans après la trace des fleurs pressées, tombées en poussière, au travers desquelles flottaient, avec des gestes fantomatiques et compassés, les hommes et les femmes qui, plus tard, avaient donné leurs prénoms à toute une génération : les Clarisse, et les Judith et les Marguerite, les Saint-Elme et les Roland et les Lothaire : des femmes qui étaient toujours des dames et des hommes toujours vaillants, se déplaçant dans une sorte de clair de lune immortel sans jamais connaître angoisse ou douleur, de leur naissance immaculée à leur mort imputrescible, de sorte que vous aussi pouviez pleurer avec eux sans jamais connaître souffrance ou peine, comme partager leurs triomphes sans aucune difficulté à surmonter ou à vaincre.

Ainsi la légende lui appartenait-elle aussi. Et c'était même sa grand-mère qui la lui avait directement transmise, en partie; il avait simplement écouté, comme le font inévitablement les enfants, sans passer par sa mère qui, en un sens, avait joué un rôle dans l'histoire : et jusqu'à cette nuit, tout cela était resté aussi anodin, aussi irréel que les vieux volumes jaunis : la vieille plantation à six miles de la ville, déjà considérée comme vieille du temps de sa grand-mère, pas bien étendue, mais de bonne terre, bien entretenue et bien cultivée, avec la maison qui, elle non plus, n'était pas exactement spacieuse, mais rien qu'une maison, un endroit où l'on habitait, un peu à la dure, il est vrai, sans grand confort, même pour une époque où les gens avaient besoin d'un certain confort chez eux pour la simple raison qu'ils y passaient une partie de leur temps; et le propriétaire, veuf sédentaire exploitant son héritage et passant les longues après-midi d'été avec un carafon de whisky noyé dans de l'eau toujours à hauteur du coude et une vieille épagneule somnolant à ses pieds, sur la véranda de devant, dans un fauteuil qu'il s'était lui-même fabriqué, à lire les poètes latins dans le texte; et l'enfant, la petite, sa fille, qui avait grandi sans mère dans cette retraite presque conventuelle, sans camarades, sans compagnons de jeu, seule en fait, à part quelques domestiques nègres et ce père d'un certain âge qui (de nouveau selon le postulat de la ville et du comté) ne s'occupait d'elle qu'à peine ou pas du tout et devait par conséquent, naturellement sans l'avoir jamais dit à personne, pas à sa fille en tout cas, peut-être sans se l'être avoué à lui-même, encore faire peser sur la vie de sa fille la mort de la femme qui avait été l'amour, unique, monogame de sa vie; et qui (la fille) sans avoir prévenu personne — dans le comté du moins — avait un beau jour épousé un homme dont on n'avait encore jamais entendu parler de ce côté-là du Mississippi. Et il y avait autre chose encore : un appendice ou tout au moins un post-scriptum; une autre légende affixée à la vraie, à la première, à l'originale, qui s'y insérait ou qui l'étayait; apocryphes sur apocryphes. Non seulement était-il incapable de se rappeler si c'était par sa mère ou par sa grand-mère qu'il en avait entendu parler, mais il ne pouvait même pas se rappeler si sa mère ou sa grand-mère l'avaient réellement vu elles-mêmes, en avaient eu vent directement, ou si encore cela leur avait été rapporté par quelqu'un d'autre. Il s'agissait d'un engagement antérieur, contracté avant le mariage : d'une promesse de mariage, de fiançailles dûment célébrées, en fait, avec (disait la légende) le consentement formel du père, puis brisées, rompues, annulées — quelque chose — avant que l'homme qu'elle devait finir par épouser fût encore apparu sur la scène; des fiançailles dûment célébrées, selon la légende, et pourtant si nébuleuses que, encore vingt ans après, vingt ans de commérages sur les vérandas, qui avaient donné ample temps à ceux que son oncle appelait les vieilles filles des deux sexes du comté de Yoknapatawpha, de jeter cette cape romanesque autour des épaules de tous les hommes de moins de soixante ans qui avaient bu un coup avec son père ou lui avaient acheté une balle de coton, le personnage en question n'avait toujours pas de nom, ni même de visage — ce qui, tout au moins, n'était pas le cas de l'autre, de l'étranger, bien qu'il fût arrivé sans crier gare, d'on ne savait où, et qu'il l'eût épousée, pour ainsi dire, d'une seule haleine, tout de go, le laps de temps écoulé entre sa venue et son mariage ayant été trop bref pour qu'on eût pu parler de fiançailles ou pour qu'à plus forte raison il eût eu le loisir de lui faire la cour. Aussi bien elles — les premières, les autres, les vraies, les seules à avoir été dignes du nom de fiançailles pour la simple raison qu'elles n'avaient abouti qu'à une apostille éphémère d'apocryphes, fanée déjà : un parfum, une ombre, un murmure; le oui tremblant d'une jeune fille dans un vieux jardin au crépuscule, une fleur échangée ou conservée; et rien n'en subsistait, sauf peut-être la fleur, la rose pressée entre les pages d'un livre, comme cela se faisait parfois dans la génération qui avait succédé à celle de sa grand-mère — n'étaient probablement, sans doute n'avaient dû être, qu'un écho attardé de quelque amourette sans conséquence, du temps où elle allait à l'école. Mais il était hors de doute qu'il s'agissait de quelqu'un de Jefferson ou du moins du comté. Car, jusqu'alors, elle n'avait jamais été nulle part ailleurs où elle eût pu nouer des liens ou engager sa parole pour ensuite y renoncer.

Mais l'homme (ou le garçon) n'avait pas de visage, pas de nom. En fait, il n'avait pas de substance. Il n'avait pas de passé, pas d'hier; protagoniste d'une éphéméride de jeune fille : une ombre, un reflet; lui-même aussi vierge que les passions novices de cette enfant cloîtrée comme une nonne. Les cinq ou six jeunes filles (sa mère, celle de Charles, avait été l'une d'elles) avec qui elle s'était tant soit peu liée d'amitié durant les trois ou quatre années où elle avait fréquenté la partie de l'école réservée aux filles, n'avaient jamais su elles-mêmes au juste si ces fiançailles avaient réellement existé ni, à plus forte raison, quel avait été son partenaire mortel. Car elle n'en avait jamais parlé elle-même, et la rumeur, légende sans fondement dérivée d'une légende, s'était sans doute propagée à partir d'une remarque fortuite de son père, qui depuis lors faisait également partie de la légende : que se fiancer à seize ans pour une jeune fille, c'était comme avoir la jouissance d'un manuscrit original d'Horace pour un aveugle.

Mais du moins son oncle avait-il une raison pour ne pas parler de cette partie-là de l'histoire : c'est que son oncle n'avait jamais rien su des premières fiançailles, sauf par ouï-dire, deux ou trois ans plus tard. Car lui — son oncle — n'était pas là à ce moment. Cela se passait en 1919 et l'Europe — l'Allemagne — était de nouveau ouverte aux étudiants, et aux touristes aussi qui avaient des visas d'étudiants, et son oncle était déjà retourné à Heidelberg pour finir son doctorat, et à son retour, cinq ans plus tard, elle était déjà mariée, à l'autre, à celui qui avait un nom et un visage, encore que personne, dans la ville ou dans le comté, n'eût entendu prononcer ce nom ou vu ce visage jusqu'à ce que le couple eût pour ainsi dire franchi le seuil de l'église, et après avoir eu deux enfants, était elle-même partie en Europe avec eux, et l'autre ancienneté qui n'avait d'ailleurs jamais été guère plus qu'une ombre, avait été oubliée, même à Jefferson, sauf, peut-être, à des moments perdus, obscurs, autour d'une tasse de café, de thé, ou de punch pour dames (se perdant et s'obscurcissant dès lors encore davantage par-dessus leurs propres berceaux) par les six jeunes femmes qui avaient été ses seules amies.

C'est ainsi qu'elle avait épousé cet étranger dont personne n'avait entendu parler, à Jefferson non plus que dans le nord du Mississippi ou qu'à leur su dans le reste du Mississippi, dont la ville, en fait, ne savait rien, sinon que ce n'était pas en lui que s'était matérialisée l'ombre anonyme de la chose ancienne qui n'avait jamais été suffisamment éclaircie pour laisser entrevoir deux êtres doués d'une réalité quelconque.

Parce qu'il n'avait pas été question de remettre leur mariage à plus tard, d'attendre qu'elle ait un an de plus ; sa mère — la mère de Charles — disait qu'il suffisait de regarder Harriss une seule fois pour comprendre qu'il n'était pas homme à céder d'un pouce — ou à consentir à pareille concession — quand il s'agissait d'une chose qu'il considérait comme lui appartenant.

Il était au moins deux fois plus âgé qu'elle, assez vieux lui-même pour être son père — un grand homme affable, jovial, toujours riant, chez qui on remarquait tout de suite qu'il n'y avait pas trace de rire dans les yeux ; on remarquait si rapidement qu'il n'y avait pas trace de rire dans ses yeux que c'était seulement plus tard qu'on se rendait compte qu'à vrai dire, le rire ne dépassait guère les dents, un homme qui possédait ce que son oncle appelait le don de Midas et s'avançait, comme disait son oncle, dans un effluve de veuves et d'orphelins spoliés comme d'autres sous le signe de l'échec ou de la mort.

En fait, son oncle disait que toute la séquence avait l'air d'être renversée. Lui — son oncle — était rentré au pays pour de bon, cette fois, et sa sœur et sa mère, la mère et la grand-mère de Charles (et toutes les autres femmes qu'il n'avait sans doute pu qu'écouter) l'avaient mis au courant du mariage et aussi de ces autres fiançailles obscures. Ce qui eût dû aussitôt provoquer un flux de paroles chez son oncle, en dépit du silence qu'il avait observé après la violation de son domicile, pour la simple raison que, cette fois, non seulement la chose ne le concernait en rien, mais qu'elle était en général à tel point dépourvue de réalité qu'elle n'eût vraiment pas dû le prendre de court ou l'empêcher de parler tout son soûl.

Quant à lui, Charles, il s'en fallait encore de deux ans à l'époque pour qu'il eût pu se trouver dans le salon de sa grand-mère, mais dans son imagination il voyait fort bien son oncle exactement tel qu'il avait été depuis, et auparavant aussi, tel qu'il resterait sa vie durant, assis dans la pièce auprès du fauteuil à bascule et du tabouret de sa grand-mère, la grand-mère de Charles, de nouveau avec du tabac de « blanc » dans sa pipe de maïs, en train de boire le café (sa grand-mère avait le thé en horreur ; elle disait qu'il fallait le laisser aux malades) que sa mère leur avait préparé, avec son visage maigre, vif, et la tignasse ébouriffée qui commençait déjà à blanchir quand il était rentré en 1919, après avoir servi pendant trois ans dans l'armée française comme brancardier, et avait passé le printemps et l'été à la maison sans que personne eût pu se figurer à quoi il occupait son temps, avant de partir à Heidelberg pour finir son doctorat, et cette voix qui parlait sans cesse, non que son propriétaire aimât particulièrement parler, mais parce qu'il savait que tant qu'il parlait personne ne pouvait se douter de ce qu'il ne disait pas.

Toute l'intrigue était à l'envers, disait son oncle; les rôles, les personnages, confondus, intervertis; la fille jouant le rôle, lisant le texte qui aurait dû appartenir au père — en supposant, naturellement, que la remarque énigmatique du père à propos du manuscrit d'Horace ait eu un sens; la fille, et non le père, écartant le premier amoureux (quelque vague et éphémère qu'ait pu être leur amour, disait son oncle, demandant, comme le raconta sa mère — la mère de Charles — pour la seconde fois, si l'on avait jamais appris le nom du jeune homme ou si l'on avait su ce qui lui était arrivé), afin de purger une hypothèque sur la maison; la fille jetant elle-même son dévolu sur l'homme deux fois plus âgé qu'elle, mais avec le don de Midas, qu'il aurait plutôt incombé au père de désigner, quitte à la contraindre, le cas échéant (et sa mère racontait comme son oncle avait répété, de nouveau, *aussi éphémère et enfantin que cela ait pu être*) à renoncer à son premier amour, à l'oublier, à se marier. Et pire encore : même si cela avait été le père qui avait choisi le mari, l'intrigue n'en aurait pas moins été à l'envers, puisque l'argent (et sa mère racontait comme son oncle avait demandé aussi à deux reprises, si cet homme, Harriss, était déjà riche, ou bien s'il paraissait seulement homme à le devenir, avec le temps et les relations) était déjà au père, même s'il n'y en avait pas beaucoup, car, disait son oncle, un homme qui lisait du latin pour son plaisir, n'en aurait certainement pas désiré plus qu'il n'en avait déjà.

Mais le mariage eut lieu. Puis, pendant les cinq années suivantes, ceux qui faisaient partie de ce que son oncle appelait toute cette immense génération de vieilles filles qui, toujours en vie soixante ans après la guerre de Sécession, forment l'armature de la solidarité sociale, politique et économique du Sud, suivirent la marche des événements, comme on suit une histoire au fur et à mesure qu'elle paraît en feuilleton dans un magazine.

Ils partirent à La Nouvelle-Orléans pour leur voyage de noces, comme il se devait à l'époque, dans le pays, après tout mariage dûment célébré. Puis ils revinrent, et, durant deux semaines environ, on les vit descendre tous les jours en ville dans un vieux landau délabré (son père n'avait jamais eu d'automobile et ne voulut jamais en avoir), attelé à une paire de chevaux de labour, conduit par un garçon de charrue nègre en salopette, et tout maculé par les poules qui avaient niché dedans ou dessus, et peut-être bien par des chouettes aussi. Puis pendant un mois, on le vit — le landau — de temps en temps sur la place, avec la mariée seule à l'intérieur, avant que la ville n'eût découvert que le mari était reparti pour La Nouvelle-Orléans, rappelé par ses affaires : ce fut ainsi qu'on apprit, pour la première fois, qu'il s'occupait d'affaires et où. Mais même alors, et pendant les cinq années qui suivirent, personne ne put savoir de quoi il s'agissait.

Dès lors, en ville et dans le comté, on ne vit plus que la mariée qui se rendait toute seule en ville, à six miles de chez elle, parfois pour aller voir sa mère, la mère de Charles, ou une autre des six jeunes femmes, qui avaient été ses amies, ou parfois rien que pour traverser la ville, la place, puis rentrer chez elle. Pendant un mois encore, elle se contenta de traverser la place, et une fois par semaine, tout au plus, alors qu'auparavant elle le faisait presque tous les jours. Puis un autre mois s'écoula, et on ne vit même plus le landau en ville. C'était comme si elle s'était aperçue enfin, comme si elle s'était enfin rendu compte de tout ce que la ville, et le comté aussi croyaient, disaient depuis bientôt deux mois — elle n'avait que dix-huit ans alors, et sa mère disait qu'elle ne paraissait même pas son âge — frêle jeune fille aux cheveux noirs, aux yeux noirs, l'air à peine plus grande qu'un enfant quand elle était juchée toute seule là-haut sur le landau, encadrée par la capote comme à l'orée d'une caverne, sur la banquette de derrière qui en aurait bien tenu cinq ou six comme elle ; qui, même à l'école, disait sa mère, n'avait jamais paru particulièrement douée et n'avait jamais visé à plus et qui, disait son oncle, somme toute n'avait pas besoin d'être intelligente, ayant simplement été créée pour l'amour et pour le chagrin ; c'est-à-dire que cela devait être arrivé par amour et par chagrin ; il ne pouvait certainement pas s'agir d'orgueil ni d'arrogance, puisqu'elle n'était pas même parvenue, à supposer qu'elle s'y fût jamais efforcée, à garder contenance et encore moins à faire montre de désinvolture.

Aussi ceux que son oncle surnommait les vieilles

filles n'étaient-ils plus seuls à croire qu'ils étaient au courant des activités de Harriss, et à laisser entendre qu'il y avait belle lurette qu'elles avaient dû le mener à une distance respectable de La Nouvelle-Orléans — à quatre ou cinq cents miles au-delà, sans doute, car bien qu'à l'époque, vers 1920, les fugitifs considérassent encore le Mexique comme un lieu assez éloigné pour être sûr, celui-là ne devait pas avoir trouvé suffisamment d'argent dans cette famille et dans cette plantation pour que le Mexique ait représenté pour lui une nécessité solvable, ou même pour faire le voyage — pas assez, en fait, pour que sa fuite eût vraiment été nécessaire, et c'était sans doute seulement dans un accès de frayeur qu'il s'était cru obligé de couvrir les trois cents miles qui le séparaient de La Nouvelle-Orléans.

Mais ils s'étaient trompés. Il revint à Noël. Et dès qu'il fut de retour, qu'ils le virent de nouveau comme avant, toujours le même, sans âge bien défini, rougeaud, affable, bonasse, sans grâce et sans imagination, tout rentra dans l'ordre. En fait, il n'y avait jamais rien eu de louche ; ceux-là mêmes qui avaient été les premiers et les plus acharnés à soutenir qu'il l'avait abandonnée, étaient absolument convaincus maintenant qu'ils n'y avaient jamais vraiment cru ; quand il s'en alla de nouveau après le Nouvel An comme tout mari qui a la malchance d'avoir son travail, ses affaires dans un endroit et sa famille dans un autre, personne n'y prêta attention. On ne s'inquiétait même plus de ce que pouvaient être ses affaires. Maintenant on savait ce que c'était : du bootlegging : et pas du colportage à la sauvette de demi-litres dans les salons de coiffure des hôtels, parce que à présent, de nouveau seule dans le landau, c'était en manteau de fourrure qu'elle traversait la place; ce qui — le manteau — valut aussitôt à l'homme un surcroît de prestige, de respect aussi, aux yeux de ses concitoyens de la ville et du comté. Car non seulement il était en train de faire son chemin, mais aussi, selon les meilleures traditions, il en faisait bénéficier les femmes de la famille. Plus : il se situait dans une tradition américaine encore plus ancienne et plus solidement établie; ce n'était pas même en contrevenant à la Loi qu'il était en train de réussir, mais en attaquant la Loi de front, comme si c'était la Loi et non le guignon qu'il avait vaincu, marchant parmi eux maintenant, chaque fois qu'il rentrait chez lui, dans un effluve qui n'était pas seulement dû à sa réussite, ni au côté romanesque, de cape et d'épée, de ses activités, ni aux émanations de cordite brûlée, mais aussi à sa délicatesse, puisqu'il avait le bon goût de vaquer à ses affaires dans un autre État, à trois cents miles de là.

Et l'entreprise était de taille. Il revint cet été-là dans la voiture la plus étincelante et la plus cossue qui fût jamais restée la nuit dans les limites du comté, avec un nègre étranger en uniforme dont l'unique travail consistait à conduire, et à laver et frotter la carrosserie. Et après la naissance du premier enfant, il y eut une nurse aussi : une négresse à la peau claire, autrement élégante, mieux nippée du moins, que les femmes, blanches ou noires, de Jefferson. Puis, de nouveau, Harriss s'en alla, et maintenant on les voyait chaque jour, tous les quatre — la femme, le bébé, le chauffeur en livrée et la nurse — roulant à travers la place et la ville dans la grosse voiture étincelante, deux ou trois fois par jour, parfois sans s'arrêter nulle part, et bientôt on ne tarda pas à savoir en ville et dans le comté que c'étaient les deux nègres qui décidaient où et peut-être même quand ils allaient faire un tour.

Et Harriss revint à Noël, et l'été d'après, et le deuxième enfant naquit, et le premier marchait déjà, et à présent, même le reste du comté, en dehors de sa mère — la mère de Charles — et des cinq autres, ses amies d'enfance, avait fini par savoir si c'était une fille ou un garçon. Puis on apprit que le grand-père était mort, et à Noël, Harriss, prenant lui-même la plantation en main, conclut, au nom de sa femme — ou plutôt en celui de son absentéisme chronique — un arrangement, un marché, avec les métayers nègres pour qu'ils continuent à exploiter la terre l'année suivante, ce qui, de l'avis unanime, n'avait pas la moindre chance de réussir, ce dont — toujours à en croire les gens du pays — Harriss se souciait si peu qu'il n'aurait, en tout cas, rien fait pour empêcher que ça ne réussisse. Car cela lui était parfaitement égal ; il faisait de l'argent, et quant à abandonner son négoce pour aller s'occuper d'une petite plantation de coton, ne fût-ce que pour un an, autant parler d'un bookmaker à tous crins qui eût quitté le turf en pleine saison pour aller livrer son lait tous les matins à la clientèle d'une laiterie.

Il faisait de l'argent et attendait, et comme de juste le jour vint où il n'eut plus besoin d'attendre davantage. Quand il revînt cet été-là, il resta deux mois, et lorsqu'il repartit, il y avait déjà l'électricité et l'eau courante dans la maison, et au lieu du grincement de la poulie du puits, et de la sorbetière qu'on tournait à la main, le dimanche matin, on entendait maintenant nuit et jour les battements et le ronronnement réguliers d'une pompe et d'une dynamo ; et, à présent, il n'y avait plus trace du vieillard qui était resté assis sur la véranda avec son grog léger, son Ovide et son Horace et son Catulle, pendant près de cinquante ans, à part le fauteuil à bascule en hickory qu'il s'était lui-même fabriqué, les marques de doigts sur la reliure de cuir de ses livres, le gobelet d'argent où il avait coutume de boire, et la vieille épagneule qui avait sommeillé à ses pieds.

Son oncle — l'oncle de Charles — disait que l'effet de l'argent avait été encore plus puissant que le fantôme du vieux stoïque, du cosmopolite sédentaire et provincial. Peut-être son oncle pensait-il qu'il avait été plus puissant même que la douleur dont la fille était capable. Du moins le reste de Jefferson le crut-il. Car l'année s'écoula et Harriss revint à Noël, puis un mois durant l'été, et les deux enfants marchaient à présent ; c'est-à-dire qu'ils devaient marcher, mais personne à Jefferson ne pouvait s'en assurer, puisqu'on les voyait seulement dans la voiture qui roulait, passait, et la vieille épagneule était morte à son tour, et Harriss loua dans le courant de cette année-là toutes les terres en bloc à un homme qui ne vivait même pas dans le comté, qui venait de Memphis, à soixante-dix miles de là, en voiture, dans la soirée du dimanche, pendant la durée du plantage et de la récolte, campant dans une des cabanes de nègre abandonnée, jusqu'au samedi suivant où il reprenait le chemin de Memphis à midi.

Une autre année passa, et au printemps le tenancier fit venir ses valets de ferme nègres à lui, de sorte que même les nègres qui avaient vécu toute leur vie dans la vieille plantation et l'avaient arrosée de leur sueur depuis plus d'années qu'elle n'en comptait elle-même, étaient partis maintenant, et à présent, il ne restait plus trace de l'ancien propriétaire, car le fauteuil qu'il s'était fabriqué et le gobelet d'argent et les caisses contenant les livres reliés en cuir, usés à force d'avoir été lus, étaient dans le grenier, chez sa mère, la mère de Charles, et l'homme qui avait pris les terres en location s'était lui-même installé dans la maison comme gardien.

Car Mme Harriss était partie à son tour. Et cette fois encore, elle n'avait pas mis Jefferson au courant de ses intentions. Il s'agissait même d'une conspiration, puisque sa mère, la mère de Charles, savait qu'elle devait partir et où elle allait, et si sa mère était au courant, les cinq autres devaient l'être également.

Un jour, elle était là, dans cette maison que personne à Jefferson n'eût supposé qu'elle eût jamais voulu fuir, quels que fussent les changements qu'il pût y apporter, même si la maison où elle était née, où elle avait passé toute sa vie, à part les deux semaines de sa lune de miel à La Nouvelle-Orléans, était à présent devenue une sorte de mausolée de fils électriques, de tuyauteries, de cuisinières automatiques, de tableaux et de mobilier synthétiques.

Et le lendemain, elle était partie : elle, les deux enfants, les deux nègres, qui, même après les quatre années où ils avaient vécu à la campagne, étaient restés des nègres de ville, et même la longue voiture étincelante en forme de corbillard, — en Europe, pour la santé des enfants, disait-on, mais personne ne savait qui l'avait dit. Car ce n'était pas sa mère — la mère de Charles — en tout cas, ni les cinq autres jeunes femmes qui étaient les seules à savoir dans tout Jefferson et dans tout le comté qu'elle allait partir, et ce n'était certes pas elle qui l'avait dit. Mais elle était partie, elle avait fui, à ce que croyait la ville, qui croyait aussi en deviner les motifs. Mais à la recherche de quoi, en admettant que ce fût à la recherche de quelque chose ? Cette fois, même son oncle, qui pourtant avait toujours son mot à dire (et ce qu'il disait semblait souvent plausible), dès qu'il s'agissait de quelque chose qui ne le concernait pas particulièrement, n'en savait rien ; du moins il garda le silence là-dessus.

Et cette fois, tout le monde, tout Jefferson, tout le comté suivit la chose, pas seulement les gens que son oncle surnommait les vieilles filles qui, eux, suivaient le cours des événements par hypothèse et recoupements (avec peut-être certains espoirs) sans bouger de leurs vérandas, mais les hommes aussi, et pas seulement les hommes de la ville qui n'avaient que six miles à faire, mais des fermiers qui avaient tout le comté à traverser.

Ils arrivaient par familles entières dans de vieilles voitures poussiéreuses, dans des charrettes, ou seuls, à cheval ou sur des mulets dételés la nuit précédente de leurs charrues, ils faisaient halte au bord de la route, ils regardaient des équipes d'étrangers avec assez de machines pour construire une route nationale ou un réservoir, herser et terrasser les vieux champs jadis voués aux simples profitables récoltes de maïs et de coton, pour y semer de l'herbe de pâturage revenant plus cher à la livre que du sucre.

Ils passaient devant des kilomètres de clôture à panneaux peinte en blanc, avant de s'arrêter, dans leurs voitures, dans leurs charrettes, sur leurs chevaux, sur leurs mulets, devant des chantiers où se construisaient d'interminables rangées d'écuries, avec des matériaux de meilleure qualité que ceux de leurs propres maisons, avec électricité, horloges lumineuses, eau courante, fenêtres jalousées, tout ce qui, chez eux, leur manquait à la plupart; ils revenaient sur leurs mulets, parfois même sans selle, se contentant de jeter les longes autour des attelles pour les empêcher de traîner, et regardaient arriver des files de fourgons d'où l'on faisait descendre de superbes pur-sang, des poulains et des juments dont cinquante générations d'ancêtres (aurait pu dire son oncle, l'oncle de Charles, s'il avait été plus communicatif, mais c'était justement l'année où son oncle semblait n'avoir guère envie de parler en général) eussent blêmi devant la moindre trace d'écorchure due au harnais, comme une ménagère devant un cheveu sur unc motte de beurre.

Lui, Harriss, fit reconstruire la maison. (Il partait maintenant toutes les semaines en aéroplane; on disait que c'était le même aéroplane qui transportait le whisky du Golfe à La Nouvelle-Orléans.) C'est-à-dire que le nouveau bâtiment allait occuper une superficie égale à celle que l'ancien aurait couvcrt, si on en avait rivé quatre de la même taille côte à côte. Ce n'avait été qu'une simplc maison à un étage, avec une véranda devant où le vieux maître s'installait dans le fauteuil à bascule qu'il s'était lui-même fabriqué, avec son grog et son Catulle; lorsque Harriss eut terminé ses travaux, elle ressemblait à une de ces seigneuriales maisons du Sud que l'on voit au cinéma, seulement elle était à peu près cinq fois plus grande et dix fois plus du Sud.

Puis il fit venir des amis de La Nouvelle-Orléans, pour les week-ends et pour plus longtemps, et pas seulement à Noël et pendant l'été à présent, mais quatre et cinq fois par an, comme si l'argent coulait à flots si serrés et si continus maintenant qu'il n'avait même plus besoin de rester sur place pour surveiller l'opération. Parfois il les envoyait chez lui sans prendre la peine de venir. Il y avait un gardien qui vivait tout le temps dans la maison ; ce n'était plus l'ancien, le premier tenancier, mais un nouveau qui venait de La Nouvelle-Orléans et qu'il appelait son maître d'hôtel : un Italien ou un Grec, corpulent, sans col, qui restait en bras de chemise dans une chemise de soie blanche, trimbalant un pistolet dans sa poche-revolver, jusqu'à ce que les invités arrivent. Alors, il se rasait, mettait une ample cravate de soie, souple, écarlate, et même un veston, quand il faisait très froid : et qui, à en croire les gens de Jefferson, portait son pistolet même lorsqu'il servait à table, bien que personne, de la ville ou de la campagne, n'eût jamais mangé à cette table pour pouvoir en témoigner.

Ainsi, parfois, Harriss confiait-il simplement ses amis à son maître d'hôtel ; les hommes et les femmes, habillés d'une manière voyante, cossue, n'ayant pas l'air commode, ni mariés non plus, même si, de temps en temps, certains d'entre eux l'étaient, entre eux, peut-être : les étranges étrangers fonçant à travers la ville et sur la route dans de grosses voitures de sport flambant neuves, sur une route qui n'était encore sur un bon bout de chemin qu'une route de campagne, malgré ce qu'il avait fait construire au bout, où les poulets et les chiens se blottissaient dans la poussière pour chercher un peu de fraîcheur, et où erraient des cochons, des veaux et des mulets ; une collision, un tourbillon de plumes, une secousse, un jappement ou un glapissement (et si c'était un cheval, un mulet ou une vache, ou pire encore, un cochon, un pare-chocs ou une aile faussés aussi), sans même que la voiture ralentisse : si bien que le valet avait fini par constituer une réserve de pièces de monnaie et de billets garnie de plusieurs chèques signés par Harriss avec le nom du porteur en blanc, dans un sac de toile, en vrac, suspendu à la poignée intérieure de la porte d'entrée, de sorte que le fermier ou sa femme ou son fils n'avaient qu'à venir sur leur mulet jusqu'à la porte et dire « cochon », « mulet », ou « poule », pour que le valet, sans même quitter le seuil, décroche le sac, leur tende leur indemnité ou remplisse un chèque à leur nom, et qu'ils s'en aillent, après avoir fait régler leur compte : car c'était devenu une véritable aubaine, une source de petits revenus supplémentaires pour les habitants de la route sur un rayon de six miles comme la cueillette des mûres ou la vente des œufs.

Il y avait aussi un champ de polo. Il était aménagé en bordure de la grande route ; les gens de la ville, les commerçants et les avocats, et les députés shérifs, pouvaient maintenant s'y rendre en voiture et assister au spectacle sans quitter leurs places. Et les gens de la campagne aussi — les fermiers, les propriétaires, les métayers, les cultivateurs et les journaliers

— qui ne portaient des bottes que lorsque c'était le seul moyen d'éviter la boue, et qui ne montaient à cheval que pour se rendre d'un endroit à un autre autrement qu'à pied, et cela dans les mêmes vêtements qu'ils avaient mis pour prendre leur petit déjeuner, venaient aussi à cheval ou sur des mulets dételés de la charrue, pour faire halte devant la haie et jeter un coup d'œil sur les beaux chevaux, mais surtout pour regarder les habits — les femmes, et les hommes aussi, qui, pour monter à cheval, avaient besoin de bottes luisantes et de pantalons spéciaux, et les autres en pantalon, bottes, et chapeaux melons qui ne montaient même pas à cheval.

Et aussi, présentement, pour voir autre chose. Ils avaient entendu parler du polo, et ils y croyaient avant même de l'avoir vu. Mais cette chose-là, ils avaient peine à y croire, alors même qu'elle se passait sous leurs yeux, et qu'ils en voyaient les préparatifs : des équipes d'ouvriers en train de détacher des sections entières de ces clôtures de panneaux et de barres qui avaient coûté si cher, de ménager des ouvertures dans la clôture extérieure en fil métallique qui valait gros aussi, pour planter en travers des brèches de petites haies mal fichues et plus basses, faites de broussailles et de lattes, à peine plus solides que des allumettes, qui n'auraient même pas pu résister à un chien résolu, sans parler d'un veau ou d'un mulet; et, à un endroit, un morceau de quelque chose qui avait la forme et la couleur d'un mur de pierres (on disait que c'était en papier, mais bien entendu le comté n'en croyait rien — non qu'ils se refusassent à admettre que, traité d'une certaine manière, le papier pût prendre cet aspect, mais ils avaient simplement cessé de croire à quoi que ce soit; ils savaient que cela n'était pas de la pierre pour la bonne raison que cela ressemblait à de la pierre, et ils s'attendaient déjà à ce qu'on les trompât sur ce que c'était en réalité), que deux hommes pouvaient soulever par les extrémités et mettre en place comme deux femmes de ménage transportant un lit de camp; et ailleurs encore, au milieu du pré de quarante arpents, aussi vide et désert qu'un terrain de base-ball, une section de haie qui n'était même pas plantée dans le sol, mais dans une sorte de caisse ressemblant à une auge, et, derrière la haie, un fossé artificiel rempli d'une eau pompée de la maison, presque à un mile de là, et amenée par un tuyau galvanisé.

Et après que le fait se fut reproduit deux ou trois fois, la nouvelle se répandit un peu partout, et la moitié de la population vint assister au spectacle : deux jeunes nègres alignant des morceaux de papier d'un obstacle à l'autre, puis les hommes (l'un d'eux en habit rouge, avec un cor de cuivre) avec les bottes et les pantalons, suivant la piste au galop sur leurs chevaux de mille dollars.

Et l'année d'après, il y eut une vraie meute, des chiens de chasse, superbes, presque trop beaux pour être de vrais chiens, à l'instar des chevaux qui étaient presque trop beaux pour être de simples chevaux, un peu trop propres, pas assez rodés, pour ainsi dire, vivant dans des chenils à l'abri des intempéries avec eau courante et êtres humains spécialement préposés à leur service aussi, ni plus ni moins que les chevaux. Et maintenant, au lieu des deux nègres avec leurs deux longs sacs de ramasseurs de coton bourrés de morceaux de papier, il n'y en avait plus qu'un seul à califourchon sur un mulet, traînant derrière lui, au bout d'une corde, quelque chose qui était enveloppé dans un sac de toile, et qu'il traînait méticuleusement jusqu'au pied de chaque obstacle; alors, il descendait, attachait son mulet à portée de la main, et se mettait en devoir de traîner le sac contre la paroi de l'obstacle, puis par-dessus, après quoi il remontait sur son mulet et traînait le sac jusqu'à l'obstacle suivant, et ainsi de suite, jusqu'à ce qu'il ait bouclé le long circuit et soit revenu à son point de départ dans le pré de la propriété en bordure de la route et de la clôture où stationnaient les mulets et les chevaux de charrue élimés par les traits au bout de leurs longes, et les hommes immobiles en bleus de travail qui les avaient montés jusque-là.

Sur ce, le nègre arrêtait son mulet et s'immobilisait, roulant un peu le blanc des yeux, tandis qu'un des spectateurs qui avait déjà assisté à une scène analogue, suivi par les six ou dix ou quinze autres qui n'avaient jamais rien vu de pareil, grimpait par-dessus la clôture, passait devant le mulet, sans même regarder le nègre, allait ramasser le sac et le tendait vers les six ou douze ou quinze autres qui se penchaient dessus à tour de rôle pour le flairer. Puis il remettait le sac par terre, et sans mot dire, ils repassaient silencieusement par-dessus la clôture pour reprendre leur faction — des hommes demeurant accroupis toute la nuit avec une cruche de whisky de maïs autour d'une bûche ou d'une vieille souche en train de se consumer, à se répéter les noms des chiens courants qu'ils savaient déjà distinguer au timbre et au son de leurs voix à un mile de là, à contempler les chevaux galopant sans bête à courre et à prêter l'oreille au clabaudage furieux des chiens se déchaînant derrière un fantôme ou plutôt une chimère, accoudés contre la clôture blanche, immobiles, sardoniques, taciturnes, chiquant et crachant.

Et à chaque Noël et à chaque Nouvel An sa mère — la mère de Charles — et les cinq, ses anciennes compagnes, recevaient régulièrement les cartes coutumières. Elles étaient timbrées de Rome, ou de Londres, ou de Paris, ou de Vienne, ou du Caire, mais elles n'avaient pas été achetées là. Et elles n'avaient été achetées nulle part dans les cinq ou les dix dernières années, car elles avaient été choisies, payées et mises de côté à une époque plus calme que celle-ci, où les maisons dans lesquelles naissaient les gens ne se doutaient parfois même pas que fils électriques et conduites d'eau leur fissent défaut. Elles en avaient même gardé l'odeur.

À présent, les paquebots n'étaient plus seuls à traverser l'océan, on pouvait expédier les lettres par avion, et lui, Charles, pensait parfois aux sacoches de lettres postées dans toutes les capitales du monde, un jour affranchies et distribuées, parcourues et oubliées presque le lendemain, parmi lesquelles se trouvaient les vieilles cartes désuètes du temps jadis d'où émanait un imperceptible murmure de sentiments anciens et de pensées anciennes ayant résisté aux langues et aux noms étrangers, comme si elle les avait emportées avec elle d'un tiroir de bureau dans la vieille maison qui, depuis cinq et dix ans, avait cessé d'exister.

Et entre chaque carte, aux anniversaires de sa mère et des cinq autres, les lettres qui même après dix ans n'avaient pas changé — des lettres dont les sentiments, le style, l'orthographe incertaine, n'avaient pas varié, d'une écriture de jeune fille de seize ans, parlant toujours, comme autrefois, de vieilles choses familières dans les mêmes vieux termes provinciaux, comme si pendant les dix années qu'elle avait passées dans le monde chatoyant, elle n'avait rien vu qu'elle n'eût apporté avec elle : elle ne parlait pas des endroits ou de gens, mais de la santé et des études de ses enfants, pas des ambassadeurs et des millionnaires et des rois en exil, mais des familles des porteurs et des garçons d'hôtel qui s'étaient montrés aimables ou du moins prévenants envers elle et ses enfants, et des facteurs qui lui apportaient les lettres du pays; parfois, elle oubliait de mentionner le nom des écoles élégantes et fameuses où ses enfants faisaient leurs études, en tout cas, elle glissait dessus, comme si elle n'était même pas au courant de leur élégance et de leur réputation. De sorte que cette taciturnité n'avait vraiment rien de neuf; il revoyait encore son oncle, à l'époque, assis, tenant une des lettres que sa mère venait de recevoir, vieux garçon impénitent qui, pour une fois dans sa vie, se trouvait devant une chose sur laquelle il n'avait apparemment rien à dire, exactement comme dix ans plus tard, assis de l'autre côté de l'échiquier, encore muet, ou du moins encore taciturne.

Mais personne, y compris son oncle, n'eût pu trouver que le rôle dévolu à Harriss fût sorti de l'ordinaire. Il le remplit jusqu'au bout, Harriss, avec toute la célérité requise : commencez par épouser une jeune fille, une enfant presque, la moitié de votre âge, décuplez la dot en dix ans, puis, un beau matin, le secrétaire de votre avocat téléphone à votre femme en Europe pour lui annoncer qu'on vient de vous trouver mort derrière votre bureau.

Peut-être est-il vraiment mort derrière son bureau; peut-être même ce bureau se trouvait-il réellement dans un bureau, comme le laissait entendre le message. Parce que vous pouvez être dépêché derrière un bureau tout aussi discrètement qu'ailleurs. Et peut-être, après tout, était-il vraiment mort dans son fauteuil, car la prohibition n'avait plus à l'époque d'existence même légale et il avait déjà fait fortune quand elle avait été abolie, et le cercueil ne fut pas rouvert après que l'avocat et huit ou dix des valets dans leur tenue la plus huppée et le pistolet sous l'aisselle l'eurent reconduit chez lui pour être exposé dans son hall de baron ancestral vieux de dix ans, avec un valet pourvu d'un pistolet posté dans chacune des pièces du rez-de-chaussée, pour ce qui était des valets, de sorte que tous les gens de Jefferson pouvaient, si bon leur semblait, défiler devant le cercueil et l'impeccable bristol blanc portant, gravée en caractères gothiques, l'inscription $ 5 500 parmi les fleurs qui s'entassaient autour, et examiner à loisir l'intérieur de la maison avant que l'avocat et les valets lui aient fait reprendre le chemin de La Nouvelle-Orléans ou ailleurs pour l'enterrer.

Tout cela s'était passé dans ce qui s'avéra être la première année de la nouvelle guerre en Europe, ou la seconde phase de l'ancienne à laquelle son oncle avait pris part; la famille aurait dû, de toute façon, regagner le pays dans les trois mois.

Ils furent de retour avant deux mois. C'est ainsi

qu'il les vit enfin, pour la première fois, le garçon et la fille, plus exactement. Car il ne vit pas Mme Harriss. Mais aussi n'avait-il pas vraiment besoin de la voir; cela faisait trop longtemps qu'il entendait sa mère parler d'elle; il savait déjà de quoi elle avait l'air; il avait l'impression de l'avoir déjà vue, et même de l'avoir connue depuis aussi longtemps que sa mère — la femme un peu frêle aux cheveux noirs qui, à trente-cinq ans, avait encore l'air d'une jeune fille, et semblait vraiment à peine plus âgée que ses enfants, peut-être parce qu'elle avait eu les moyens ou la possibilité, si l'on veut, ou peut-être l'aubaine, la chance, de passer une dizaine d'années dans la compagnie de ceux que sa grand-tante aurait appelés les têtes couronnées d'Europe, sans s'être jamais réellement rendu compte qu'elle avait quitté le comté de Yoknapatawpha; n'ayant pas tant l'air plus âgée que ses enfants, que simplement plus douce, plus constante, plus calme; simplement moins bruyante peut-être.

Il ne les avait aperçus qu'à de rares occasions — ce qui d'ailleurs était le cas de tous les gens qu'il connaissait. Le garçon montait à cheval, mais seulement là-bas, dans le paddock ou dans le champ de polo, non pour son plaisir apparemment, mais seulement afin de choisir quelques-unes des meilleures bêtes qu'ils voulaient garder, car dans le mois qui suivit leur arrivée, ils tinrent une vente aux enchères dans un des petits paddocks et les vendirent toutes, à part une douzaine. Mais il devait s'y connaître, parce que les chevaux qu'ils avaient gardés étaient bons.

Et les gens qui l'avaient aperçu disaient aussi qu'il montait bien à cheval, mais qu'il se tenait en selle d'une manière bizarre, étrangère, avec ses étriers raccourcis, ce qui ne s'était jamais vu dans le Mississippi, ou tout au moins dans le comté de Yoknapatawpha, qui — le comté — eût bientôt un autre sujet d'étonnement, en apprenant qu'aussi bon cavalier qu'il fût, il excellait encore davantage en quelque chose d'encore plus étranger, qu'il avait été l'élève préféré d'un célèbre maître d'escrime italien. Et ils apercevaient de temps en temps la sœur passant en ville dans une des voitures, entrant ou sortant d'une boutique, car les jeunes filles ont toujours l'air de pouvoir trouver quelque chose qui leur manque, qui les tente, du moins, dans n'importe quelle boutique, si petite soit-elle, qu'elles aient grandi à Paris, à Vienne, à Londres, ou simplement à Jefferson et à Mottstown et à Hollyknowe, Mississippi.

Mais lui, Charles, n'avait jamais encore eu l'occasion de voir Mme Harriss. Il ne pouvait que se l'imaginer errant dans cette invraisemblable maison qu'elle ne devait sans doute reconnaître qu'à sa position topographique, sans pour autant ressembler à un fantôme, car, décidément, elle n'avait rien d'une ombre. Elle était trop, trop — et le mot lui vint tout à coup : tenace. Sa ténacité : cette fermeté, ce degré de résistance, cette imperméabilité, cette souplesse, cet équilibre qui lui avait permis de vivre une dizaine d'années dans les chatoyantes villes d'Europe sans même avoir eu à prendre conscience du fait qu'elle avait entièrement échappé à leur prise — à force de souplesse, de flexibilité, comme le parfum, presque, d'un vieux sachet, comme si, par exemple, un des vieux tiroirs de bureau de la vieille demeure avait subsisté, avait obstinément résisté à tout changement, à toute altération, en restant hermétiquement clos, sans même se rendre compte qu'il avait résisté à tout changement, au cœur du champignon monstrueux du parvenu, et que quelqu'un, passant, avait accroché le tiroir par accident — et puis alors, tout à coup, il vit d'emblée le parallèle qui s'imposait, la perspective authentique : ce n'était pas elle, le fantôme ; le spectre était la monstrueuse maison de Harriss ; il suffisait d'avoir accroché ce tiroir au passage — un souffle, une légère bouffée émanant du sachet, pour que l'essor démesuré des façades, la silhouette triomphante des portiques se perdent instantanément dans l'air en dépouillant leur substance.

Mais il n'eut pas encore l'occasion de la voir. Car deux mois plus tard, ils étaient repartis, cette fois pour l'Amérique du Sud, puisque l'Europe leur était fermée. Et, de nouveau, pendant un an, sa mère et les cinq autres reçurent des cartes et des lettres, ne mentionnant toujours pas plus les pays qu'elle parcourait que si elles avaient été expédiées du comté voisin, mais cette fois ce n'était plus seulement des enfants qu'elle parlait, mais de la vieille maison aussi : non pas de la monstruosité que Harriss en avait faite, mais telle qu'elle était auparavant, comme si, l'ayant située dans l'espace, elle pouvait se la remémorer dans le temps ; et qu'à partir du moment où elle s'en allait, la maison redevenait intacte, comme si pour cela elle avait simplement attendu son heure, ce moment favorable ; ou encore comme si Mme Harriss était devenue moins capable encore de s'acclimater à une situation nouvelle, de goûter une sensation ou un décor nouveaux, bien qu'elle n'eût pas encore atteint la quarantaine.

Puis ils revinrent. Ils étaient quatre à présent : avec le capitaine de cavalerie argentin, qui suivait, ou poursuivait, ou du moins tournait autour, non de la fille apparemment, mais de la mère, de sorte que cette partie-là de l'intrigue se déroulait également contre toutes les règles, puisque le capitaine Gualdres n'était pas plus âgé par rapport à la fille que le père par rapport à sa femme quand il l'avait épousée ; de sorte qu'à cet égard, l'intrigue restait tout de même logique.

Ainsi, un matin que lui et son oncle traversaient la place et qu'il ne pensait (pour sa part) à rien moins, il leva les yeux et l'aperçut. Et il ne s'était pas trompé. Elle était exactement telle qu'il se l'était représentée ; puis, avant même qu'ils se soient arrêtés, il reconnut l'odeur : le parfum de vieux sachet, de thym, de lavande, un arôme qui se serait dissipé au premier contact avec le monde miroitant du dehors, eût-on pensé, jusqu'à ce qu'on s'aperçoive l'instant d'après, que c'était cela — le parfum, l'odeur, le souffle, le murmure — qui était puissant et durait, tandis que le miroitement, fugitif, inconstant, s'évanouissait après avoir jeté ses feux.

— Je vous présente Charles, dit son oncle. C'est le fils de Maggie. J'espère que vous serez heureuse.

— Plaît-il ? demanda-t-elle.

Son oncle répéta :

— J'espère que vous serez très heureuse.

Et lui, Charles, avait déjà eu le temps de se rendre compte que la phrase sonnait drôlement, avant même qu'elle n'eût repris :

— Heureuse ?

— Oui, dit son oncle. Cela ne se voit-il pas dans votre visage ? Ou ne devrais-je pas...

Puis il se rendit compte de ce qui semblait drôle. C'était son oncle ; c'était comme si cette année, dix ans auparavant, où il avait cessé de parler, avait déjà duré trop longtemps. Car parler, sans doute, c'était comme jouer au golf ou tirer des oiseaux au vol ; il fallait s'entraîner tous les jours ; si on avait le malheur de laisser passer toute une année, on était sûr de perdre et le gibier et la main.

Et il resta là aussi à la regarder, tandis qu'elle fixait son oncle. Puis elle rougit. Il vit le sang lentement affluer à son visage qui s'empourpra, comme l'ombre mouvante d'un nuage traversant un îlot de lumière. Puis il traversa ses yeux même, comme lorsque l'ombre nuageuse atteint l'eau et qu'alors on voit non plus l'ombre seulement, mais le nuage lui-même, tandis qu'elle continuait de fixer son oncle. Puis elle esquissa un mouvement, baissa la tête, et son oncle se rangea pour la laisser passer. Puis son oncle fit aussi demi-tour, le heurtant, puis ils poursuivirent leur chemin, et même après que lui et son oncle se furent éloignés d'une centaine de pas, il avait toujours l'impression de respirer cette odeur.

— Monsieur ? demanda-t-il.

— Quoi, monsieur ? dit son oncle.

— Vous avez dit quelque chose.

— Ah ! oui ? dit son oncle.

— Vous avez dit : « La paix n'est pas de ce monde. »

— Espérons que non, reprit son oncle. Pas la paix, mais les mots que tu m'attribues. Et quand même je l'aurais dit ? À quoi peuvent servir Heidelberg ou Cambridge, ou le lycée de Jefferson ou les écoles réunies de Yoknapatawpha, sinon à douer quelqu'un de quelque facilité de parole, d'une certaine faconde propre à satisfaire les besoins de ses myriades de langues.

Aussi peut-être s'était-il trompé. Peut-être, après tout, son oncle n'avait-il pas perdu cette année-là, comme le vieux joueur de golf ou le chasseur expérimenté qui, pour s'être un peu laissé aller, a perdu sa forme et rate nonchalamment une série de coups, mais peut toujours se ressaisir, pas même quand la circonstance l'exige, mais simplement quand l'envie lui en prend. Car, avant presque qu'il ait eu le temps de penser à tout cela, son oncle, poursuivant son chemin à grands pas, avait déjà déclaré, avec cette faconde, cette familiarité, cette vivacité, cette loquacité incorrigible, cette incorrigible manière de s'écarter du sujet, et qui pourtant contenait toujours, inexplicablement, une part de vérité, en dépit de cette habitude un peu bizarre qu'il avait de parler des choses qui en réalité ne le concernaient nullement.

— Après tout, ce n'est pas si faux que ça. La bienséance la plus élémentaire envers le capitaine Gualdres, un étranger parmi nous, exige que la paix soit de ce monde, qu'elle règne également ici.

Car tout le monde, dans le comté, avait déjà entendu parler du capitaine Gualdres, et la plupart des gens avaient même eu l'occasion de le voir. Puis, un beau jour, lui, Charles, le vit à son tour. Le capitaine Gualdres traversait la place sur un des chevaux des Harriss, et son oncle, l'oncle de Charles, dit tout de suite ce que c'était. Non pas qui était l'homme ni ce qu'il pouvait être, mais ce qu'étaient les deux ensemble, l'homme et le cheval : pas un centaure, une licorne. Son corps avait l'air musclé, et ce n'était pas cette musculature flasque des valets trop bien nourris de Harriss, mais quelque chose de dur comme du métal, comme du bronze ou de l'acier bien trempé, de desséché, d'épicène presque. Et, dès que son oncle eût prononcé le mot, lui, Charles, à son tour, vit la chose d'emblée : cette espèce de créature chevaline sortie armée tout d'une pièce des vieux livres de poésie, avec une corne unique non pas d'os, mais de métal, d'un métal si bizarre, si dur et si étrange que les sages eux-mêmes n'en pouvaient dire le nom; un métal forgé dans la matière même des premiers rêves, des premiers désirs et des premières épouvantes de l'homme, dont la formule avait été égarée ou peut-être même délibérément détruite par le forgeron lui-même; quelque chose d'encore plus ancien que le bronze ou que l'acier, et plus puissant que toutes les forces de souffrance ou de terreur ou de mort contenues dans l'or ou dans l'argent ordinaires. Telle était, d'après son oncle, la façon dont cet homme s'incorporait au cheval qu'il montait; telle était l'essence de cet homme qui formait un tout vivant avec le cheval vivant; la créature composite pouvait bien mourir, allait mourir, était destinée à mourir, mais seul le cheval laisserait des ossements; et les ossements finiraient par tomber en poudre et se mêler à la terre, mais l'homme resterait intact et indissoluble là où ils gisaient.

Pourtant, au personnage lui-même, il n'y avait rien à redire. Il parlait un anglais dur, raide, qui n'était pas toujours clair dans son contexte, mais il le parlait à tout le monde, à tout-venant; et il ne tarda pas à être connu, et bien connu, tant dans la ville que dans le comté. Au bout d'un mois ou deux, il semblait avoir battu tous les recoins du comté où un cheval pouvait passer; il devait avoir fini par connaître des chemins de traverse, des raccourcis et des sentiers que même son oncle, l'oncle de Charles, qui parcourait chaque année le comté dans tous les sens pendant ses tournées électorales, n'avait probablement encore jamais vus.

Non seulement il connaissait le comté, mais il s'y était fait des amis. Bientôt toutes sortes de gens allèrent là-bas rendre visite, non pas aux Harriss, mais à l'étranger; invités non pas par la femme qui était propriétaire du lieu et dont ils connaissaient le nom de famille depuis sa naissance, et déjà du temps de son père et même de son grand-père, mais par l'inconnu, par l'étranger que, six mois auparavant, ils ne connaissaient ni d'Ève ni d'Adam et dont, un an plus tard, ils avaient encore peine à comprendre toutes les paroles — des hommes de plein air, célibataires en général : des fermiers, des mécaniciens, un chauffeur de locomotive, un ingénieur civil, deux jeunes gens qui faisaient partie de l'équipe des cantonniers du comté, un maquignon — qu'il invitait à venir là-bas monter les chevaux appartenant au su de tout le monde à la maîtresse de maison dont il était probablement (tout le comté était persuadé, avant même de l'avoir vu, que c'était à la plus vieille, à la mère, qu'il s'intéressait, que c'était du moins celle sur laquelle il avait des visées, celle qui contrôlait déjà l'argent, puisqu'il aurait pu épouser la jeune, la fille, n'importe quand, avant même d'avoir quitté l'Amérique du Sud) déjà l'amant et dont il pouvait devenir le mari dès qu'il le jugerait bon : ce qu'il ne ferait qu'à son corps défendant, puisqu'il était non seulement un étranger, mais un Latin, issu sans nul doute d'une longue lignée de don Juan célibataires, et devait être naturellement porté à l'adultère, non pas tant par goût même, que simplement comme un léopard a des taches.

En fait, on disait présentement de lui que, si Mme Harriss avait été un cheval au lieu d'un être humain, il y aurait belle lurette qu'il l'eût épousée. Car on n'avait pas tardé à se rendre compte que les chevaux étaient sa seule passion, comme l'alcool, la drogue, ou le jeu pour d'autres. Le comté sut bientôt comme il allait seul aux écuries au milieu de la nuit, qu'il y ait clair de lune ou non, pour en seller une demi-douzaine sur lesquels il galopait à tour de rôle jusqu'à l'aube et au lever du soleil; et cet été-là, il fit installer un champ de courses d'obstacles auprès duquel celui que Harriss avait fait construire n'était qu'un steeple-chase pour poupons rampants : des sections de barres ou de murs qui n'étaient pas fixées dans la clôture, mais qui dépassaient la clôture d'un ou deux pieds, pas du bois d'allumettes, cette fois, mais des poutres solides, capables de supporter des toits, pas du papier mâché cette fois, mais de la belle et bonne pierre de taille qu'il avait spécialement fait venir de Virginie et de l'est du Tennessee. Et, maintenant, on venait souvent de la ville aussi pour regarder, parce que le spectacle en valait la peine : l'homme et le cheval soudés en un seul bloc, fondus en une seule bête, puis passant au-delà même de ce point de joncture : non pas pour faire preuve d'audace, mais pour se mettre à l'épreuve. Tâchant presque de palper aussi avant que possible le point physique où après avoir atteint le dernier diapason d'un amalgame réciproque, accordé aux confins ultimes de l'absolu, ils devaient violemment redevenir deux, comme le pilote d'un avion à réaction passant successivement de *mach* 1 à 2, puis à 3 (lui et la machine) jusqu'au paroxysme terminal où l'appareil de métal explose et s'évanouit, en laissant encore un instant la chair tendre et nue tourbillonner en avant de l'autre côté du son.

Quoique dans ce cas (l'homme et le cheval), la chose se présentât d'une manière inverse. On eût dit que l'homme savait qu'il était lui-même invulnérable, incassable, et que des deux, seul le cheval pouvait flancher, que l'homme avait calculé son parcours et placé les obstacles simplement de manière à voir où exactement le cheval devait s'abattre. Ce qui, selon les principes de ce pays agraire, féru d'équitation, était exactement la manière dont il fallait procéder; c'était la seule façon de monter à cheval. Rafe Mac Callum, un des spectateurs les plus assidus, qui avait élevé, soigné, dressé et vendu plus de chevaux que n'importe qui dans le pays, le disait lui-même : quand ils étaient à l'écurie, il fallait les soigner comme s'ils valaient mille dollars pièce; mais quand on s'en servait pour quelque chose que vous deviez, ou que le cheval et vous aimiez également faire, il fallait le traiter comme si on pouvait en acheter une dizaine pour autant de centimes.

Puis un fait nouveau se produisit ou du moins s'amorça voilà trois mois maintenant, et tout le comté ne dût pas manquer d'être au courant de la nouvelle, suffisamment du moins pour s'en faire une opinion, pour la simple raison que c'était la seule phase ou le seul aspect de la vie du capitaine Gualdres dans le Mississippi, qu'il eût jamais tâché de garder, sinon secrète, du moins privée.

Il s'agissait évidemment d'un cheval, puisqu'il s'agissait aussi du capitaine Gualdres. En fait, tout le comté savait même de quel cheval. C'était le seul animal — ou la seule créature, y compris le capitaine Gualdres — dans toute cette vaste étendue d'arpents lambrissés entretenus avec une minutie de manucure, qui n'appartînt même pas nominalement aux Harriss.

Car celui-ci appartenait au capitaine Gualdres lui-même. Il l'avait choisi, acheté de son propre argent — ou avec l'argent dont il se servait comme du sien : et le fait d'avoir acheté un cheval avec ce que le comté supposait être l'argent de sa maîtresse était un des plus beaux coups, peut-être le plus beau coup nord-américain qu'il eût jamais réussi ou eût jamais pu réussir. S'il s'était servi de l'argent de Mme Harriss pour s'offrir une fille, comme tout le monde s'attendait à ce qu'il le fît tôt ou tard, puisqu'il était plus jeune que Mme Harriss, le mépris et le dégoût que le comté eût éprouvé à son égard eût seulement été surpassé par le mépris et la honte qu'il eût ressenti pour Mme Harriss. Tandis qu'ayant honnêtement dépensé son argent pour un cheval, le comté lui pardonna d'avance en acceptant le fait accompli ; il s'était assuré une sorte de respectabilité virile par la manière honorable dont il se comportait dans l'adultère, par la fidélité et la continence dont il témoignait dans ses fonctions de gigolo ; continuant (le capitaine Gualdres) d'en jouir pendant près de six semaines, en vérité, faisant lui-même le voyage à Saint-Louis pour acheter le cheval et revenant avec dans le fourgon.

C'était une jument, une pouliche, dont le père était un fameux *steeple-chaser* importé, mais devenue à moitié aveugle à la suite d'un accident, qui, naturellement, avait été achetée, croyait-on dans le comté, pour la reproduction (ce qui semblait à tout le monde une preuve concluante que le capitaine Gualdres considérait de toute façon que sa tenure dans le nord du Mississippi valait au moins la peine de faire un achat portant sur une année) puisqu'il semblait évident que c'était la seule chose à faire avec une jument, quelle que pût être par ailleurs l'excellence de son pedigree, qui d'ici un an allait devenir totalement aveugle. Ce qu'on crût encore dans le comté pendant six semaines, même après qu'on eût découvert qu'il se servait de la jument autrement qu'en se bornant à aider la nature à suivre son cours, qu'on eût découvert cela — non pas ce qu'il faisait avec la jument, mais simplement qu'il en faisait quelque chose — pour cette raison déjà mentionnée que c'était la première fois qu'il tâchait de garder secrète une de ses activités chevalines.

Parce que, cette fois, il n'y avait pas de témoins, pas de spectateurs, non seulement parce que ce que le capitaine Gualdres faisait avec la jument se passait la nuit et tard en général, mais aussi parce que le capitaine Gualdres avait lui-même demandé qu'on ne vînt pas le regarder, leur notifiant, avec cette passion qu'ont les Latins pour le décorum, devenue presque innée entre gens d'une race aussi prompte à prendre la mouche, et une courtoisie brillant même à travers la pénurie linguistique :

— Vous ne viendrez voir, parce que, mon honneur, maintenant il n'y a plus rien à voir.

Aussi ne vinrent-ils pas. Ils s'inclinèrent, non pas peut-être devant son honneur latin, mais devant sa volonté. Peut-être n'y avait-il effectivement rien à voir, car à pareille heure, il ne pouvait y avoir grand-chose à quoi il eût vraiment valu la peine d'assister; seulement de temps en temps, un voisin, en train de regagner sa maison, et longeant les prés dans le silence de l'heure tardive, entendait des bruits de sabots provenant d'un des paddocks de l'autre côté des écuries à quelque distance de la route — un seul cheval, au trot puis au petit galop, puis lancé à fond de train, pendant plusieurs foulées, le bruit faisant place alors au silence le plus complet, le temps de compter jusqu'à deux ou peut-être jusqu'à trois, puis recommençant de nouveau en plein galop, ralentissant déjà peu à peu au petit galop et au trot, comme si le capitaine Gualdres avait arrêté, freiné, immobilisé l'animal sur place, d'une secousse, en pleine course, le retenant ainsi pendant deux ou trois foulées, pour le lancer de nouveau d'emblée au galop — et on se demandait ce qu'il pouvait bien essayer de lui apprendre, à moins que, comme le suggérait un malin chez le coiffeur, puisque la bête allait perdre la vue, il ne lui enseignât à se débrouiller en ville au milieu de la circulation, quand elle s'y rendrait pour toucher sa pension.

— Peut-être qu'il lui apprend à sauter », dit le coiffeur — un homme correct tiré à quatre épingles, l'air las, blasé, dont la peau avait la couleur d'un ventre de champignon, et qui s'exposait à la lumière du soleil au moins une fois par jour parce qu'il devait traverser la rue pour aller du salon de coiffure à l'All Nite Inn à l'heure du déjeuner, et qui, s'il avait jamais mis le pied dans l'étrier, cela n'avait pu être que dans sa jeunesse quand il était sans défense, à la merci de tout le monde.

— La nuit? dit le client. Dans le noir?

— Si le cheval devient aveugle, comment peut-il savoir s'il fait nuit? répliqua le coiffeur.

— Mais pourquoi sauter à cheval la nuit? insista le client.

— Pourquoi sauter à cheval? répondit le coiffeur, faisant mousser son blaireau dans le plat à barbe. Pourquoi à cheval?

La discussion s'arrêta là. Ça ne tenait pas debout. Et pourtant, de l'avis unanime, si quelqu'un était d'aplomb, c'était bien le capitaine Gualdres. Ce qui — son bon sens, ou du moins son sens pratique — ressortit de l'acte même qui lui fit perdre l'estime du comté, qui, dès lors, le considéra sous un autre jour. Car, maintenant, on entrevoyait le fin mot de l'histoire, de cette jument, de la jument aveugle et de la nuit. Ce cheval n'était pas un cheval, mais un alibi, pour ce cavalier hors de pair; oui, il trahissait les devoirs de son amoralité, cet amoral ravageur de veuves mûres.

Ce n'était pas ses mœurs qu'on mettait en cause, mais sa morale. Ils ne s'étaient jamais fait d'illusions sur ses mœurs, à lui — un étranger, un Latin, ils l'avaient déjà excusé d'avance, avant même qu'il ait eu l'occasion de leur en faire la demande ou même la prière. Mais, en revanche, ils l'avaient eux-mêmes investi d'une morale, ils lui avait attribué un code dont il venait de prouver qu'il ne relevait pas davantage. Et cela, ils ne le lui pardonneraient jamais.

C'était une femme, une autre femme. Ils étaient

finalement forcés d'admettre le bien-fondé des pressentiments qu'ils avaient toujours eus, ils s'en rendaient compte maintenant, à l'égard de cet étranger, de ce Latin, comprenant maintenant la raison du cheval, de ce cheval, un cheval à moitié aveugle : le bruit, le sens de ce bruit de sabots tard la nuit resterait sans doute inexpliqué ; mais ce détail-là ne les intéressait pas assez pour qu'ils cherchent à le tirer au clair. C'était un cheval de Troie ; l'étranger, qui parlait encore à peine anglais, avait fait tout ce voyage à Saint-Louis pour en choisir un qui remplît les conditions requises et l'avait acheté de son propre argent : aveugle, pour servir d'alibi à ses escapades nocturnes, un cheval dressé, ou qu'il pouvait lui-même dresser à répondre à un signal — peut-être un bruit électrique émis de quart d'heure en quart d'heure de l'une des horloges (l'imagination du comté se donnait déjà libre cours et aurait pu en remontrer même à des maquignons, sans parler de simples dresseurs), par ces temps de galops autour d'un paddock désert, jusqu'à ce qu'il revienne de son rendez-vous, tourne une manette, et reconduise l'animal à l'écurie en lui donnant du sucre ou de l'avoine pour sa peine.

Ce devait être une femme plus jeune, naturellement, peut-être même une jeune fille ; probablement une jeune fille, car il y avait quelque chose de dur, de masculin, de brutal, un certain manque d'imagination, sous ce décorum latin, qui d'ailleurs lui seyait passablement, comme le smoking et le papillon blanc d'un jeune homme s'accordent pour le faire paraître à son avantage sans véritable effort de sa part. Mais là n'était pas la question. En fait, seuls les esprits mal tournés se demandaient qui était la femme. Pour les autres, le reste, la plupart des gens, la nouvelle victime n'avait pas plus d'importance que Mme Harriss. Ce n'était pas le séducteur qu'ils désavouaient, sur lequel ils criaient haro, mais uniquement le cerf quittant ses bois pour chasser sur la terre des autres, comme si ses propres réserves natales ne lui suffisaient plus. Quand ils pensaient à Mme Harriss, c'était comme à une des leurs ; ils se sentaient même supérieurs à son million de dollars. Ils pensaient, non pas « pauvre femme », mais « pauvre sotte ».

Et au début, pendant les premiers mois, la première année où ils étaient revenus ensemble d'Amérique du Sud, le garçon partait à cheval avec le capitaine Gualdres. Et lui, Charles, savait déjà que le garçon montait à cheval, et effectivement il montait à cheval ; c'était quand on le voyait essayant de franchir les obstacles du champ de courses à la suite du capitaine Gualdres, qu'on se rendait vraiment compte de ce que c'était que monter à cheval. Et lui, Charles, se figurait qu'avec un invité de sang espagnol chez soi, le garçon avait aussi quelqu'un avec qui il pouvait faire de l'escrime. On ne fut jamais fixé sur ce point, mais quoi qu'il en fût, le garçon cessa bientôt même de monter à cheval avec l'invité ou l'amant de sa mère, ou son futur beau-père, comme on préfère, et on n'aperçut plus le garçon en ville qu'à de rares occasions, quand il traversait la place dans un roadster à compresseur avec des bagages empilés dans le spider et le coffre arrière, partant ou revenant de voyage. Et six mois plus tard, après qu'il se fut trouvé suffisamment près du garçon pour avoir surpris son regard, il se prenait à penser : *Même s'il n'y avait que deux chevaux au monde et qu'il en fût le propriétaire, il faudrait que j'aie rudement envie de monter à cheval pour aller me promener avec lui, même si je m'appelais le capitaine Gualdres.*

II

Et pourtant, tels étaient les personnages — les marionnettes, les figurines de papier, la situation, l'impasse, la pantomime, la parade — comme on préfère — que son oncle avait tout à coup sur les bras, à dix heures du soir, par une nuit glacée, quatre semaines avant la Noël, et tout ce que son oncle se contenta ou crut bon ou même nécessaire de faire, fut de retourner à l'échiquier, de pousser sa pièce en disant : « À ton tour », comme si rien ne s'était passé, comme si de rien n'était; non seulement écartant le sujet, mais le niant, refusant même de le considérer. Mais il resta immobile. Et cette fois il répéta lui-même, obstinément : « C'est à cause de l'argent. »

Et cette fois son oncle répéta lui-même, à son tour, sur un ton encore impératif, sec, cassant même : « L'argent? Ce garçon s'en moque, de l'argent! Il l'a probablement en horreur, il est probablement fou furieux chaque fois qu'il doit empocher une liasse de billets pour acheter quelque chose ou aller quelque part. S'il n'était question que de l'argent, je n'aurais jamais entendu parler de lui. Il n'aurait pas eu à faire irruption chez moi, à dix heures du soir, en proférant d'abord un ukase royal, puis un mensonge, puis une menace, simplement pour empêcher sa mère d'épouser un homme sans argent. Même si l'homme en question n'avait pas un sou vaillant, ce qui, dans le cas du capitaine Gualdres, reste tout de même encore à prouver.

— Très bien, s'entêta-t-il. Il ne tient pas à ce que sa mère ni sa sœur épouse cet étranger. Si le capitaine Gualdres lui est antipathique, tout s'explique. »

Son oncle avait vraiment dit tout ce qu'il avait à dire à présent, assis vis-à-vis de lui, de l'autre côté de l'échiquier, attendant. Puis il s'aperçut que son oncle le regardait fixement, d'un air méditatif, plutôt dépourvu d'indulgence.

— Eh bien ! eh bien ! dit son oncle. Eh bien ! eh bien ! eh bien ! », le scrutant, tandis qu'il se rendait compte qu'il n'avait pas encore perdu la faculté de rougir. Mais il aurait déjà dû le savoir, maintenant — du moins que son oncle, lui, devait s'en souvenir, même s'il n'y pensait pas. Mais il ne céda pas pour autant, et sans baisser la tête, tout cramoisi qu'il était, croisant sans hésiter le regard de son oncle, rétorqua :

— Et aussi le fait qu'il ait traîné sa sœur avec lui pour la forcer à dire un mensonge.

Son oncle le regardait toujours, mais non plus d'un œil amusé, sans même le fixer : se contentant de le regarder.

— Comment se fait-il, dit son oncle, que les jeunes gens de dix-sept ans...

— Dix-huit, interrompit-il. Ou presque.

— Bon, reprit son oncle, de dix-huit ans ou

presque — soient si convaincus que les octogénaires de mon âge sont devenus incapables d'admettre, de respecter ou même de se rappeler ce que les jeunes croient être la passion et l'amour?

— C'est peut-être parce que les vieux ne peuvent plus voir qu'il y a tout de même une différence entre ça et les convenances les plus élémentaires, comme de ne pas traîner sa sœur pendant six kilomètres, à dix heures du soir, par une nuit glacée de décembre, pour la forcer à dire un mensonge.

— Très bien, répondit son oncle. *Touché*, soit. Mais je doute que cette explication suffise, parce que je connais un octogénaire de cinquante ans qui est persuadé qu'à dix-sept, dix-huit et dix-neuf ans — comme à seize ans du reste — on est capable de tout, aussi bien de passion et d'amour, et cela par-dessus tout que de bienséance ou que de traîner sa sœur pendant six kilomètres ou vingt-six kilomètres la nuit pour lui faire dire un mensonge, percer un coffre-fort ou commettre un crime, en admettant qu'il ait eu à la traîner. Rien ne l'obligeait à venir; tout au moins, je n'ai pas vu de chaînes.

— Mais elle est venue, dit-il. Et elle a dit un mensonge. Elle a prétendu qu'elle n'avait jamais été fiancée au capitaine Gualdres. Mais quand vous lui avez demandé carrément si elle l'aimait, elle a répondu oui.

— À la suite de quoi elle s'est fait renvoyer de la pièce, dit son oncle. C'est alors qu'elle a dit la vérité — ce dont on est d'ailleurs parfaitement capable à dix-sept, dix-huit ou dix-neuf ans, quand il y a une raison pratique. Elle est venue ici, ils sont tous les deux venus ici, avec leur mensonge préparé d'avance. Le courage lui a manqué au dernier moment. Chacun devait essayer de se servir de l'autre dans un but précis. Seulement leur but n'est pas le même.

— Mais du moins ils sont partis quand ils ont vu que cela n'avait pas marché. Il est parti en coup de vent. Il est parti presque aussi brusquement qu'il était arrivé. J'ai cru un instant qu'il allait la projeter dans l'antichambre comme une poupée de chiffon.

— Oui, dit son oncle. Trop vite. Il a renoncé à son plan pour trouver autre chose, aussitôt qu'il a vu qu'il ne pouvait pas compter sur elle. Quant à elle, elle avait déjà fait machine arrière. Elle a battu en retraite, dès qu'elle a cru qu'il allait s'emporter, ou que comme je n'avalais pas leur histoire, j'allais peut-être m'emporter moi aussi. Alors ils doivent avoir déjà décidé d'essayer autre chose, et cela ne me dit rien qui vaille, car ils sont dangereux. Ce n'est pas leur stupidité qui les rend dangereux ; à cet âge-là (si j'ose le dire devant Monsieur), la stupidité est chose assez courante. Mais parce que personne ne leur a jamais dit qu'ils étaient jeunes et stupides, qui leur ait inspiré assez de crainte ou de respect pour qu'ils le croient. À ton tour, maintenant.

Son oncle semblait ainsi signifier que, pour lui, l'incident était clos ; il n'allait sans doute plus rien pouvoir tirer de lui, là-dessus du moins.

Il semblait en effet qu'il n'y eût plus rien à dire. Il joua. Il avait calculé son coup longtemps à l'avance, depuis plus longtemps encore que son oncle, se basant, comme les aviateurs, sur un temps contigu et non pas sur le temps écoulé, parce qu'il n'avait pas eu à atterrir le temps de repousser les forces de l'envahisseur pour reprendre l'air aussitôt après, comme son oncle. Il attaqua la reine de son oncle et sa tour avec le cheval. Son oncle riposta en poussant une pièce à laquelle, lui, Charles, eût l'air d'être le seul à avoir cru qu'il avait pensé, puis ce fut à lui de jouer, puis à son oncle, et tout finit comme à l'ordinaire.

— Peut-être aurais-je dû prendre la dame il y a vingt minutes, quand je le pouvais, et abandonner la tour, dit-il.

— Toujours », répondit son oncle, se mettant à séparer les pièces noires et les pièces blanches, tandis que lui, Charles, étendait la main vers le plateau inférieur fixé au pied du cendrier pour prendre la boîte. « Tu n'aurais pas pu les prendre en moins de deux coups. Un cavalier peut avancer de deux cases d'un seul trait et même dans deux sens opposés en même temps. Mais il ne peut pas avancer deux fois de suite », en repoussant les pièces noires vers lui à travers l'échiquier. « Cette fois, je prends les blancs, tu peux essayer.

— Il est dix heures passées, observa-t-il. Il est presque dix heures et demie.

— Oui, et alors? répliqua son oncle, alignant les pions noirs. Ce n'est pas la première fois.

— Je pensais que peut-être je devrais aller me coucher, dit-il.

— Oui, peut-être devrais-tu aller te coucher, répondit son oncle, toujours du tac au tac, sans se départir de son affabilité coutumière. Mais tu ne m'en voudras pas si je ne me couche pas tout de suite, n'est-ce pas?

— Peut-être votre partie serait-elle plus intéressante, déclara-t-il. En jouant contre vous-même, vous auriez au moins la surprise d'être étonné des fautes de votre adversaire.

— Bravo, bravo, dit son oncle. Tu m'as l'air en forme ce soir. Remets au moins les pièces sur l'échiquier, même si tu n'as pas l'intention de t'en servir. »

Cela semblait devoir s'arrêter là. Il ne soupçonnait même pas qu'il pût y avoir autre chose. Mais il changea rapidement d'avis — ou s'avisa rapidement de ce qui se passait. Cette fois, ils entendirent d'abord les pas — le léger bruit sec, rythmé, sonore, que font les jeunes filles — venant de l'antichambre. Il savait déjà par expérience, après tout le temps qu'il avait passé dans la partie du logement occupée par son oncle, qu'il est quasiment impossible d'entendre un bruit de pas dans une maison ou un bâtiment occupé par deux locataires ou plus menant une existence plus ou moins séparée. Aussi se rendit-il compte du même coup (et ceci, avant même qu'elle n'eût frappé, avant même que son oncle ne lui ai dit : « C'est toi cette fois qui n'auras pas le temps d'aller ouvrir ») que non seulement son oncle avait toujours su qu'elle allait revenir, mais que lui aussi avait dû le savoir. Seulement, il pensa tout d'abord que c'était le garçon qui l'avait renvoyée ; il ne pensa que plus tard à se demander comment elle avait fait pour le quitter aussi rapidement.

D'ailleurs, elle avait l'air d'avoir couru depuis sans arrêt, demeurant un moment sur le pas de la porte après qu'il lui eut ouvert, fermant d'une main le col de son manteau de fourrure autour de son cou, avec sa longue robe blanche qui se déployait par en dessous. Et si elle avait l'air peut-être encore terrifiée, par contre il n'y avait plus trace de stupeur dans son regard. Et même elle le fixa cette fois, résolument, tandis qu'auparavant, autant qu'il avait pu s'en rendre compte, elle n'avait même pas remarqué qu'il était dans la pièce.

Puis son regard se porta ailleurs. Elle entra dans la pièce et se dirigea rapidement vers son oncle qui (cette fois) se tenait debout à côté de l'échiquier.

— Je veux vous voir seul, dit-elle.

— Nous sommes seuls, répondit son oncle. Je vous présente mon neveu, Charles Mallison. » Son oncle tira une des chaises de devant l'échiquier : « Asseyez-vous. »

Mais elle ne bougea pas.

— Non, dit-elle. Seul.

— Si vous ne pouvez pas me dire la vérité quand nous sommes trois, ce n'est pas quand nous serons deux que vous la direz, dit son oncle. Asseyez-vous.

Elle resta immobile pendant un instant encore. Lui, Charles, ne pouvait pas voir son visage, car elle lui tournait le dos. Mais sa voix avait complètement changé.

— Oui », dit-elle. Elle se tourna vers la chaise. Puis elle hésita de nouveau, au moment où elle se penchait déjà pour s'asseoir, se retournant à demi, et regardant du côté de la porte, comme si elle s'attendait à entendre d'un moment à l'autre les pas de son frère dans l'antichambre, comme si elle était presque sur le point de retourner en courant à la porte d'entrée pour s'assurer qu'il n'était pas dans la rue.

Mais ce temps d'arrêt fut imperceptible, parce qu'elle s'assit tout de suite, s'effondrant sur la chaise dans ce tournoiement léger de jupes et de jambes dont les jeunes filles ont le secret, comme si leurs articulations s'emboîtaient autrement et à des endroits différents que celles des hommes.

— Je peux fumer ? demanda-t-elle.

Mais avant que son oncle n'ait eu le temps de lui offrir la boîte garnie de cigarettes que son oncle lui-même ne fumait jamais, elle en avait tiré une, de quelque part — pas d'étui de platine et de diamants comme on eût pu s'y attendre, mais une seule cigarette, tordue, froissée, d'où sortaient des brins de tabac, comme si elle traînait depuis des jours dans sa poche, maintenant son poignet de son autre main comme pour assurer sa main tandis qu'elle tendait sa cigarette vers l'allumette que frottait son oncle. Puis, après avoir lancé une première bouffée, elle posa la cigarette dans le cendrier et mit ses mains sur ses genoux, pas contractées, simplement serrées, menues, ténues, immobiles sur la fourrure sombre.

— Il est en danger, dit-elle. J'ai peur.

— Ah ! fit son oncle. Votre frère est en danger ?

— Non, non, répondit-elle d'un ton légèrement agacé. Pas Max. Sébast..., le capitaine Gualdres.

— Je vois, dit son oncle. Le capitaine Gualdres est en danger. Il paraît qu'il fait beaucoup de cheval, bien que pour ma part je ne l'aie jamais vu.

Elle reprit sa cigarette, en tira rapidement deux bouffées, et l'écrasa dans le cendrier ; puis elle posa sa main sur son genou et fixa de nouveau son oncle.

— Bon, dit-elle. Eh bien, je l'aime. Je vous l'ai déjà dit. Il n'y a pas de mal à cela. C'est une de ces choses auxquelles on ne peut rien. C'est ma mère qui l'a vu la première, ou lui qui l'a vue le premier.

De toute façon, ils sont de la même génération. Ce qui n'est pas mon cas, puisque S..., le capitaine Gualdres, a bien huit ou dix ans de plus que moi, peut-être davantage. Mais cela ne fait rien. Ce n'est pas cela qui importe. Il est en danger. Même s'il m'a laissé tomber pour faire la cour à ma mère, je ne veux pas qu'il lui arrive du mal. Du moins, je ne veux pas que mon frère aille en prison pour cela.

— D'autant plus que d'aller en prison ne changerait rien à ce qu'il pourrait avoir fait, dit son oncle. Là, je suis d'accord ; il vaudrait beaucoup mieux qu'il aille en prison avant.

Elle leva les yeux vers son oncle. « Avant? demanda-t-elle. Avant quoi ?

— Avant qu'il n'ait eu le temps de commettre quelque chose qui le fasse mettre en prison », répondit son oncle de cette voix affable, soudaine, vive et un peu fantasque qui conférait une sorte de perspicacité et même un caractère raisonnable et posé aux inconséquences les plus fantastiques.

— Oh ! » dit-elle. Elle regarda son oncle. « Comment le faire mettre en prison? dit-elle. Même moi, je suis assez au courant de la loi pour savoir qu'on ne peut pas garder quelqu'un en prison simplement sur une intention. Et puis, d'abord, il lui suffirait de donner deux ou trois cents dollars au premier avocat de Memphis venu pour être relâché le lendemain. N'est-ce pas vrai ?

— N'est-ce pas? dit son oncle. Vous n'avez pas idée du travail qu'un avocat peut fournir pour trois cents dollars.

— Alors cela ne servirait à rien, non? dit-elle. Faites-le déporter.

— Déporter votre frère ? demanda son oncle. Où ça ? Et pour quel motif ?

— Soyez sérieux, implora-t-elle. Soyez sérieux. Vous vous rendez compte que je ne serais pas venue vous trouver si quelqu'un d'autre avait pu m'aider. Faites déporter Séb..., le capitaine Gualdres.

— Ah ! fit son oncle. Le capitaine Gualdres. Je doute fort que les autorités d'immigration fassent preuve du même zèle que des avocats de Memphis à trois cents dollars, ou même qu'elles disposent de ressources comparables. Ils mettraient des semaines, peut-être des mois, à le déporter, tandis que, si vos craintes sont fondées, deux jours seraient déjà de trop. Que croyez-vous que votre frère ferait pendant tout ce temps ?

— Vous voulez dire que vous, un avocat, vous ne pourriez pas le faire enfermer jusqu'à ce que Sébastien ait quitté le pays ?

— Enfermer qui ? demanda son oncle. Enfermer où ?

Maintenant elle ne regardait plus son oncle, elle restait immobile.

— Puis-je avoir une cigarette ? demanda-t-elle.

Son oncle lui en offrit une de la boîte qui était sur la table, lui tendit l'allumette, et elle se rejeta contre le dossier, tirant rapidement plusieurs bouffées et parlant entre chaque bouffée, mais toujours sans regarder son oncle.

— Bon, dit-elle. Eh bien, quand les choses se sont mises à mal tourner entre Max et lui, quand j'ai fini par me rendre compte qu'il allait se passer quelque chose, j'ai persuadé Max de consentir à ...

— À épargner le fiancé de votre mère, dit son oncle. Votre futur nouveau père.

— Bon, émit-elle à travers la fumée rapide, tenant sa cigarette entre deux doigts aux ongles peints, affilés. Parce qu'il n'y avait vraiment rien de décidé entre maman et lui — s'il y avait vraiment eu quoi que ce soit à décider. Et aussi, du reste, ce n'était pas maman qui voulait décider quoi que ce soit, parce que... Et puis d'ailleurs, de toute façon, il aurait eu les chevaux ou du moins assez d'argent pour en acheter d'autres, que ç'ait été ma mère ou moi... » Elle tira rapidement plusieurs bouffées, sans regarder son oncle, le regard absent. « Alors, quand je me suis rendu compte que si ça continuait comme ça, Max allait le tuer tôt ou tard, j'ai conclu un marché avec Max, et il m'a promis qu'il attendrait encore vingt-quatre heures si j'allais vous voir avec lui pour tâcher de vous persuader de le faire déporter en Argentine, d'où il vient ...

— ... et où pour vivre il ne lui resterait plus que sa solde de capitaine, acheva son oncle. Et alors vous l'auriez suivi.

— Eh bien, avoua-t-elle, oui. C'est comme cela qu'on est venu vous voir, et puis je me suis rendu compte que vous ne nous aviez pas cru et que vous n'alliez rien faire, et alors je me suis dit que la seule chose qui me restait à faire, c'était de montrer à Max en votre présence que moi aussi je l'aimais, pour forcer Max à dire ou à faire quelque chose qui pût vous convaincre qu'il ne plaisantait pas. Et c'est ce qui est arrivé, et vous avez vu qu'il ne parle pas en l'air, et qu'il est dangereux, et vous devez m'aider, vous devez vraiment.

— Et, vous aussi il y a une chose que vous devriez faire, dit son oncle. Vous devriez vous décider à me dire la vérité.

— C'est ce que j'ai fait. C'est ce que je fais.

— Mais ce n'est pas tout. Qu'est-ce qui s'est passé entre votre frère et le capitaine Gualdres ? Cette fois, ce n'est pas, comme on dit, une histoire de fric.

Elle observa son oncle une seconde à travers la fumée rapide. La cigarette était maintenant presque entièrement consumée, jusqu'au ras des doigts peints.

— Vous avez raison, dit-elle. Ce n'est pas l'argent. L'argent lui est complètement indifférent. Et puis il y en a toujours assez pour Sé..., pour nous tous. Ce n'est même pas à cause de maman. C'est parce que Sébastien l'a toujours battu. En tout. Quand Sébastien est venu, il n'avait même pas de cheval à lui, et Max est un bon cavalier, mais Sébastien l'a battu dès le premier jour, l'a battu sur les propres chevaux de Max, les chevaux dont Max savait que Sébastien allait devenir le propriétaire le jour où maman irait chez le juge pour dire oui. Et Max était le meilleur élève que Paoli ait eu depuis des années, et un jour Sébastien a pris un balai de cheminée et a réussi à parer tous les coups pendant deux passes jusqu'à ce que Max arrache la mouche du fleuret et avance sur lui l'épée nue et Sébastien a dû faire un moulinet avec son balai comme un sabre pour rompre la botte, jusqu'à ce que quelqu'un ait empoigné Max.

Elle respirait, pas tant avec force qu'avec rapidité, précipitation, haletante presque, tâchant de tirer encore une bouffée de sa cigarette devenue trop courte pour qu'elle pût la porter à ses lèvres, même si sa main avait été assez ferme pour la tenir ferme, blottie sur la chaise dans une sorte de nuage de tulle et de satin blanc et de riche et lourd chatoiement sombre de minuscule animal massacré, moins débile que délicate et fragile, et même moins fragile que glacée, évanescente, comme une de ces fleurs blanches du début du printemps, hautes sur tige, traquées, écloses avant leur saison dans la neige et dans la glace et visiblement condamnées à dépérir sans même savoir qu'elles s'étiolent, ne ressentant même aucune douleur.

— Ça, c'est venu après, dit son oncle.

— Quoi ? Après quoi ?

— Tout cela est bien arrivé, dit son oncle. Mais c'est venu après. On ne souhaite pas la mort de quelqu'un simplement parce qu'on s'est fait battre à cheval ou même à l'escrime. Du moins, on ne se prépare pas à mettre de tels souhaits à exécution pour si peu de chose.

— Si, affirma-t-elle.

— Non, dit son oncle.

— Si.

— Non.

Elle se pencha en avant et posa son mégot dans le cendrier aussi précautionneusement que si cela avait été un œuf ou une capsule de nitroglycérine peut-être, et se redressa sur sa chaise, les mains même pas fermées cette fois, mais étalées sur les genoux.

— Bon, dit-elle. C'est bien ce que je craignais. J'avais bien dit... je savais bien que ça ne prendrait pas avec vous. C'est une femme.

— Ah ! dit son oncle.

— Je pensais que cela pourrait peut-être suffire », continua-t-elle, et sa voix changea de nouveau pour la troisième fois depuis qu'elle était entrée dans la pièce il y avait dix minutes à peine. « Là-bas, à environ deux miles derrière la maison. La fille d'un fermier... Oh! oui, s'exclama-t-elle. Moi aussi je connais ce genre d'histoire : Walter Scott ou Hardy ou je ne sais plus qui, il y a trois cents ans, le jeune seigneur du manoir et ses vilains : le droit du seigneur et tout le reste. Seulement cette fois ce n'est pas la même chose. Parce que Max lui a donné une bague. » Ses mains étaient maintenant posées sur les bras du fauteuil, de nouveau crispées, et maintenant elle ne regardait plus son oncle. « Cette fois ce n'est pas du tout la même chose. Encore mieux que du Hardy ou du Shakespeare. Parce que cette fois il y avait deux garçons de la ville : pas seulement le jeune lord, le jeune héritier, mais aussi l'ami étranger, ou plutôt l'hôte du jeune lord, le sombre romantique chevalier étranger qui battait le jeune lord sur les chevaux du jeune lord et faisait sauter l'épée du jeune lord d'un coup de balai de cheminée. Jusqu'à ce que, pour couronner le tout, il ne lui restât plus qu'à se rendre à cheval pendant la nuit sous la fenêtre de la petite amie du jeune lord et à siffler. Attendez », dit-elle.

Elle se leva. Elle avait déjà pris son élan avant de s'être remise d'aplomb. Elle traversa la pièce, ouvrit vivement la porte, avant qu'il ait eu le temps d'esquisser un geste, ses talons résonnant déjà vite et fort dans l'antichambre. Puis la porte d'entrée claqua. Et son oncle qui restait là à regarder la porte ouverte sans rien dire...

— Quoi? demanda-t-il. Quoi?

Mais son oncle ne répondit pas; son oncle avait toujours les yeux tournés vers la porte, puis, tout d'un coup, avant presque que son oncle n'eût eu le temps de répondre, ils entendirent de nouveau la porte d'entrée, puis les durs cassants petits talons de fille dans l'antichambre, deux paires à présent, et la fille Harriss entra en coup de vent, traversa la pièce, jeta négligemment la main en arrière, disant :

— La voilà », et retourna à sa chaise où elle se laissa de nouveau tomber dans un tourbillon, tandis que lui et son oncle examinaient l'autre fille — une fille de la campagne — parce qu'il avait déjà vu son visage en ville, le samedi, mais maintenant c'était leur seul trait distinctif, parce que leurs bouches et leurs visages étaient peints aussi, et même leurs ongles quelquefois, et les vêtements de Sears, Roebuck[1] ne ressemblaient plus à Sears, Roebuck, maintenant, et quelquefois ils ne venaient même pas de chez Sears, Roebuck, même s'ils n'étaient pas coupés dans du vison à mille dollars ; une fille à peu près du même âge que la fille Harriss, mais un peu moins grande, mince et solide à la fois, comme il se devait pour une fille élevée à la campagne, aux cheveux bruns et aux yeux noirs, qui le fixa un moment, puis tourna les yeux vers son oncle.

— Entrez, dit son oncle. Je suis M. Stevens. Vous vous appelez Mossop.

— Je sais bien, répondit la fille. Non, monsieur. Mossop, c'est le nom de ma mère. Mon père s'appelle Hence Cayley.

— Elle a apporté la bague aussi, intervint la fille Harriss. Je lui ai dit de l'apporter ici parce que je savais que, sans ça, vous n'y croiriez pas, comme moi quand on me l'a raconté. Et elle a raison de ne pas la

1. Grand magasin à succursales dans tous les États-Unis (*N.d.T.*).

porter. Je n'aurais jamais porté la bague de quelqu'un qui m'aurait dit ce que Max lui a dit.

La fille Cayley tourna les yeux vers la fille Harriss — sans sourciller, un regard posé, noir, passablement calme — pendant près de une minute tandis que la fille Harriss prenait une autre cigarette de la boîte, mais, cette fois, personne ne prit la peine de lui offrir du feu.

Puis la fille Cayley regarda de nouveau son oncle. Pour l'instant son regard ne trahissait aucune émotion. Il était simplement attentif.

— Je ne l'ai jamais portée, dit-elle. À cause de mon père. Il trouve que Max est un pas grand-chose. Et je vais pas non plus la garder maintenant, dès que je pourrai le trouver pour la lui rendre. Parce que maintenant je crois qu'il a raison.

La fille Harriss émit un son. Et il n'eut pas l'impression que c'était quelque chose qu'elle pût avoir appris dans un couvent suisse. La fille Cayley la fixa de nouveau de son air dur, contemplatif, noir. Mais ses yeux restaient toujours imperturbables. Puis elle regarda de nouveau son oncle.

— Ce n'est pas tant ce qu'il m'a dit, c'est surtout son ton qui m'a déplu. Peut-être que c'était la seule manière de le dire qui lui soit venue à l'esprit sur le moment. Mais il aurait tout de même pu en trouver une autre. Mais c'est pas parce qu'il s'est cru obligé de me le dire que je me suis mise en colère.

— Je vois, dit son oncle.

— Et, de toute manière, j'aurais pas vu de mal à ce qu'il se sente obligé de le dire.

— Je vois, dit son oncle.

— Mais il a eu tort. Il a eu tort dès le début. C'est

lui qui a dit le premier que je ferais mieux de ne pas porter cette bague encore quelque temps, là où on pourrait me voir. J'ai pas eu le temps de lui dire que s'il croyait que j'allais jamais laisser papa découvrir que j'en avais une...

La fille Harriss émit de nouveau le même son. Cette fois la fille Cayley s'arrêta net, tourna la tête plutôt lentement, et dévisagea la fille Harriss pendant cinq ou six secondes, tandis que la fille Harriss restait sur sa chaise, sans broncher, avec sa cigarette non allumée entre les doigts. Puis elle tourna de nouveau la tête vers son oncle.

— Alors, comme ça, c'est lui qui a dit qu'on ferait mieux de rester fiancés en privé. Alors, comme j'allais être fiancée qu'en privé, j'ai pas vu pourquoi le capitaine Golldez...

— Gualdres, corrigea la fille Harriss.

— Golldez, répéta la fille Cayley, ... ou n'importe qui d'autre, ne pouvait pas venir nous voir à cheval et s'asseoir sur notre véranda pour faire un brin de causette. Et j'aimais bien monter pour une fois des chevaux qui n'étaient pas élimés, alors quand il en amenait un pour moi...

— Comment pouviez-vous savoir dans le noir s'il était élimé ou non ? dit la fille Harriss.

Alors la fille Cayley, prenant toujours son temps, fit demi-tour et dévisagea la fille Harriss.

— Quoi ? dit-elle. Qu'avez-vous dit ?

— Allons, intervint son oncle. Calmez-vous.

— Vieil abruti », siffla la fille Harriss. Elle ne regardait même pas son oncle. « Il faut déjà avoir un pied dans la tombe, comme vous, pour croire qu'un homme s'amuserait toutes les nuits à tourniquer à cheval jusqu'à l'aube, tout seul dans un champ de polo désert. »

Alors la fille Cayley se décida. Elle y alla carrément, se penchant pour relever le bord de sa jupe et tirant quelque chose de sa jarretière tout en s'avançant vers la chaise, et si cela avait été un couteau, lui et son oncle n'auraient tout de même pas eu le temps d'intervenir.

— Levez-vous, lui dit-elle.

Alors la fille Harriss leva les yeux vers elle en disant « Quoi ? », tenant toujours la cigarette non allumée à la hauteur de sa bouche. La fille Cayley n'attendit pas davantage. Elle se cala simplement sur ses talons, minces et solides eux aussi, balança le bras en arrière, et son oncle essaya de s'interposer en criant : « Arrêtez ! Arrêtez ! » Mais déjà la fille Cayley avait pivoté et giflé la fille Harriss en pleine figure, cueillant au passage la cigarette et la main qui la tenait, et la fille Harriss, elle, se redressa toute raide sur sa chaise puis s'affaissa avec sa cigarette pendant entre ses doigts, la joue griffée d'une longue, fine égratignure ; et puis la bague, un gros diamant, roula en clignotant sur le devant de son manteau, puis par terre.

La fille Harriss contempla sa cigarette. Puis elle leva les yeux vers son oncle. « Elle m'a giflée, dit-elle.

— J'ai bien vu, répondit son oncle. J'étais moi-même sur le point de le faire », puis lui aussi se rua en avant ; il n'y avait pas de temps à perdre avec la fille Harriss qui sautait déjà sur ses pieds et la fille Cayley qui se balançait déjà sur ses talons. Mais son oncle arriva à temps cette fois pour se mettre entre elles, repoussant d'un bras la fille Harriss, et de l'autre la fille Cayley, jusqu'à ce qu'elles fondent toutes les deux en larmes une seconde plus tard, plantées l'une en face de l'autre et braillant exactement comme deux marmots de trois ans après une dispute, tandis que son oncle, après les avoir observées un moment, se baissait pour ramasser la bague.

— Ça suffit comme ça, dit son oncle. Arrêtez maintenant. Toutes les deux. Allez dans la salle de bains vous laver la figure. Par cette porte-là, ajoutant rapidement : « pas en même temps » comme toutes deux faisaient mine de s'avancer. « Une à la fois. Vous d'abord », à la fille Harriss. « Il y a un styptique dans l'armoire si vous en voulez, mieux vaut avoir peur de la rage que ne prendre aucune précaution. Montre-lui où c'est, Chick. »

Mais elle avait déjà disparue dans la chambre à coucher. La fille Cayley restait là à s'essuyer le nez du revers de la main jusqu'à ce que son oncle lui ait offert un mouchoir.

— Je regrette, dit-elle, renâclant, ou plutôt reniflant. Mais aussi, c'est sa faute. C'est elle qui m'a forcée à faire ça.

— Elle n'aurait pas dû être capable de vous forcer à faire ça, répondit son oncle. Je suppose qu'elle vous a fait attendre dans sa voiture pendant tout ce temps. Elle est passée vous prendre chez vous?

La fille Cayley se moucha.

— Oui, monsieur, dit-elle.

— Alors tu devras la reconduire chez elle, lui dit son oncle, sans tourner la tête. Elles ne peuvent pas rentrer toutes les deux...

Mais la fille Cayley s'était remise d'aplomb. Elle se frotta énergiquement le nez avec le mouchoir, à droite, puis à gauche, et s'apprêta à rendre le mouchoir à son oncle, puis elle s'arrêta, laissant retomber sa main de côté.

— Je retournerai avec elle, dit-elle. Elle ne me fait pas peur. Je n'aurai que deux miles à faire, même si elle veut pas me reconduire plus loin que chez elle.

— Entendu, dit son oncle. Tenez », lui tendant la bague.

C'était un gros diamant. Et pas du toc. La fille Cayley le regarda à peine.

— Je n'en veux pas, dit-elle.

— Moi non plus, à votre place, répondit son oncle. Mais vous vous devez à vous-même de la lui rendre de votre propre main.

Alors elle prit la bague, et puis la fille Harriss réapparut et la fille Cayley alla à son tour se laver la figure, tenant toujours le mouchoir à la main. La fille Harriss semblait tout à fait remise à présent, avec une traînée brillante de styptique sur son égratignure ; et à présent elle avait bien sorti l'étui de platine et de diamants, mais c'était pour la poudre et le reste. Elle ne les regarda ni l'un ni l'autre. Elle regardait le miroir à l'intérieur du couvercle du poudrier, finissant de se poudrer le nez.

— Je devrais vous présenter mes excuses, je suppose, dit-elle. Mais j'imagine qu'un avocat doit être habitué à voir toutes sortes de choses dans son métier.

— Nous tâchons d'éviter les effusions de sang, dit son oncle.

— De sang », dit-elle. Elle oublia alors le visage qu'elle s'était composé, le poudrier de platine et de diamants aussi, elle perdit sa dureté, sa désinvolture, et quand elle releva les yeux vers son oncle, son regard était de nouveau rempli de terreur et de crainte, et il vit que, quelle que pût être l'idée que lui et son oncle s'étaient faite de ce que son frère allait, devait ou pouvait faire, elle, par contre, n'avait pas le moindre doute à ce sujet. « Il faut que vous fassiez quelque chose, dit-elle. Il le faut. Si j'avais connu quelqu'un d'autre à qui m'adresser, je ne vous aurais pas dérangé. Mais je...

— Vous m'avez dit qu'il a convenu avec vous de ne rien faire pendant vingt-quatre heures, reprit son oncle. Croyez-vous qu'il tienne encore parole, ou qu'il fasse ce que vous avez fait vous-même — qu'il essaie de résoudre le problème à sa manière derrière votre dos, à vous aussi ?

— Je n'en sais rien, dit-elle. Si seulement vous pouviez le faire enfermer jusqu'à ce que je...

— Ce qui m'est tout aussi impossible que de faire déporter l'autre avant le petit déjeuner demain matin. Pourquoi ne le déportez vous pas vous-même ? Vous avez dit que vous...

La terreur, le désespoir aussi se peignirent sur son visage.

— Je ne peux pas. J'ai essayé. Peut-être que maman aurait mieux su s'y prendre que moi, après tout. J'ai même essayé de le lui dire. Mais il est comme vous : il ne croit pas non plus que Max soit dangereux. Il dit que ce serait se sauver devant un gosse.

— Cela équivaudrait exactement à cela, dit son oncle. Et c'est même exactement pourquoi.

— Exactement pourquoi quoi ?

— Rien, dit son oncle.

Puis son oncle détourna les yeux. Il ne regardait plus personne, ne regardait rien du tout, autant qu'il pouvait en juger, caressant simplement le fourneau de sa pipe de maïs du bout du pouce. Alors elle demanda :

— Puis-je avoir une autre cigarette ?

— Pourquoi pas ? » dit son oncle. Elle prit une cigarette dans la boîte, et cette fois il alla lui donner du feu, devançant son oncle qui se dirigeait vers le cendrier, marchant avec précaution parmi les échecs épars pour frotter l'allumette, tandis que la fille Cayley entrait dans la pièce sans regarder personne non plus, disant à son oncle :

— Il est accroché au miroir.

— Quoi ? demanda son oncle.

— Votre mouchoir, répondit la fille Cayley. Je l'ai lavé.

— Oh ! dit son oncle.

Et la fille Harriss continua :

— Et cela ne servira à rien de lui parler. Vous avez essayé, et vous avez bien vu.

— Je ne m'en souviens pas, répondit son oncle. Autant que je m'en souvienne, il n'y a que lui qui ait parlé. Mais, au fait, pour ce qui est de parler, vous avez raison. Je commence à croire que toute cette histoire n'a commencé que parce qu'on a déjà beaucoup trop parlé.

Mais elle n'écoutait même pas. « Et nous ne réussirons jamais à le faire venir de nouveau ici. Alors il faut que vous veniez là-bas...

— Bonne nuit », dit son oncle.

Elle n'écoutait pas du tout.

— ... demain matin avant qu'il n'ait eu le temps

de se lever et d'aller quelque part. Je vous téléphonerai le matin pour vous dire quelle sera la meilleure heure...

— Bonne nuit, répéta son oncle.

Puis elles disparurent par la porte du salon en la laissant ouverte naturellement, la fille Harriss, c'est-à-dire, mais lorsqu'il alla la refermer, la fille Cayley revenait déjà sur ses pas pour le faire, jusqu'à ce qu'elle l'eût aperçu. Mais quand il s'apprêta à la fermer, son oncle lui dit : « Attends », alors il demeura immobile, la main sur la poignée, et ils entendirent les durs cassants petits talons de fille dans l'antichambre et puis, cette fois, comme de juste, le bruit de la porte d'entrée.

— C'est ce que nous avons cru la dernière fois, dit son oncle. Va voir pour être sûr.

Mais elles étaient parties. Debout sur le pas de la porte grande ouverte dans la nuit noire, vive, glaciale, sans vent, de décembre, il entendit le vrombissement du moteur emballé et vit le grand roadster à compresseur démarrant presque en pleine vitesse avec une embardée, ripant et crissant des pneus sur le pavé, les feux arrière sucés hors de son champ visuel trop vite encore une fois, si bien qu'il devait avoir traversé la place depuis longtemps, qu'il lui semblait encore sentir l'odeur du caoutchouc outragé.

Puis il retourna au salon où son oncle était assis maintenant au milieu des échecs épars, en train de bourrer sa pipe. Il traversa la pièce sans s'arrêter et alla ramasser l'échiquier pour le remettre sur la table. Heureusement la bagarre avait eu lieu de l'autre côté, de sorte que personne n'avait marché sur les pièces. Il les ramassa autour des pieds de son oncle et les remit en bon ordre sur l'échiquier, avançant même la pièce de la reine blanche dans la position d'ouverture orthodoxe sur laquelle son oncle insistait. Son oncle bourrait toujours sa pipe.

— Alors, après tout, ils ne s'étaient pas trompés au sujet du capitaine Gualdres, dit-il. Il s'agissait d'une fille.

— Quelle fille ? demanda son oncle. Il y en a une qui a fait six miles en voiture ce soir à deux reprises, rien que pour s'assurer que nous avions bien compris qu'elle voulait à tout prix que son nom soit accolé à celui du capitaine Gualdres ; quant à l'autre, elle n'a pas hésité un seul instant à réfuter cette calomnie à coups de poing ; de plus, elle ne savait même pas épeler son nom.

— Oh ! fit-il.

Mais il garda sa réflexion pour lui. Il approcha sa chaise de la table, et se rassit. Son oncle le contempla un moment.

— Tu as bien dormi ? dit son oncle.

Il ne saisit pas non plus sur-le-champ le sens de cette remarque. Mais il n'avait qu'à patienter un moment, car son oncle ne se refusait à donner la clef de ses remarques que lorsqu'elles étaient vraiment spirituelles, vraiment brillantes, pas quand il n'était que mordant.

— C'est ce que tu t'apprêtais à faire, il y a une demi-heure. Je ne pouvais même pas te retenir.

— Et j'aurais manqué quelque chose, dit-il. Mais on ne m'y reprendra plus...

— Il n'y aura plus rien à manquer ce soir.

— C'est bien ce que je pensais, répondit-il. Cette fille Cayley...

— ... est arrivée à bon port, dit son oncle. Et j'espère fermement que nous n'entendrons plus parler d'elle. Et l'autre aussi. À toi de jouer, maintenant.

— J'ai déjà joué, dit-il.

— Alors, à toi, de nouveau, répondit son oncle, ripostant avec un pion noir. Et maintenant tâche de faire attention.

C'était, pensait-il, ce qu'il faisait, était en train de faire, avait fait, faisait toujours à chaque coup. Mais l'attention qu'il y apportait ne semblait servir qu'à lui faire voir un peu plus tôt que d'habitude, cette fois, que la partie se terminerait à l'instar de la précédente : mais, tout à coup, son oncle fit table rase et disposa un problème avec les chevaux, les tours et deux pions.

— Ça cesse d'être un jeu, alors, protesta-t-il.

— Un jeu où se reflètent et où s'avèrent toutes les passions de l'homme, sa folie et son espoir, a toujours été autre chose qu'un simple jeu, dit son oncle. À toi.

Et cette fois ce fut le téléphone, et cette fois il savait que cela allait être le téléphone, et il savait même ce que le téléphone allait annoncer, il n'avait pas même vraiment besoin de prêter l'oreille à la partie de la conversation qu'il pouvait entendre, et son oncle ne tarda pas non plus à comprendre de quoi il s'agissait :

— Oui? C'est lui-même... Quand ça?... Je vois. Quand vous êtes arrivée chez vous, on vous a dit qu'il avait bouclé sa valise et qu'il était parti en voiture à Memphis. Non, non, inutile de donner une prescription à un médecin ou d'inviter un facteur à faire une promenade », puis posa le récepteur sur l'appareil et demeura un moment immobile, la main dessus, en suspens, sans même respirer apparemment, sans même frotter le pouce contre le fourneau de sa pipe; demeurant si longtemps immobile dans son fauteuil qu'il s'apprêtait à parler, quand son oncle souleva le récepteur et demanda le numéro, ce qui ne prit guère de temps non plus : à M. Robert Markey, à Memphis, un avocat mêlé à la politique locale aussi, qui avait été à Heidelberg avec son oncle.

— Non, non, pas la police; ils ne peuvent pas l'arrêter. D'ailleurs, je ne tiens pas à ce qu'on l'arrête; je voudrais simplement qu'on le surveille, et qu'il ne puisse pas quitter Memphis sans que j'en sois averti. Un bon détective privé, rien que pour avoir l'œil sur lui, sans qu'il s'en aperçoive — à moins qu'il n'essaye de quitter Memphis... Quoi? Je m'oppose toujours à ce qu'on verse du sang, du moins devant témoins... C'est ça, jusqu'à ce que j'arrive pour mettre moi-même la main sur lui, demain ou après-demain. À l'hôtel... Il n'y en a qu'un : le Greenbury. As-tu jamais entendu parler d'un Mississippien qui ait encore appris qu'il en existe d'autres? (Ce qui était certainement exact : un dicton du nord du Mississippi disait que l'État commençait dans les salons de l'hôtel Greenbury...) Un faux nom? Lui? La dernière chose qu'il tâchera d'éviter, c'est la publicité. Il fera sans doute appeler tous les journaux pour être sûr qu'ils ont pris correctement son nom et son adresse et qu'ils passent une notice... Non, non, envoie-moi simplement un télégramme le matin pour me dire que vous avez l'œil sur lui et que vous ne le perdez pas de vue jusqu'à nouvel ordre », et raccrocha le téléphone et se leva, mais il ne retourna pas à l'échiquier, au lieu de cela il alla vers la porte, l'ouvrit et resta debout, la main sur la poignée, jusqu'à ce que finalement il ait compris. Il se leva et prit le livre qu'il avait commencé à lire en haut trois heures auparavant. Mais cette fois il parla et cette fois son oncle lui répondit :

— Mais que voulez-vous faire de lui ?

— Rien, répondit son oncle. Je veux simplement m'assurer qu'il est à Memphis et qu'il y reste. Ce qu'il ne manquera pas de faire ; il ne désire rien tant que me voir convaincu avec le reste du monde qu'il villégiature en toute tranquillité et en toute innocence à Memphis ou n'importe où, sauf à Jefferson, Mississippi, bien plus d'ailleurs que moi je ne tiens à le savoir.

Mais il tarda encore une fois à saisir ; il dut encore demander des éclaircissements.

— Son alibi, dit son oncle.

Il ne voyait toujours pas.

— Pour tout ce qu'il peut être en train de manigancer, pour le truc qu'il a inventé pour faire peur au fiancé de sa mère et le forcer à quitter le pays.

— Le truc ? répéta-t-il. Quel truc ?

— Je n'en sais rien, moi, dit son oncle. Trouve toi-même : tu as dix-huit ans, ou tout comme, tu dois pouvoir te rendre compte de ce qu'un gosse de dix-neuf ans est capable de faire : une lettre signée par la Maffia, qui sait, ou même un coup de fusil passablement bien ajusté à travers la fenêtre de sa chambre à coucher. J'ai cinquante ans ; tout ce que je sais, c'est qu'à dix-neuf ans on est prêt à faire n'importe quoi, et la seule raison pour laquelle le monde des grandes personnes vit relativement en sécurité, malgré les gosses, est qu'ils sont tellement convaincus à l'avance de leur réussite, qu'ils prennent leurs désirs et leur volonté pour argent comptant et ne s'embarrassent guère des simples ennuyeux détails mécaniques.

— Alors, si le truc ne va pas marcher, vous n'avez pas besoin de vous tracasser, dit-il.

— Je ne me tracasse pas, répondit son oncle. Ce sont eux qui me tracassent. Qui plus est, ils m'ennuient. Je veux simplement avoir l'œil — celui de M. Markey — sur lui, jusqu'à ce que j'aie pu téléphoner demain à sa sœur pour qu'elle, ou leur mère, ou s'il y a quelqu'un dans la famille qui puisse prétendre à quelque autorité sur lui, ou l'une d'elles, ou toutes les deux aillent là-bas, mettent la main sur lui et en fassent ce qu'ils veulent; quant à moi, je serais d'avis qu'on l'attache à l'écurie dans une des stalles et que son beau-père en perspective (cela pourrait même être une raison suffisante pour induire le capitaine Gualdres à abandonner sa timidité de demoiselle et consentir à un mariage immédiat) le travaille sérieusement à la cravache.

— Oh! fit-il. En tout cas, il ne s'est rien passé avec cette fille Cayley. Peut-être que s'il avait été là ce soir, il y a un moment, et qu'il avait vu sa réaction, quand sa sœur...

— Personne n'a jamais cru qu'il y ait eu quoi que ce soit, excepté sa sœur, répondit son oncle. Et c'est même elle qui l'a persuadé qu'il se passait quelque chose, pour commencer, et qui a déclenché toute l'histoire. Pour avoir l'homme qu'elle voulait. Peut-être pensait-elle qu'aussitôt que son frère se remettrait à brandir son fleuret, Gualdres quitterait le pays.

Ou peut-être espérait-elle que la simple discrétion et le bon sens suffiraient à le faire partir; n'importe comment, tout ce qu'elle avait à faire, c'était de le suivre, quelque part aux États-Unis, n'importe où, même retourner en Argentine (où, bien entendu, il n'y a pas d'autres femmes) et, par enveloppement brusqué ou simple compromis peut-être, remporter la victoire, le rendre du moins monogame. Mais elle le sous-estimait; elle le diffamait; elle aurait dû se garder de lui imputer le crime d'une maturité quelconque.

Son oncle tenait toujours la porte ouverte, en le regardant.

— Tout ce qu'on peut dire d'eux, c'est qu'ils sont jeunes. Seulement — comme je crois l'avoir dit, il y a un instant — le privilège d'être jeune ressemble assez au privilège d'avoir la petite vérole ou la peste bubonique.

— Oh! fit-il de nouveau. Alors c'est peut-être vrai aussi en ce qui concerne le capitaine Gualdres. On s'est trompé sur son compte. Je croyais qu'il avait à peu près quarante ans. Mais elle a dit qu'il n'avait que huit ou dix ans de plus qu'elle.

— Ce qui signifie qu'elle croit qu'il a environ quinze ans de plus qu'elle, dit son oncle. Ce qui signifie qu'il a, sans doute, environ vingt-cinq ans de plus.

— Vingt-cinq ans? dit-il. Ça le remet exactement là où il était.

— A-t-il jamais bougé? dit son oncle. Son oncle tenait toujours la porte ouverte. « Alors? Qu'est-ce que tu attends?

— Rien, dit-il.

— Alors bonne nuit aussi, dit son oncle. Rentre aussi chez toi. Le jardin d'enfants est fermé pour la journée. »

III

Il n'y avait plus rien à dire. Il monta dans sa chambre. Il alla se coucher aussi, enlevant son uniforme, « tombant le brun », comme on disait dans son unité. Parce que c'était jeudi, et le bataillon s'exerçait toujours le jeudi. Et cette année il était lieutenant-colonel des cadets et, de plus, personne ne manquait jamais l'exercice, car, bien que l'Académie ne fût qu'une école préparatoire, son R.O.T.C. [1] était classé parmi les meilleurs du pays ; à la dernière revue, l'inspecteur général leur avait dit lui-même que, quand il y aurait la guerre, tous ceux d'entre eux qui pourraient prouver qu'ils avaient dix-huit ans seraient presque automatiquement éligibles à une école d'élèves-officiers.

Ce qui le concernait directement, lui aussi, puisqu'il était si près d'avoir dix-huit ans que la différence ne comptait pour ainsi dire pas. Excepté que maintenant, qu'il en ait dix-huit, huit ou quatre-vingt-huit, de toute façon, cela ne ferait aucune différence : il allait arriver trop tard, même s'il se réveillait demain matin âgé de dix-huit ans. Tout serait

1. Cadres de formation prémilitaire dans les écoles américaines (*N.d.T.*).

déjà fini, et on aurait même commencé à pouvoir se mettre à oublier la guerre avant qu'il ait pu encore s'inscrire à l'école d'officiers, avant même qu'il eût terminé son cours.

Elle était déjà finie en ce qui concernait les États-Unis : la poignée de garçons, certains pas plus âgés que lui, et d'autres probablement plus jeunes encore, qui pilotaient les chasseurs de la Royal Air Force, les avaient arrêtés à l'ouest et maintenant il ne restait plus à toute cette irrésistible marée de victoire et de destruction qu'à se perdre, qu'à se dissiper dans les insondables profondeurs de la Russie comme un étalement d'eau sale poussé par un balai à travers un carrelage de cuisine : aussi, chaque fois, durant les quinze mois qui avaient suivi l'automne de 1940, qu'il décrochait son uniforme ou qu'il le suspendait de nouveau dans le placard — la serge kaki pareille à celle que portaient les vrais officiers, mais sans même les honnêtes galons de sous-officier, mais à leur place, les écussons et les parements bleu clair du R.O.T.C. qui ressemblaient aux insignes qu'on portait à la boutonnière quand on s'affiliait à une fraternité, et les anodins losanges de métal sans histoire, analogues à ceux qui se voyaient sur les épaules des portiers des hôtels de luxe ou des chefs de musique de cirque, pour la séparer encore davantage du domaine de la bravoure et du risque, du cœur assoiffé de gloire et de renommée ; chaque fois qu'il jetait les yeux dessus, la serge kaki, aux yeux de ce cœur assoiffé (si l'on ose dire), de ces incurables incessants regrets qui l'avaient tourmenté tous ces derniers mois depuis qu'il s'était rendu compte qu'il était trop tard, qu'il avait traîné, remis sa décision pendant trop longtemps, faute de courage, de volonté, d'ardeur, et de soif, oui, de soif, se muait, se transmogrifiait, se fondait comme dans un plan cinématographique en bleu d'Angleterre, pennes crochues de faucon fendant l'air et modestes galons indiquant le grade; mais surtout le bleu, la couleur, la nuance que cette poignée de jeunes Anglo-Saxons avaient à tel point érigée, instaurée en visuel synonyme de gloire, que rien que le printemps dernier une Association de Chemisiers Américains l'avaient adoptée comme slogan commercial dans les rayons de confection homme, de sorte que tous les habitants mâles des États-Unis qui avaient la chance de pouvoir s'en offrir une, pouvaient entrer à l'église le matin de Pâques dans un irréfragable effluve de valeur sans pour autant se sentir lié par un insigne de responsabilité ou par les rubans couleur bonbon du danger.

Et, pourtant, il s'était risqué à faire quelque chose approchant d'une tentative (et maintenant il la voyait sous un jour quelque peu différent, car le souvenir de cette démarche ne lui était d'aucune consolation). Le capitaine Warren, un fermier qui habitait à quelques miles de la ville, avait été lieutenant-colonel aviateur dans le vieux Royal Flying Corps, qui avait précédé la R.A.F.; il était allé le voir un jour, il y avait presque deux ans de cela maintenant, quand il venait d'avoir seize ans.

— Si je trouvais moyen d'aller en Angleterre, ils me prendraient bien, n'est-ce pas? demanda-t-il.

— À seize ans? Tu es bien un peu jeune. Et c'est aussi plutôt difficile à présent d'aller en Angleterre.

— Mais ils me prendraient, si je trouvais moyen d'y aller, non? dit-il.

— Oui », répondit le capitaine Warren. Puis le capitaine Warren avait repris : « Écoute. Tu as tout le temps. Il y aura des tas de choses à faire, et plus encore qu'on n'imagine, pour nous tous avant que ce ne soit fini. Alors pourquoi ne pas attendre ? »

C'est ce qu'il avait fait. Il avait attendu trop longtemps. Il pouvait toujours se dire qu'il n'avait fait que suivre le conseil d'un héros, ce qui apaisait un peu le cœur assoiffé : le fait d'avoir accepté, d'avoir suivi le conseil d'un héros, l'empêcherait toujours d'oublier que si le courage lui avait manqué, du moins il n'avait pas manqué à son devoir.

Parce que maintenant il était trop tard. Et même, pour ce qui était des États-Unis, ça n'avait jamais vraiment commencé, ça ne coûterait aux États-Unis que de l'argent; la chose, disait son oncle, qui revenait le moins cher à perdre ou à dépenser ; ce qui était la raison pour laquelle la civilisation l'avait inventé : pour que ce soit la seule substance dont l'homme puisse se servir pour acheter ce dont il avait besoin et chaque fois, à bon compte

Ainsi la conscription ne semblait avoir été établie qu'afin de pouvoir permettre à son oncle d'identifier Max Harriss, et comme l'identification de Max Harriss n'avait eu comme conséquence que l'interruption d'une partie d'échecs et une communication téléphonique avec Memphis de soixante cents, le jeu, décidément, n'en valait pas la chandelle.

Sur ce il alla se coucher et dormir : demain était vendredi, et il n'aurait pas à endosser le pseudo-kaki pour tomber le brun, et le cœur assoiffé, si cœur assoiffé il y avait, serait mis au rancart jusqu'à la semaine prochaine. Et il avala son petit déjeuner;

son oncle avait déjà pris le sien et était sorti, il passa au bureau de son oncle avant d'aller à l'école pour prendre le cahier qu'il y avait laissé la veille, et Max Harriss n'était pas à Memphis; le télégramme de M. Markey arriva alors qu'il était encore dans le bureau :

Prince manquant envolé. Que faire maintenant ?

Et il était encore dans le bureau quand son oncle dit au garçon d'attendre et écrivit la réponse :

Rien, merci.

Un point, c'est tout; le point final, pensa-t-il. Et quand il revint à midi pour retrouver son oncle au coin de la rue où il l'attendait pour rentrer déjeuner, il ne pensa même pas à poser de question; ce fut son oncle qui lui raconta de lui-même que M. Markey avait même pris la peine de téléphoner pour dire que Harriss semblait être connu de tous les employés, téléphonistes, portiers nègres, chasseurs et garçons du Greenbury et aussi des marchands de liqueurs et des chauffeurs de taxi de tout le voisinage et que lui, M. Markey, avait même essayé de s'enquérir dans les autres hôtels, par acquit de conscience, bien qu'il fût impossible de supposer qu'il y eût un Mississippien sachant qu'il en existe d'autres à Memphis.

Alors il demanda, comme M. Markey : « Que faire, maintenant?

— Je n'en sais rien, dit son oncle. Je voudrais bien croire qu'il les a tous envoyés promener, qu'il se trouve maintenant à cinq cents miles d'ici et qu'il court encore, mais gardons-nous de le diffamer, en lui prêtant du bon sens à son insu.

— Peut-être en a-t-il », dit-il.

Son oncle s'arrêta net.

— Quoi ? dit son oncle.

— Vous avez bien dit la nuit dernière qu'à dix-neuf ans, on est capable de tout.

— Oh ! dit son oncle. Oui, dit son oncle. Évidemment, dit son oncle, se remettant à marcher. Peut-être en a-t-il.

Et ce fut tout : allant déjeuner, revenant avec son oncle jusqu'au coin de la rue où se trouvait son bureau, puis à l'école, l'après-midi, au cours d'histoire que Mlle Melissa Hogganbeck intitulait à présent Affaires Internationales avec des majuscules, et qui avait lieu deux fois par semaine. Cela aurait dû irriter le cœur assoiffé encore plus que les inéluctables jeudis qui allaient suivre, quand il devrait de nouveau endosser l'uniforme brun — avec son sabre, ses minables épaulettes sans histoire — pour se prêter sans rire à l'artificiel archifaux simulacre du commandement, mais c'était loin d'être le cas : l'infatigable cultivée distinguée voix de « dame » parlant de paix et de sécurité avec une sorte de fanatisme effréné, expliquant que nous n'avions rien à craindre, parce que les vieux pays d'Europe étaient épuisés et qu'ils avaient trop bien appris leur leçon en 1918, — ils ne se risqueraient jamais à nous provoquer, ils n'en avaient même pas les moyens —, jusqu'à ce que toute la déchaînée titubante masse du monde se résolve en ce murmure perpétuel, impalpable, incapable de soulever le moindre écho entre les murs insonores, isolés, poussiéreux, d'une salle de classe d'école préparatoire, encore cent fois plus éloignés de la réalité que l'épée et les épaulettes. Parce que au moins le sabre et les épaulettes avaient un semblant d'analogie avec ce qu'ils parodiaient, alors que, pour Mlle Hogganbeck, toute la création d'un Cadre d'Entraînement National d'Officiers de Réserve n'était qu'un inéluctable, inexplicable phénomène attenant à l'édifice pédagogique comme la nécessité d'avoir des enfants dans les cours de troisième année.

Et ce n'était même pas le cheval qui allait le faire changer d'avis. Il était dans un box, un fourgon tout boueux stationné dans une ruelle derrière la place, quand il passa par là en revenant de l'école, avec une demi-douzaine d'hommes qui regardaient le fourgon en se tenant à distance nettement respectueuse, et ce ne fut que plus tard qu'il vit en effet que le cheval était attaché dans le fourgon, non pas avec des cordes, mais avec des chaînes d'acier comme si ça avait été un lion ou un éléphant.

Parce que en réalité il n'avait pas encore regardé le box. En fait, il n'aurait pas encore pu aller jusqu'à affirmer, admettre qu'il y eût un cheval dedans, parce qu'à ce moment il vit M. Rafe McCallum en personne s'avancer dans la ruelle, et il traversa la rue pour lui dire bonjour, parce que lui et son oncle allaient souvent à la ferme de McCallum, à quinze miles de la ville, tirer des cailles pendant la saison, et, avant qu'ils ne se fussent engagés dans l'armée, l'été précédent, il était souvent lui-même allé là-bas passer la nuit dans les bois ou le long de la rivière pour chasser des renards ou des ratons avec ses deux neveux, les jumeaux McCallum.

Alors il reconnut le cheval, non pas en le voyant, puisqu'il ne l'avait jamais vu, mais en voyant M. McCallum. Parce que tout le monde connaissait le cheval dans le comté, ou en avait entendu parler — un étalon, un pur-sang, dont le pedigree était de premier ordre, mais qui ne valait absolument rien; on (le comté) disait que c'était la seule fois de sa vie que M. McCallum s'était fait rouler en achetant un cheval, même si celui-ci avait été troqué contre des coupons de tabac ou de savon.

C'était probablement un de ses propriétaires qui l'avait rendu inutilisable en essayant de le mater par la peur ou par la violence, quand il n'était qu'un poulain ou qu'un jeune cheval. Seulement il ne s'était pas laissé mater, et tout ce qu'il avait retiré des épreuves, quelles qu'elles fussent, qu'on lui avait infligées, était de la haine pour tout ce qui se tenait debout sur deux pattes, quelque chose de cette abomination, de cette rage, de ce désir de destruction qu'éprouvent certains êtres humains devant le serpent le plus inoffensif.

Il était impossible de le monter ou de s'en servir, même pour la reproduction. On disait qu'il avait tué deux hommes qui étaient simplement entrés dans son paddock. Bien que cela ne fût guère plausible, car le cheval eût été abattu. Mais M. McCallum était censé l'avoir acheté parce que son propriétaire voulait le faire abattre. Ou peut-être croyait-il pouvoir le dompter. En tout cas, il avait toujours nié qu'il eût tué qui que ce soit; aussi devait-il penser pouvoir le revendre, puisqu'il n'a jamais existé de cheval aussi mauvais que l'affirme celui qui l'achète ni aussi bon que le prétend celui qui veut s'en défaire.

Mais M. McCallum savait qu'il était capable de tuer quelqu'un, et le comté était persuadé qu'il pensait que cela devait arriver. Car, bien qu'il entrât lui-même dans le paddock où la bête était gardée (mais jamais dans une stalle ou dans un réduit où il aurait pu être acculé), il ne laissait jamais personne d'autre le faire ; et on disait qu'un jour quelqu'un avait offert de l'acheter et qu'il avait refusé. Mais cette dernière rumeur semblait apocryphe, puisque M. McCallum lui-même disait qu'il était prêt à vendre n'importe quoi à condition que ça ne puisse pas se tenir debout sur ses pattes de derrière et l'appeler par son nom, vu que c'était son métier.

Et ainsi voilà le cheval en question enchaîné, ligoté, enveloppé de couvertures dans un box à quinze miles du paddock où on le gardait, et ainsi il dit à M. McCallum :

— Vous l'avez finalement vendu.

— Je l'espère, répondit M. McCallum. On peut pas dire qu'un cheval soit vendu avant que la porte de sa nouvelle écurie se soit refermée sur lui. Et des fois, ça suffit même pas.

— Mais du moins il y a des chances, dit-il.

— Du moins il y a des chances, répéta M. McCallum.

Ce qui ne signifiait pas grand-chose, ne signifiait rien du tout, en fait, sauf que M. McCallum devrait drôlement se dépêcher s'il voulait faire croire qu'il n'était pas même vendu. Et il ferait déjà noir, et depuis un bon moment même : quatre heures déjà, et le type qui avait retenu ce cheval pour l'acheter devait habiter bien loin pour n'en avoir jamais entendu parler.

Puis il se dit que le type qui voulait acheter ce cheval devait habiter trop loin, de toute façon, pour être joint avant la tombée de la nuit, même si ç'avait été le 22 juin, d'autant plus que c'était le 5 décembre ; alors, peut-être, l'heure à laquelle M. McCallum se mettrait en route n'avait-elle pas d'importance ; il poursuivit donc son chemin vers le bureau de son oncle. Il ne restait plus que le post-scriptum, et même cela ne prendrait pas trop de temps ; son oncle avait préparé les dossiers à son intention sur le bureau avec la liste des références à côté, et il se mit au travail et il lui sembla qu'il avait à peine commencé quand le jour se mit à baisser et il alluma la lampe de bureau, puis le téléphone sonna. La voix de la fille vibrait déjà au moment où il souleva le récepteur, et elle parlait sans arrêt, aussi mit-il une ou deux secondes avant de la reconnaître :

— Allô ! Allô ! M. Stevens. Il est passé par ici ! Personne n'en savait rien. Il vient de partir ! On m'a averti du garage et j'ai couru là-bas, et il était déjà dans la voiture et il avait mis le moteur en marche, et il a dit que si vous vouliez le voir, vous n'aviez qu'à l'attendre au coin de la rue dans cinq minutes ; il a dit qu'il n'aurait pas le temps de monter dans votre bureau, et de l'attendre dans cinq minutes au coin de la rue si vous vouliez le voir, à moins que vous ne vouliez lui téléphoner et peut-être prendre rendez-vous avec lui à l'hôtel Greenbury demain...

Elle parlait encore quand son oncle entra, prit le récepteur, écouta un instant, et parlait sans doute encore après que son oncle eut raccroché le récepteur.

— Cinq minutes ? dit son oncle. Six miles ?

— Vous ne l'avez jamais vu conduire, dit-il. Il est sans doute déjà en train de traverser la place.

Mais ç'aurait été un peu trop vite, même pour lui.

Lui et son oncle descendirent dans la rue et attendirent pendant ce qui lui parut au moins dix minutes, dans le froid, dans le noir, jusqu'à ce qu'enfin il commençât à pressentir l'arrivée de la nouvelle trombe de hourrah, de bagout et de brouhaha qui les avait submergés ou qui, du moins, n'avait cessé de déferler jusqu'à eux depuis la nuit précédente, au cours de laquelle la dernière chose à quoi ils s'attendaient était non seulement celle à quoi ils eussent pu s'attendre, mais celle dont, par surcroît, ils avaient été prévenus.

Mais ils le virent. Ils entendirent la voiture, l'avertisseur, la paume du fils Harriss appuyée à fond contre le klaxon, à moins qu'il n'eût simplement arraché les fils à l'intérieur du capot de l'auvent pour provoquer un court-circuit, et si le garçon pensait alors à quoi que ce soit, il devait sans doute être en train de regretter le vieil échappement libre du silencieux. Et lui, Charles, pensa à Hampton Killegrew, le gendarme de garde la nuit, qui allait sortir en courant de la salle de billard ou de l'Allnite Inn ou de tout autre endroit où il pouvait se trouver à cette heure, mais trop tard, lui aussi, la voiture grondant et miaulant vers la place tous feux allumés, position, route et brouillard, puis s'engouffrant avec fracas entre les murs de brique et la rue plus étroite en direction de la place; et il se souvint plus tard d'avoir aperçu un chat bondissant, silhouette, à travers le faisceau furieux des phares, une seconde étiré comme s'il avait dix pieds de long, et l'instant d'après se profilant démesurément en hauteur comme un poteau de palissade galopant.

Mais heureusement il n'y avait que lui et son oncle

au coin de la rue et le garçon les aperçut alors, les phares virant sur eux, braqués sur eux comme s'il allait rouler droit sur le trottoir. Puis, au dernier moment, ils obliquèrent, et il aurait pu toucher le garçon — le visage, les dents étincelant au milieu — tandis que la voiture débouchait à toute vitesse sur la place, filait à travers et amorçait le virage, les pneus ripant, crissant sur le pavé, sur la grande route de Memphis, avertisseur, pneus et moteur se perdant peu à peu dans le lointain, jusqu'à ce qu'enfin lui et son oncle entendissent, comme prévu, Hampton Killegrew courant vers l'angle de la rue en criant et en jurant.

— Tu as tiré la porte derrière toi ? interrogea son oncle.

— Oui, monsieur, dit-il.

— Alors, on va rentrer dîner, dit son oncle. Tu t'arrêteras en route au bureau des télégraphes.

Aussi il s'arrêta au bureau des télégraphes pour expédier le télégramme à M. Markey, conformément aux instructions de son oncle :

Il est ce soir Greenbury. Fais appel à police au nom commissaire Jefferson si nécessaire,

sortit du bureau et rattrapa son oncle à l'angle de la rue suivante.

— Pourquoi faire appel à la police maintenant ? demanda-t-il. Je croyais que vous aviez dit...

— Pour l'escorter à travers Memphis et le mettre sur le bon chemin, où qu'il aille, répondit son oncle. N'importe où, sauf ici.

— Mais pourquoi voulez-vous qu'il s'en aille ? dit-il. Vous avez dit la nuit dernière qu'il cherchait toujours à se mettre en avant ; il ne voudra alors certainement pas aller dans un endroit où personne ne s'occupera de lui, avant d'avoir réalisé son truc...

— Alors, je me suis trompé, dit son oncle. Je l'ai calomnié lui aussi. Apparemment, je lui ai non seulement attribué plus d'habileté, mais aussi plus de méchanceté qu'on n'en est capable à dix-neuf ans. Dépêchons-nous. Tu seras en retard. Tu dois dîner, puis encore retourner en ville après.

— Au bureau ? demanda-t-il. Le téléphone ? Ils ne peuvent pas vous appeler à la maison ? Et puis, s'il ne s'arrêtait pas à Memphis, quelle raison auraient-ils de vous téléphoner...

— Non, dit son oncle. Au cinéma. Et avant que tu ne demandes pourquoi, je te dirai qu'il est un endroit où personne, qu'on ait dix-neuf ou vingt et un ans et qu'on s'appelle Harriss, ou presque dix-huit et qu'on s'appelle Mallison, ne peut venir me parler. Je vais travailler. Je vais passer la soirée en compagnie de scélérats et de criminels qui, non seulement ont le courage de leur scélératesse, mais aussi l'habileté requise.

Il savait ce que cela signifiait : la Traduction. Aussi n'alla-t-il pas rejoindre son oncle dans le petit salon. Et comme son oncle quitta la table le premier, il ne le revit pas.

Et si, lui, Charles, n'avait pas été au cinéma, il n'aurait certainement pas revu son oncle ce soir-là : dînant tranquillement, parce qu'il n'avait aucune raison de se presser, même si son oncle, et uniquement son oncle, semblait avoir une dent contre la race humaine, marchant tranquillement parce qu'il avait tout le temps, à travers l'obscurité vive, froide, vers la place et vers le cinéma, sans savoir quel film il allait voir, et sans même s'en soucier; ce serait peut-être encore un film de guerre et malgré tout ça lui était égal; il pensait, il se remémorait à quelle rude épreuve un film de guerre aurait mis autrefois, aurait dû mettre son cœur assoiffé, sauf qu'il n'en était rien, puisqu'il y avait entre un film de guerre et les affaires internationales de Mlle Hogganbeck une distance infranchissable, encore mille fois plus grande que celle qui séparait les affaires internationales de Mlle Hogganbeck de l'épée et des épaulettes du R.O.T.C., et se disait que si seulement la race humaine pouvait passer son temps à voir des films, il n'y aurait plus de guerres, plus d'angoisses créées par les hommes; seulement les hommes ne pourraient pas passer autant de temps au cinéma parce qu'il était une passion humaine sur laquelle les films ne sauraient avoir prise, l'ennui, et que les hommes devraient passer au moins huit heures par jour à voir des films puisqu'ils devaient dormir huit heures et, comme disait son oncle, la seule chose, à part cela, que les hommes pouvaient encore supporter pendant huit heures d'affilée, c'était le travail.

Ainsi il alla au cinéma. Et s'il n'était pas allé au cinéma, il ne serait pas passé devant l'Allnite Inn où il put voir, reconnaître, le box vide garé devant l'auberge avec les entraves, les chaînes vides accrochées aux planches des côtés et, tournant la tête vers la fenêtre, M. McCallum lui-même au comptoir, en train de manger, avec auprès de lui, posé contre le comptoir, le gros gourdin de chêne blanc dont il prenait toujours le soin de se munir quand il devait s'occuper de chevaux et de mulets qu'il ne connaissait pas. Et s'il n'avait pas eu encore quatorze minutes devant lui avant l'heure où le soir, en semaine, il était censé être rentré (excepté le samedi ou lorsqu'il y avait une soirée) chez lui, à la maison, il ne serait pas entré dans l'auberge, il n'aurait pas demandé à M. McCallum qui avait acheté le cheval.

La lune était levée maintenant. Dès que les lumières de la place furent derrière lui, il vit le cisaillement rapide des ombres projetées par ses jambes cisaillant l'ombre des branches nues, puis des pieux des palissades, mais pas longtemps, parce qu'il grimpa par-dessus la palissade à l'angle de la cour, pour éviter de faire le tour jusqu'à l'entrée. Et, déjà, il pouvait voir la lueur diffuse rabattue par l'abat-jour à travers la fenêtre du petit salon ; il ne marchait pas, il ne se dépêchait pas, il se laissait plutôt porter par une vague d'étonnement, d'ahurissement et (surtout, mais sans savoir pourquoi) de célérité, quoique son instinct le poussât à s'arrêter, à éviter, à éluder — tout plutôt que de violer cette interdiction, cette heure, ce rituel de la Traduction dont toute la famille parlait avec un T majuscule — la restitution du Vieux Testament en grec classique dont il avait dû y avoir une version à l'aube évanouie de l'enfance hébraïque — à laquelle son oncle travaillait voilà vingt ans déjà, ce qui dépassait de deux ans et quelques jours toute la durée de son existence à lui, Charles, se retirant régulièrement une fois par semaine dans son petit salon (et quelquefois deux ou trois fois par semaine quand ses sujets de mécontentement ou de souci étaient par trop nombreux) en fermant la porte derrière lui ; personne, femme, homme, enfant, client, visiteur ou ami, n'était admis, sous aucun prétexte, à toucher le bouton de la porte, jusqu'à ce que son oncle l'ait lui-même tourné de l'intérieur.

Et lui, Charles, pensa que s'il avait eu huit ans au lieu d'en avoir près de dix-huit, il n'aurait même pas pris garde à cette lampe de travail et à cette porte close, ou que s'il en avait eu vingt-quatre au lieu de dix-huit, il n'aurait jamais pris la peine de se déranger uniquement parce qu'un autre garçon de dix-neuf ans venait d'acheter un cheval. Puis il pensa tout à coup que peut-être l'inverse se serait produit; qu'à vingt-quatre ans il se serait dépêché encore davantage, tandis qu'à huit ans il ne se serait certainement pas dérangé à cause de cela, puisqu'à dix-huit ans la première chose à laquelle il eût pensé, une fois remis de son étonnement, était qu'il fallait faire vite, se dépêcher, puisque ce n'étaient pas ses dix-huit ans à lui en tout cas, quoi qu'en dise son oncle, qui allaient pouvoir se mettre à anticiper sur la manière dont les dix-neuf ans de Max Harriss comptaient arriver à leurs fins ou mettre leurs menaces à exécution, même avec un cheval comme celui-là.

Mais aussi ce n'était pas à lui de le faire; son oncle s'occuperait de cela. Tout ce qu'on attendait de lui était la célérité, la hâte. Et il s'était montré à la hauteur, il n'avait cessé de marcher au pas de course depuis le seuil de l'Allnite Inn quand il avait tourné le coin de la rue, jusqu'à la cour, traversant la cour, montant les marches menant à l'antichambre, enfilant le couloir jusqu'à la porte close, sans s'arrêter un seul instant, la main déjà tendue vers le bouton, puis dans la pièce où son oncle était assis en manches de chemise, avec une visière, devant son bureau, sous la lampe, sans même relever les yeux, la Bible ouverte calée devant lui, et le dictionnaire grec, la pipe de maïs à hauteur du coude et la plus grande partie d'une rame de brouillon jaune éparse à ses pieds.

— C'est lui qui a acheté le cheval, dit-il. Que peut-il vouloir faire avec ce cheval ?

Mais son oncle ne releva pas les yeux, ne bougea même pas.

— Le monter, j'espère, dit son oncle. » Puis son oncle releva la tête et étendit la main vers la pipe. « Je croyais qu'il était entendu... »

Son oncle s'arrêta, la pipe aussi, le tuyau déjà tourné vers la bouche de son oncle, la main qui la tenait, légèrement suspendue au-dessus du bureau, immobile. Et il avait déjà vu quelque chose d'analogue auparavant ; il eut l'impression pendant une seconde que ça allait de nouveau arriver : l'instant où les yeux de son oncle cesseraient de le voir, tandis que derrière eux s'apprêtait à claquer de façon cinglante la brève, succincte, mordante phrase, de moins de deux mots parfois, qui allait le foudroyer, le projeter hors de la chambre.

— Bon, dit son oncle. Quel cheval ?

Il répondit, succinctement, lui aussi : « Celui de McCallum. L'étalon.

— Bon », dit encore son oncle.

Et cette fois il avait bien saisi ; il n'avait pas besoin qu'on lui fasse un dessin.

— Je viens de le quitter à l'auberge en train de dîner. Il l'a amené là-bas cette après-midi. J'avais aperçu la camionnette en rentrant de l'école cette après-midi, mais je n'avais pas...

Son oncle ne le regardait plus du tout, son regard était aussi absent que celui de la fille Harriss quand elle avait franchi cette porte la première fois, la nuit précédente. Puis son oncle dit quelque chose. C'était du grec, du grec ancien, comme si son oncle était encore plongé dans cette époque lointaine où le Vieux Testament avait été traduit ou même écrit pour la première fois. Ce que son oncle faisait parfois, il lui disait en anglais quelque chose qu'aucun d'eux n'eût voulu que sa mère, la mère de Charles, entende, puis la répétait en grec ancien et, exprimée ainsi, même pour lui qui ne connaissait pas le grec, même pour ceux qui ne le connaissaient pas ou qui jusqu'alors ne le connaissaient pas, la chose paraissait beaucoup plus énergique, beaucoup plus proche de ce que cherchait exactement à intimer celui qui l'émettait.

Ce mot était de ceux-là, et ça n'avait pas du tout l'air d'être quelque chose qu'on eût pu trouver dans la Bible, du moins depuis que les puritains anglo-saxons s'en étaient emparés. Et son oncle était debout maintenant, arrachant sa visière, la jetant de côté et repoussa sa chaise en arrière d'un coup de pied et attrapa sa veste et son veston accrochés à l'autre chaise.

— Mon pardessus et mon chapeau, dit son oncle. Sur le lit. Allez, saute.

Et il sauta. Ils sortirent de la chambre exactement comme une automobile, en trombe, aspirant un chiffon de papier dans leur sillage, à travers l'antichambre, son oncle filant en avant et faisant maintenant voltiger sur lui sa veste et son veston, et tendant encore les bras en arrière vers le pardessus que lui,

Charles, lui tendait, en tâchant de le rattraper pour lui passer les manches par-dessus les mains.

Puis à travers la cour, dans le clair de lune, d'un seul bond jusqu'à la voiture, lui toujours en train de tenir le chapeau ; et sans même laisser au moteur le temps de se réchauffer, son oncle fit marche arrière, à trente miles à l'heure, sortant de l'allée, débouchant dans la rue, chassant sur les pneus, la faisant tournoyer en sens inverse, remontant la rue, le starter toujours ouvert, tournant le coin de la rue du mauvais côté, traversant la place presque aussi vite que Max Harriss tout à l'heure, et s'arrêtant d'un coup de frein devant l'auberge, à côté de la camionnette de M. McCallum, et sautant dehors.

— Attends ici, dit son oncle, traversant déjà la chaussée en courant, puis dans l'auberge, où par la fenêtre, il pouvait voir M. McCallum toujours assis devant le comptoir en train de boire une tasse de café, avec son gourdin toujours posé auprès de lui, jusqu'à ce que son oncle, arrivant à toute vitesse, le happe au passage, et reparte instantanément en aspirant M. McCallum derrière lui à travers la salle et la porte, exactement comme il venait de l'aspirer, lui, Charles, deux minutes auparavant, hors du petit salon, jusqu'à la voiture où son oncle, d'une secousse, ouvrit la portière, lui disant à lui, Charles, de se pousser et de prendre le volant, et jeta le gourdin à l'intérieur en y poussant M. McCallum, montant à son tour et claquant la portière.

Ce à quoi il ne vit pas d'objection, car son oncle était encore pire que Max Harriss, même quand rien ne le pressait ou qu'il n'avait aucun but précis. Le compteur, comme de juste, n'indiquait à peu près que la moitié de la vitesse, mais Max Harriss devait se douter qu'il allait vite, tandis que son oncle savait que non.

— Appuie sur l'accélérateur, dit son oncle. Il est dix heures moins dix, mais les riches mangent tard, on arrivera peut-être à temps.

Il ne se le fit pas répéter. Bientôt ils furent hors de la ville et il put appuyer sur la pédale, bien que la route ne fût que du cailloutis; la seule chose que le baron Harriss eût oublié de faire construire était un autostrade bétonné de six miles pour aller en ville; peut-être était-ce seulement sa mort prématurée qui l'avait empêché de réaliser ce projet. Mais ils allaient tout de même assez vite, son oncle se tenant perché en avant sur le bord de la banquette et fixant l'aiguille du compteur, comme prêt à sauter dehors et à courir en avant dès qu'elle ferait signe d'osciller.

— Vous pouvez garder votre « comment ça va » pour vous, dit son oncle à M. McCallum. Vous me demanderez comment ça ira quand je vous aurai fait inculper comme complice.

— Il connaissait le cheval, dit M. McCallum. C'est lui qui est venu là-bas à la maison et qui a voulu l'acheter à tout prix. On l'a trouvé là-bas au lever du soleil, endormi dans sa voiture devant l'entrée, avec quatre ou cinq cents dollars fourrés dans sa poche comme une poignée de feuilles. Pourquoi? Il prétend qu'il est mineur?

— Il ne prétend rien de ce genre, dit son oncle. Il semble plutôt vouloir interdire à tout le monde de s'occuper de la question de son âge, y compris son oncle de Washington. Mais ça c'est encore autre chose. Qu'avez-vous fait du cheval?

— Je l'ai mis à l'écurie, dans une stalle, dit M. McCallum. Ça avait l'air de pouvoir aller. C'était la petite écurie, avec une seule stalle, et rien d'autre à l'intérieur. Il m'a dit que je n'avais pas à m'inquiéter, parce qu'il n'y aurait rien d'autre dedans. Il l'avait déjà choisie, elle était déjà prête avant mon arrivée. Mais j'ai tenu à vérifier moi-même les portes et les clôtures. L'écurie pouvait aller. Sinon je n'aurais pas laissé le cheval, quel que soit le prix qu'il m'en aurait offert.

— Je sais, dit son oncle. Quelle petite écurie?

— Celle qu'il a fait construire l'été dernier, un peu à l'écart, derrière un bosquet à quelque distance des autres écuries et des paddocks. Avec un paddock spécial, rien dans l'écurie qu'une grande stalle et une sellerie, et j'ai aussi jeté un coup d'œil dans la sellerie : il n'y avait qu'une selle, une bride, des couvertures, une étrille, une brosse et un peu de fourrage. Et il m'a dit que la personne qui viendrait toucher à cette selle, cette bride ou ce fourrage serait déjà au courant du cheval, et je leur ai dit que cela vaudrait sûrement mieux, car si quelqu'un passait par là et ouvrait la porte de cette stalle en s'attendant à y trouver un cheval ordinaire, ça coûterait cher non seulement à celui qui serait entré et aurait touché à cette porte, mais aussi au propriétaire du cheval en question. Et il a répondu qu'au moins moi je ne risquais rien, puisque je venais de le vendre. Mais l'écurie pouvait aller. Il y avait même une fenêtre donnant sur l'extérieur par laquelle un homme pouvait grimper dans le grenier pour lui jeter son fourrage jusqu'à ce que le cheval se soit habitué à lui.

— Combien de temps faut-il compter pour ça? demanda son oncle.

— J'ai bien appris à le faire, répondit M. McCallum.

— Alors, on aura peut-être l'occasion de vous mettre à l'épreuve d'ici une minute, dit son oncle.

Car ils étaient presque arrivés. Ils n'avaient pas roulé aussi vite que Max Harriss, en sens inverse. Mais ils filaient déjà entre les clôtures blanches qui, à la lumière de la lune, avaient l'air aussi peu substantielles que du sucre glacé sur un gâteau, et au-delà, les vastes prairies baignant dans la lune où son oncle pouvait probablement se rappeler avoir vu pousser le coton — du moins son oncle ne manquerait-il pas de prétendre qu'il se le rappelait — quand le vieux propriétaire, assis sur la véranda dans le fauteuil qu'il s'était lui-même fabriqué, les parcourait un moment du regard, pour retourner aussitôt à son livre et à son grog.

Puis ils tournèrent dans l'entrée, tandis que son oncle et M. McCallum, tous deux assis maintenant sur le bord de la banquette, se penchaient en avant, roulant à toute vitesse entre les pelouses peignées, étrillées, les buissons, les arbres, les arbustes, nets et alignés comme des tas de coton, et ils aperçurent enfin ce qui avait été aussi la demeure du vieux propriétaire : le déploiement gigantesque de colonnades, d'ailes et de balcons qui devaient bien couvrir la moitié d'un arpent.

Et ils étaient arrivés à temps. Le capitaine Gualdres avait dû sortir par la porte de côté, juste à temps pour voir leurs phares dans l'allée. De toute manière, il était déjà là, debout dans le clair de lune, quand ils l'aperçurent, et il se tenait encore là quand ils sortirent tous les trois de la voiture pour aller vers lui, tête nue, en blouson de cuir, botté, avec une cravache légère qui se balançait à son poignet.

Cela commença en espagnol. Il y avait trois ans, à l'école, il était arrivé à l'espagnol facultatif, et à présent il ne pouvait pas se rappeler, à vrai dire, il n'avait jamais réellement compris, comment ni pourquoi il avait fini par suivre ce cours, comment exactement son oncle s'y était pris pour que lui, Charles, se fût trouvé un jour amené à faire de l'espagnol, ce qui n'avait jamais réellement été son intention. Ce n'était ni par persuasion ni à prix d'argent, parce que son oncle disait qu'on n'avait pas besoin d'être acheté pour faire ce qu'on voulait faire, ce qu'on avait besoin de faire, qu'on sût sur le moment qu'on en avait besoin, qu'on pourrait en avoir besoin ou non. Peut-être son erreur consistait-elle simplement à avoir eu affaire à un avocat. Quoi qu'il en soit, il faisait toujours de l'espagnol et il avait lu *Don Quichotte*, et il pouvait se débrouiller avec la plupart des journaux mexicains et sud-américains, et il avait commencé le *Cid*; seulement c'était l'année dernière, et l'année dernière c'était 1940, et son oncle avait dit : « Mais pourquoi ? Au contraire, ça devrait être plus facile que *Don Quichotte*, puisque le *Cid* est une histoire de héros. » Mais il n'aurait pu expliquer à personne, et encore moins à un homme de cinquante ans, même son oncle, qu'il ne pouvait pas étancher son cœur assoiffé avec la chronique poudreuse du passé, lorsque en Angleterre, à moins de quinze cents miles de là, des hommes à peine plus âgés que lui écrivaient chaque jour avec leurs vies l'apostille impérissable de sa propre époque.

Aussi pouvait-il comprendre la plupart des choses

qu'ils disaient, sauf quand de temps en temps l'espagnol allait trop vite. Mais en revanche, une partie de l'anglais était trop rapide pour le capitaine Gualdres, et il fut même un moment sur le point de croire qu'ils étaient deux à ne pouvoir suivre l'espagnol de son oncle.

— Vous allez faire du cheval, dit son oncle. Au clair de lune.

— Mais certainement, dit le capitaine Gualdres, d'un ton encore affable, avec un étonnement encore mitigé, ne haussant que légèrement ses sourcils noirs — si affable que sa voix ne trahissait nullement sa surprise, ne laissait pas le moins du monde entendre, fût-ce par l'intonation, ce qui pour un Espagnol pourrait correspondre à *Et après ?*

— Je suis Stevens », poursuivit son oncle, de la même voix rapide — qui, il s'en rendait compte, devait paraître malsonnante plutôt que rapide au capitaine Gualdres, puisque pour un Espagnol, il ne peut y avoir de crime plus impardonnable que la brusquerie et la précipitation ; ce qui (l'espagnol), il s'en rendait compte également, constituait bien la difficulté : ils n'avaient pas eu le temps, son oncle n'avait pas eu le temps de penser à autre chose qu'à parler espagnol. « Je vous présente M. McCallum. Et le fils de ma sœur, Charles Mallison.

— M. McCallum, je connais bien », répondit le capitaine Gualdres en anglais en se retournant ; ils aperçurent ses dents aussi pendant une seconde. « Il a un cheval trop aussi. Dommage. » Il serra la main de M. McCallum d'un geste vif, sec, dur. Mais même en cet instant il avait toujours l'air d'être coulé dans du bronze, malgré le cuir souple, usé, poli par la lune, dans lequel il était sanglé, et ses cheveux passés à la brillantine, comme s'il eût été moulé dans du métal, fondu d'une seule coulée, cheveux, bottes, blouson, et le reste.

— Le jeune monsieur, un peu moins bien. » Il lui serra la main, à lui, Charles, toujours vif, sec, dur. Puis il fit un pas en arrière. Et cette fois il ne tendit pas la main. « Et M. Stevens, un peu moins bien. Dommage aussi, peut-être. » Mais sa voix ne laissait pas même entendre, fût-ce par l'intonation, *Vous pouvez présenter vos excuses maintenant, je les prendrai en considération.* Elle ne disait même pas : *Eh bien, messieurs ?* La voix disait, sans plus, avec une affabilité parfaite, un flegme total, sans la moindre inflexion perceptible :

— Vous venez monter les chevaux ? Il n'est aucun cheval prêt maintenant, mais beaucoup dans le petit campo. Nous allons les prendre.

— Attendez, dit son oncle en espagnol. M. McCallum a déjà assez de chevaux comme ça à examiner de la croupe à l'encolure tous les jours de la semaine pour vouloir en faire ce soir, et quant au fils de ma sœur et à moi, nous n'avons pas assez l'occasion d'en voir pour avoir envie d'en faire. Nous sommes venus vous rendre un service.

— Ah ! fit le capitaine Gualdres, en espagnol aussi. Et ce service ?

— Bon, dit son oncle, toujours d'une voix rapide, dans le vif éclaboussis de la langue natale, sonore, du capitaine Gualdres, pas tout à fait musicale, comme du métal légèrement détrempé. C'était très urgent. Je suis venu si vite que j'ai peut-être laissé une partie de mes bonnes manières derrière moi.

— Une politesse qui se laisse distancer, dit le capitaine Gualdres, est-ce vraiment de la politesse ? Avec déférence : « Quel service ? »

Et lui, Charles, pensa aussi : *Quel service ?* Le capitaine Gualdres n'avait pas bronché. Sa voix n'avait pas une seule fois exprimé le doute ou l'incrédulité ; maintenant, elle n'exprimait même pas la stupeur ou l'étonnement. Et lui, Charles, était bien près d'être d'accord avec lui : à l'idée qu'il eût rien à craindre de quoi que ce soit dont son oncle ou qui que ce soit dussent l'avertir ou pussent le protéger : pensant (Charles) pas seulement au cheval de M. McCallum, mais à toute une troupe de chevaux du même acabit décochant sur lui leurs canons et leurs couronnes, le faisant peut-être rouler dans la poussière, le salissant même, l'ébréchant peut-être légèrement sur les bords, arrivant même à le cabosser un peu, mais sans plus.

— Un pari, alors, dit son oncle.

Le capitaine Gualdres ne broncha pas.

— Une requête, alors, dit son oncle.

Le capitaine Gualdres ne broncha pas.

— Un service à me rendre, alors, dit son oncle.

— Ah ! fit le capitaine Gualdres.

Mais toujours sans broncher ; rien que ce mot qui n'était pas même espagnol, ni même anglais, parce qu'il était le même dans toutes les langues dont lui, Charles, avait jamais entendu parler.

— Vous allez monter à cheval, cette nuit, dit son oncle.

— Exact, dit le capitaine Gualdres.

— Allons ensemble à l'écurie où vous gardez le cheval que vous montez la nuit, proposa son oncle.

Le capitaine Gualdres bougea de nouveau, mais des yeux seulement, tandis que lui — Charles — et M. McCallum observaient le blanc luisant de ses yeux, que le capitaine Gualdres le fixait, lui, puis M. McCallum, puis reportait son regard sur son oncle, puis plus rien, plus rien du tout, comme s'il ne respirait même plus, pendant que lui, Charles, eût presque pu compter jusqu'à soixante. Puis le capitaine Gualdres bougea effectivement, faisant déjà demi-tour.

— Exact, dit-il, se mettant en route et les entraînant tous les trois à sa suite, autour de la maison qui était trop grande, à travers la pelouse où il y avait trop d'arbustes et trop de buissons, derrière les garages où il y aurait eu place pour un nombre considérable de voitures en plus de celles dont quatre personnes eussent pu jamais se servir, et les serres, les serres chaudes, avec trop de raisin et trop de fleurs pour être jamais respirées ou mangés par quatre personnes, traversant cette baronnie trempée de lune, blanchie par la lune, dans un silence de lune, avec le capitaine Gualdres ouvrant la marche sur ses durs pistons arqués de jambes bottées miroitantes entre-luisantes, puis son oncle, puis lui-même, puis M. McCallum tenant à la main son gourdin de chêne blanc, tous les trois à la queue leu leu derrière le capitaine Gualdres comme s'ils avaient été trois *gauchos* appartenant à sa famille, si le capitaine Gualdres avait eu une famille, et ce n'étaient pas des *gauchos* d'ailleurs ou peut-être même quelque chose de tout à fait différent finissant en *ones.*

Mais non pas vers les grandes écuries avec les horloges et les lumières électriques et les mangeoires et les abreuvoirs doublés d'or, pas même vers l'allée qui y menait. Au lieu de cela, ils traversèrent l'allée, grimpant par-dessus la clôture blanche et traversant le pré en plein clair de lune, se dirigeant vers un petit bois, tournant autour, marchant encore un peu, puis tout d'un coup ils y étaient, il pouvait presque entendre encore ce que disait M. McCallum tout à l'heure : le petit paddock avec sa clôture blanche, une seule écurie grande à peu près comme un garage à deux voitures, le tout nouvellement installé depuis septembre sans doute, propre et net et fraîchement peint, le pertuis de la porte de l'unique stalle grand ouvert, carré noir dans le blanc radieux ; et tout à coup derrière lui, M. McCallum émit une sorte de son.

Et ce fut à partir de ce moment que cela commença à aller trop vite pour lui. Même le capitaine Gualdres se mit du coup à parler espagnol, se tournant vers eux, le dos contre la clôture, compact, durable, trouvant même moyen d'avoir l'air plus grand, disant à son oncle ce que, jusqu'à présent, même le ton de sa voix n'avait pas exprimé, s'affrontant tous les deux dans le vif éclaboussis de la langue natale du capitaine Gualdres, si bien que l'on eût dit deux charpentiers en train de scier et de se cracher des semences l'un à l'autre. Quoique son oncle eût commencé en anglais et que le capitaine Gualdres eût d'abord fait de même, comme si son oncle avait pensé qu'à l'égard de M. McCallum, ils étaient tenus au moins à cela.

— Maintenant, M. Stevens. Vous expliquez ?

— Vous m'y autorisez ? dit son oncle.

— Exact, répondit le capitaine Gualdres.

— C'est ici que vous gardez le cheval que vous montez la nuit, le cheval aveugle ?

— Oui, répondit le capitaine Gualdres. Comme cheval il n'y a ici que la petite jument. Pour la nuit. Menée à l'écurie par le negrito chaque après-midi.

— Et après souper, dîner, vers minuit, ou dès qu'il fait assez sombre, vous venez ici, vous entrez dans le parc, vous allez jusqu'à la porte, et vous l'ouvrez, dans le noir, comme maintenant ?

Et tout d'abord il avait cru qu'il y avait trop de gens présents, un en trop, du moins. Maintenant il se rendait compte qu'au contraire, il en manquait un : le coiffeur, parce que le capitaine Gualdres ajouta :

— J'installe d'abord les obstacles.

— Les obstacles ? dit son oncle.

— La petite jument ne peut pas voir. Bientôt elle ne pourra plus jamais voir. Mais elle peut encore sauter, sans voir, par le toucher, la voix. Je lui apprends — comment dites-vous — la confiance.

— Je crois que le mot que vous cherchez est invulnérabilité, dit son oncle.

Puis ils se mirent à parler espagnol, rapidement, ressemblant tous les deux, raideur mise à part, à des boxeurs. Et il aurait encore pu se débrouiller si ça n'avait été que Cervantès qui l'avait écrit, mais du moment que le bachelier Samson et le chef des Yangois se mettaient à discuter cheval sous ses yeux, il s'avouait battu, jusqu'à ce que son oncle lui eût expliqué plus tard ce qui s'était passé, quand (à ce qu'il croyait du moins), tout était déjà fini — ou lui eût fourni ce qui approchait autant d'une explication que lui, Charles, pouvait réellement l'espérer.

— Et puis après ? demanda-t-il. Qu'avez-vous dit après ?

— Pas grand-chose, répondit son oncle. J'ai simplement dit : « Voilà le service en question. » Et le capitaine Gualdres a répondu : « Je vous en remercie d'avance, naturellement. » Et moi, j'ai dit : « Mais vous n'y croyez pas, naturellement. Mais vous voudriez connaître le prix que j'en demande, naturellement. » Alors on s'est mis d'accord sur le prix, je lui ai rendu le service en question, et voilà tout.

— Mais quel prix ? interrogea-t-il.

— C'était un pari, dit son oncle. Une gageure.

— Une gageure, à quel propos ? dit-il.

— À propos de son sort, dit son oncle. Il a relevé le gant. Parce qu'un homme comme lui ne croit qu'à sa destinée. Il ne croit pas qu'il ait un sort. Il n'accepte même pas l'idée d'en avoir un.

— Bon, dit-il. Le pari alors. Qu'avez-vous parié ?

Mais son oncle ne prit même pas la peine de répondre, il se contenta de le regarder de son air sardonique, moqueur, fantasque, familier somme toute, bien que lui, Charles, vint de se rendre compte qu'il ne connaissait aucunement son oncle. Puis son oncle demanda :

— Un cavalier arrive tout à coup d'on ne sait où — de l'ouest, mettons — et attaque en même temps la dame et la tour. Que faut-il faire ?

Il était payé pour connaître la réponse, à cette question-là du moins : « On sauve la dame et on abandonne la tour. » Et du coup il devina l'autre : « De l'ouest de l'Argentine. » Il s'exclama : « C'était cette fille. La fille Harriss. Vous avez parié la fille. Qu'il ne fallait pas qu'il aille dans le pré ouvrir la porte de l'écurie. Et il a perdu.

— Perdu ? dit son oncle. Une princesse et la moitié d'une tour, contre un bon nombre d'os, sans compter sa cervelle, peut-être ? Perdu ?

— Il a perdu la dame, dit-il.

— La dame ? demanda son oncle. Quelle dame ? Oh ! tu veux dire Mme Harriss. Peut-être a-t-il vu que la dame avait déjà été jouée au moment où il a vu qu'il devait soutenir le pari. Peut-être a-t-il vu que la dame et la tour s'étaient toutes les deux envolées dès l'instant où il avait désarmé le prince avec ce balai de cheminée. En admettant qu'il ait jamais voulu d'elle.

— Alors, que faisait-il ici ? demanda-t-il.

— Qu'attendait-il ? demanda son oncle.

— Peut-être que la case lui plaisait, dit-il. Pour le plaisir de pouvoir avancer de deux cases d'un seul trait, et même dans deux sens opposés en même temps.

— Ou par indécision, puisque c'est son droit, ajouta son oncle. Et qui cette fois a manqué de lui être fatale, parce qu'il le doit. Du moins il ferait mieux. Son charme et sa menace résident dans sa mobilité. Cette fois-ci, il a oublié que son salut en dépend également.

Mais ça, c'était le lendemain. Pour le moment, il ne pouvait même pas suivre ce qui se déroulait sous ses yeux. Lui et M. McCallum restaient simplement là à regarder et à écouter son oncle et le capitaine Gualdres s'affronter l'un l'autre, se décocher leur dur éclaboussis de syllabes cassantes, jusqu'à ce que le capitaine Gualdres eût fait un geste, mi-salut mi-haussement d'épaules, et son oncle se tourna vers M. McCallum.

— Alors, Rafe ? dit son oncle. Vous voulez aller là-bas ouvrir cette porte ?

— Je veux bien, dit M. McCallum. Mais je ne vois pas...

— J'ai fait un pari avec le capitaine Gualdres, expliqua son oncle. Si vous n'y allez pas, il faudra que j'y aille moi-même.

— Attendez, intervint le capitaine Gualdres. Je crois que c'est à moi de...

— Attendez vous-même, monsieur le capitaine, dit M. McCallum.

Il fit passer son pesant gourdin d'une main à l'autre et fixa, par-delà la clôture blanche, au milieu du pré inondé de lune, la silencieuse façade blanche de l'écurie avec l'unique carré noir pratiqué dans le haut de la porte, pendant une bonne demi-minute. Puis il fit repasser son gourdin dans son autre main, et se mit à grimper par-dessus la clôture, l'enjambant et baissant alors la tête vers le capitaine Gualdres. « Je viens de comprendre de quoi il s'agit, dit-il. Vous aussi, dans un instant. »

Puis ils le virent se hisser et descendre tranquillement dans le pré : un homme trapu, agile, circonspect, chez qui se dégageait un peu le même effluve, le même sens des chevaux que chez le capitaine Gualdres, s'avançant posément dans le clair de lune, vers l'écurie blanche, livide, et l'unique carré noir de néant, de total absolu silence, au centre, parvenant enfin jusqu'à l'écurie et levant la lourde barre de fer et ouvrant la moitié inférieure fermée de la porte; mais dès lors avec une rapidité incroyable, tirant violemment la demi-porte vers lui, jusqu'à ce qu'elle ait tourné entièrement sur ses gonds, suivant lui-même son impulsion, la rabattant d'emblée contre le mur contre lequel il s'était déjà posté un peu en retrait entre elle et le mur, tenant le lourd gourdin serré dans l'autre main ; tirant la porte vers lui une seconde à peine avant que l'étalon lui-même aussi noir que le dedans, couleur d'encre, éclatât dans le clair de lune comme s'il avait été attaché à même la porte avec une corde pas plus longue qu'une chaîne de montre.

Il sortit en criant. Il était vertigineux, comme aéroporté ; masse en furie couleur d'Apocalypse ou de minuit dans un tourbillon de queue et de crinière tournoyant vers la lune comme flammes noires, ne ressemblant pas seulement à la mort, puisque la mort n'est que stase, mais démoniaque ; la brute à jamais réprouvée, inrégénérable, fonçant dans le clair de lune, criant, galopant impétueusement un moment en cercle, lançant la tête d'un côté puis de l'autre, cherchant l'homme, jusqu'à ce que voyant enfin M. McCallum, il cessât de crier pour foncer droit sur lui, sans le reconnaître, jusqu'à ce que l'homme se fût détaché du mur en criant après lui.

Alors il s'arrêta net, les pattes de devant ramassées, butées contre le sol, le corps ramassé contre elles, jusqu'à ce que M. McCallum, de nouveau avec une rapidité incroyable, se fût avancé vers lui pour lui lancer de toutes ses forces un coup de gourdin à travers la tête, et il cria de nouveau et tourbillonna, virevolta, déjà en plein galop, et M. McCallum fit demi-tour et se dirigea vers la clôture. Il ne courait pas : il marchait, et, bien que le cheval eût encore décrit deux cercles entiers en galopant autour de lui avant qu'il n'ait atteint la clôture et grimpé dessus, il ne le menaça pour ainsi dire plus.

Et, pendant un moment encore, le capitaine

Gualdres resta sans bouger, dur comme fer, inviolable, sans même une trace de pâleur. Puis le capitaine Gualdres se tourna vers son oncle; c'était toujours en espagnol, mais maintenant il pouvait comprendre.

— J'ai perdu, dit le capitaine Gualdres.

— Pas perdu, répondit son oncle.

— Exact, dit le capitaine Gualdres. Pas perdu. » Puis le capitaine Gualdres ajouta : « Merci. »

IV

Puis samedi, pas d'école; la journée entière, sans rien d'autre à faire qu'à rester au bureau et s'occuper des derniers petits détails, du déblayage; des quelques petits détails qui restaient à régler, du moins à ce qu'il pensait, lui qui même à la fin de cette après-midi de décembre était loin de se douter encore à quel point il était susceptible d'être étonné, stupéfait.

Il n'avait même pas vraiment cru que Max Harriss allait revenir de Memphis. M. Markey, à Memphis, n'y avait pas cru non plus apparemment. « La police de la ville de Memphis ne peut pas transporter un prisonnier dans le Mississippi, dit M. Markey. Tu le sais bien. Votre shérif devra envoyer quelqu'un...

— Il n'est pas prisonnier, répondit son oncle. Dis-lui bien cela. Dis-lui que je veux simplement qu'il revienne ici pour me parler. »

Puis, durant une bonne demi-minute, le téléphone

resta silencieux, à part le bourdonnement sourd de la centrale lointaine qui maintenait la communication, ce qui coûtait de l'argent à quelqu'un, que la ligne fût réellement occupée ou non. Puis M. Markey demanda :

— Si je lui faisais la commission et lui disais qu'il peut partir, tu crois vraiment que tu le reverrais ?

— Fais-lui la commission, dit son oncle. Dis-lui que je veux qu'il revienne ici pour me parler.

Et Max Harriss revint. Il arriva juste un peu avant les autres, juste à temps pour entrer dans l'antichambre et pénétrer dans le bureau tandis que les deux autres montaient encore l'escalier ; et lui, Charles, referma la porte de l'antichambre et Max s'arrêta devant, les yeux fixés sur son oncle, délicat, juvénile, toujours luxueusement vêtu, mais l'air un peu fatigué, surmené même, comme s'il n'avait pas beaucoup dormi la nuit précédente, sauf ses yeux. Ils n'avaient pas l'air juvéniles, ni fatigués non plus, toisant son oncle exactement comme ils l'avaient fait deux nuits auparavant, ayant l'air de tout ce qu'on veut sauf détendus, et c'était peu dire. Mais du moins son regard, quels que fussent par ailleurs les sentiments qu'il reflétait, n'avait rien de servile.

— Asseyez-vous, dit son oncle.

— Merci, dit Max, d'un ton sec, abrupt, pas méprisant : simplement catégorique, abrupt, négatif. Mais il s'avança l'instant d'après. Il s'approcha du bureau et se mit à jeter des coups d'œil çà et là à travers la pièce avec une exagération burlesque. « Je cherche Hamp Killegrew, déclara-t-il. À moins que ce ne soit le shérif. Où l'avez-vous caché ? Dans le réservoir d'eau potable ? Si c'est là que vous les avez mis, l'un ou l'autre, ils doivent déjà être morts, après le choc. »

Mais son oncle ne répondait toujours pas, jusqu'à ce que lui, Charles, se soit tourné pour regarder son oncle. Son oncle ne regardait même pas Max. Il avait même pivoté sur son siège tournant et regardait par la fenêtre, sans bouger, caressant juste le fourneau de la pipe de maïs froide, du pouce de la main qui la tenait, à petits coups imperceptibles.

Puis Max s'arrêta à son tour, abaissant un moment sur le profil de son oncle des yeux durs, froids, où il n'y avait guère trace de jeunesse ni de paix ni de rien qui eût dû s'y trouver.

— Bon, dit Max. Vous ne pouvez pas prouver une intention, un projet. Et quant à ce que vous pouvez prouver, vous n'avez même pas besoin de vous donner la peine de le faire. Je l'admets déjà. Je l'affirme même. J'ai acheté un cheval, je l'ai enfermé dans une écurie privée, dans la propriété de ma mère. C'est que, voyez-vous, moi aussi, je connais un peu la loi. Je la connais probablement juste assez peu et assez mal pour faire un avocat de premier ordre dans une petite ville du Mississippi. Peut-être même un sénateur d'État, mais sans doute un peu trop bien pour jamais pouvoir être élu gouverneur.

Son oncle ne bougeait toujours pas, sauf son pouce. « Je m'assiérais, si j'étais à votre place, dit-il.

— Vous feriez bien autre chose maintenant, si vous étiez à ma place, répliqua Max. Eh bien ? »

Alors son oncle se décida. Appuyant son genou contre le bureau, il fit pivoter son siège d'un quart de cercle de manière à faire face à Max.

— Je n'ai pas à le prouver, dit son oncle. Parce que vous n'allez pas le nier.

— Non, dit Max. » Il dit cela d'une manière abrupte, méprisante. Il n'avait pas même élevé la voix. « Je ne le nie pas. Et alors? Où est votre shérif? »

Son oncle considéra Max un moment. Puis il porta le tuyau de sa pipe éteinte à sa bouche et tira dessus comme s'il y avait du feu et du tabac dedans; il parlait d'une voix douce, presque indifférente.

— Je suppose que lorsque M. McCallum a amené le cheval et que vous l'avez fait mettre dans l'écurie privée du capitaine Gualdres, vous avez dit aux palefreniers et aux autres nègres que le capitaine Gualdres l'avait acheté et qu'il ne voulait pas qu'on y touche. Ce qu'ils n'ont pas eu de peine à croire, étant donné que le capitaine Gualdres avait déjà acheté un cheval et qu'il ne permettait à personne d'autre d'y toucher.

Mais Max ne répondit pas plus à cela qu'il n'avait répondu l'autre soir, quand son oncle lui avait demandé pourquoi son nom ne figurait pas sur les listes du Conseil de Révision. Son expression n'était même pas méprisante, il attendait que son oncle continuât.

— Bon, reprit son oncle. Quand le capitaine Gualdres et votre sœur vont-ils se marier?

Et ce fut alors que lui, Charles, découvrit l'autre sentiment qui se reflétait dans ces yeux durs, fixes. C'était de la douleur et du désespoir. Parce qu'il les vit tout à coup flamber de rage, la rage les brûler, les consumer, les ravager, jusqu'à ce qu'il n'y reste plus que de la rage et de la haine, et il se dit que peut-être son oncle avait raison, qu'il existe des choses plus ignobles que la haine, et que si l'on devait détester quelqu'un, c'était à coup sûr l'homme qu'on n'avait pas réussi à tuer, même si celui-ci l'ignorait.

— J'ai conclu plusieurs marchés, ces temps derniers, dit son oncle. Je saurai bientôt si je me suis si mal débrouillé que ça. Je vais vous mettre un marché en main, à vous aussi. Vous n'avez pas dix-neuf ans, vous en avez vingt et un, mais vous ne vous êtes même pas encore fait inscrire. Engagez-vous.

— M'engager ? dit Harriss.

— Engagez-vous, dit son oncle.

— Je comprends, dit Harriss. Engagez-vous, ou sinon...

Puis Harriss se mit à rire. Il se tenait toujours debout devant le bureau sans quitter son oncle du regard, et riant. Mais comme le rire n'avait jamais touché ses yeux, il n'eut pas à s'en effacer ; ce fut juste de son visage qu'il s'effaça, riant et s'éteignant peu à peu dans ses yeux, même s'il ne les avait jamais touchés, jusqu'à ce que finalement ils soient comme ceux de sa sœur deux nuits auparavant : la douleur et le désespoir, mais sans la crainte et la terreur, tandis que les joues de son oncle se creusaient en tirant sur sa pipe comme s'il y avait de la fumée dedans.

— Non, dit son oncle. Il n'y a pas de sinon. Engagez-vous, un point c'est tout. Imaginez que vous jouez au poker (je suppose que vous savez jouer au poker, ou que du moins — comme des tas de gens — vous y jouez de toute façon). Vous prenez des cartes. Et alors, de deux choses l'une : vous pouvez compléter votre jeu ou vous vous préparez à subir jusqu'à votre dernier centime les conséquences de votre malchance. Mais vous ne prenez pas des cartes pour les rejeter aussitôt si ce ne sont pas celles que vous aviez voulues, espérées, désirées; pas tant par acquit de conscience ou dans l'intérêt de votre portefeuille que par égard pour vos partenaires qui, eux aussi, avaient assumé cette obligation tacite.

Puis ils demeurèrent tous deux immobiles pendant un moment, jusqu'au vide simulacre de son oncle faisant mine de fumer. Puis Harriss respira fortement. On pouvait l'entendre : le souffle inhalé, le long soupir.

— Tout de suite? demanda-t-il.

— Oui, dit son oncle. Tout de suite. Vous allez maintenant retourner à Memphis pour vous engager.

— Je..., dit Harriss. J'ai des choses...

— Je sais, répondit son oncle. Mais à votre place, je n'irai pas là-bas maintenant. Après que vous vous soyez engagé, on vous accordera quelques jours pour rentrer chez vous et... comment dire... Allez-y tout de suite. Votre voiture est en bas, n'est-ce pas? Retournez tout de suite à Memphis et engagez-vous.

— Oui », dit Harriss. Il respira de nouveau fortement et poussa un soupir. « Descendre l'escalier, rentrer tout seul dans ma voiture, et m'en aller. Qu'est-ce qui vous fait penser que vous pourrez jamais remettre la main sur moi, vous, l'armée ou qui que ce soit?

— À vrai dire, je n'y avais jamais pensé, répondit son oncle. Vous sentiriez-vous mieux en me donnant votre parole? »

Et ce fut tout. Harriss resta immobile encore un moment devant le bureau, puis il se dirigea vers la porte et s'arrêta, baissant un peu la tête, et lui, Charles, pensa qu'à ce moment il eût fait de même à sa place : qu'il serait sorti par l'antichambre où se trouvaient les autres. Mais son oncle parla à temps.

— La fenêtre » dit son oncle, et il se leva lui-même de son siège et ouvrit les battants sur la véranda dont les marches donnaient dans la rue ; après que Max fut sorti, son oncle ferma la fenêtre et ce fut tout : les pas sur les marches pendant un instant, mais pas de crissement de pneus à présent, ni d'avertisseur mugissant se perdant dans le lointain comme la dernière fois, et si Hampton Killegrew ou quelqu'un d'autre courait derrière lui en criant aussi comme la dernière fois, ni lui ni son oncle n'entendirent rien. Puis il alla vers la porte de l'antichambre, l'ouvrit, et pria le capitaine Gualdres et la sœur d'entrer.

Le capitaine Gualdres ressemblait toujours à du bronze ou à un métal particulier, même dans le complet croisé sombre qu'on aurait pu voir sur n'importe qui et que la plupart des gens possédaient. Et même il ressemblait toujours aux chevaux. Puis lui, Charles, se rendit compte que c'était parce que le cheval faisait défaut ; et c'est alors qu'il s'aperçut que la femme du capitaine Gualdres était légèrement plus grande que le capitaine Gualdres. C'était comme si, sans cheval, le capitaine était incomplet, non seulement sous le rapport de la mobilité, mais sous celui de la taille, comme si ses jambes n'avaient pas été faites pour être vues et comparées à d'autres jambes quand il se tenait debout.

Elle aussi était vêtue d'un tailleur foncé, le bleu foncé que les mariées mettent pour « partir », voyager, avec le superbe opulent manteau de fourrure avec un bouquet (des orchidées, naturellement. Il avait toute sa vie entendu parler d'orchidées, et c'est comme cela qu'il se rendit compte qu'il n'en avait jamais vu auparavant. Mais il les reconnut tout de suite, sur un pareil manteau et sur une mariée comme celle-là, ce ne pouvait être que ça) épinglé au col et le mince fil de l'ongle de la fille Cayley encore visible sur sa joue. Le capitaine Gualdres refusa de s'asseoir; lui et son oncle restèrent donc debout.

— Je viens vous dire au revoir, dit le capitaine Gualdres en anglais. Et recevoir vos... comment dites-vous?

— Félicitations, dit son oncle. Et à vous, tous mes compliments. Je vous les offre de tout cœur. Peut-on savoir depuis quand?

— Depuis... » le capitaine Gualdres jeta un coup d'œil sur son poignet, « une heure. Nous venons de quitter le padre. Notre mama vient de rentrer maison. Nous décidons ne pas attendre. Alors nous venons dire au revoir. Je le dis.

— Pas au revoir, dit son oncle.

— Si. Tout de suite. Dans... » — le capitaine regarda de nouveau son poignet — « ... cinq minutes nous ne sommes plus pour ici. (Car ainsi que l'avait remarqué son oncle, il y avait une chose certaine avec le capitaine Gualdres, c'est que non seulement il savait exactement ce qu'il voulait faire, mais aussi, assez souvent, il le faisait.) « Je retourne dans mon pays. *Le Campo.* Peut-être, je n'aurais pas dû le quitter pour commencer. Ce pays est magnifique, mais trop fort pour simple *gaucho, paysano.* Mais pour maintenant, ne fait rien. Pour maintenant, est fini. Alors je viens pour dire encore une fois au revoir et encore une fois mille *gracias.* » Puis, de nouveau, ce fut en espagnol. Mais il pouvait suivre. « Vous avez l'espagnol. Ma femme, ayant seulement été élevée dans les meilleurs couvents d'Europe pour jeunes et riches Américaines, n'a aucune langue. Dans mon pays, le campo, il y a un proverbe : marié, mort. Mais il y en a un autre qui dit : pour savoir où le cavalier passe la nuit, adresse-toi au cheval. Alors, cela non plus ne fait rien ; cela aussi est fini. Alors je suis venu vous dire au revoir, et merci, et me congratuler que vous n'ayez pas, vous aussi, des belles-filles à établir dans la vie. Mais en réalité je ne me sens même pas en sécurité dans ma condition actuelle, car rien ne dépasse les moyens, pour ne pas mentionner l'imagination, d'un homme comme vous. Aussi nous retournons dans mon — notre — pays à temps, là où vous n'êtes pas. Parce que je crois que vous êtes un homme très dangereux et je ne vous aime pas. Et alors, à la grâce de Dieu.

— À la grâce de Dieu, dit son oncle en espagnol. Je ne voudrais pas vous presser.

— Vous ne pouvez pas, répondit le capitaine Gualdres. Vous n'en avez pas même besoin. Vous n'avez pas même besoin de souhaiter de pouvoir le faire. »

Puis ils partirent à leur tour, en repassant par l'antichambre ; lui et son oncle entendirent la porte d'entrée, puis les virent passer devant la fenêtre qui donnait sur la véranda, vers les marches, et son oncle sortit de la poche de son gilet le lourd chronomètre avec son tour de chaîne et la clé d'or brimbalant dessus, et le posa face en l'air sur le bureau.

— Cinq minutes, dit son oncle.

Ce qui lui laissait à lui, Charles, le temps, le loisir

de demander quel était exactement l'autre enjeu du pari que son oncle avait fait la nuit dernière avec le capitaine Gualdres, sauf qu'à présent il savait qu'il n'avait pas besoin de le demander ; et même, à vrai dire, il se rendait compte maintenant qu'il avait commencé à ne plus avoir besoin de le demander à partir du moment où, après avoir fermé la porte d'entrée, jeudi soir, derrière Max Harriss et sa sœur, il s'était rendu compte en rentrant dans la pièce que son oncle n'avait pas l'intention d'aller se coucher.

Aussi ne dit-il rien, se contentant de regarder son oncle poser la montre sur le bureau, puis se pencher par-dessus, les bras légèrement écartés, arc-boutés de part et d'autre de la montre, sans même s'asseoir.

— Une question de convenances. De retenue », dit alors son oncle, se redressant déjà. Et tout d'une haleine, son oncle ajouta : « Mais peut-être en ai-je montré depuis trop longtemps déjà », reprenant la montre, la remettant dans son gilet, puis de là dans l'antichambre, saisissant au passage manteau et chapeau ; puis par la porte d'entrée, sans même prendre la peine de lui dire par-dessus son épaule : « Ferme-la à clef », descendant l'escalier et déjà debout auprès de la voiture, tenant la portière ouverte, quand lui, Charles, le rejoignit.

— Monte, tu vas conduire, dit son oncle. Et rappelle-toi que ce n'est pas la nuit dernière.

Alors, il prit le volant, mit le moteur en marche, pilotant la voiture vers la place bondée comme tous les samedis, ayant encore à éviter la file de voitures, de camions, de charrettes qui se dirigeaient vers la ville, bien après qu'ils eurent dépassé le centre. Mais la route elle-même était suffisamment dégagée pour pouvoir faire un peu de vitesse — de la vitesse tout court, s'il avait été Max Harriss rentrant chez lui au lieu de n'être que Charles Mallison ramenant son oncle en arrière.

— Alors quoi? fit son oncle. Le moteur ne marche pas? Ou as-tu des fourmis dans les jambes?

— Vous venez de dire que ce n'était pas la nuit dernière, dit-il.

— Naturellement, ce n'est pas la nuit dernière, répliqua son oncle. Il n'y a pas de cheval qui s'apprête à piétiner le capitaine Gualdres cette fois, même si ce cheval était indispensable. Cette fois il a buté sur une chose qui ne pardonne pas, qui est autrement fatal qu'un cheval fou.

— Quoi donc? demanda-t-il.

— Une colombe, dit son oncle. Alors qu'est-ce que tu fabriques? Tu as peur de bouger?

Alors ils se mirent à rouler presque à moitié aussi vite que Max Harriss, sur la route que le baron n'avait pas eu le temps de faire bétonner, quoiqu'il eût sans doute renoncé à d'autres projets pour celui-là, s'il avait été prévenu à temps, mais non point pour sa propre commodité, puisqu'il ne passait jamais par là quand il partait en voyage. Il allait et revenait de La Nouvelle-Orléans dans son aéroplane privé, de sorte que Jefferson ne le voyait jamais à moins de se rendre là-bas; mais rien que pour la singularité de dépenser des sommes pareilles pour une chose ne lui appartenant pas, et dont tous ceux qui le connaissaient savaient en outre, pertinemment, qu'il ne se servirait jamais, exactement comme Huey Long en Louisiane qui s'était bombardé fondateur, propriétaire et commanditaire de ce que son oncle disait avoir été une des meilleures revues littéraires qui aient jamais existé, sans y avoir probablement jamais jeté les yeux et sans plus se soucier de ce que les gens qui y collaboraient et la faisaient paraître pouvaient bien penser de lui que le baron dans ses rapports avec les fermiers dont les bêtes vagabondes se précipitaient, hurlaient et mouraient sous les roues de ses invités lancés à toute allure ; ils roulaient vite à présent par cette après-midi de début de décembre — une après-midi d'hiver, le sixième jour de l'hiver, disaient les vieux, qui comptaient à partir du premier décembre.

Et elle (la route) datait d'avant le cailloutis aussi, elle remontait aux vieux temps des simples chemins de terre battue, rouge, en lacets, dans les collines, puis droite et noire à partir du moment où le sol meuble commençait à s'aplanir, riche, alluvial, fertile ; ménageant sa largeur, car le sol était trop riche, trop fécond en maïs et en coton pour qu'on en divertît l'espace qui aurait, à la rigueur, permis aux gens de se croiser, uniquement estampée par le mince fer des jantes des charrettes et des voitures et les O ouverts des chevaux et des mulets, lorsque le vieux propriétaire, le beau-père du baron, consentait à se séparer de son Horace et de son grog léger, le temps de se rendre en ville, deux, trois, quatre fois par an, pour voter, payer ses impôts, assister à un enterrement ou à un mariage, se faisant reconduire aussitôt que possible à son grog et à ses pages de latin, le long de la simple terre battue où les sabots eux-mêmes, à moins d'aller au galop, ne faisaient aucun bruit, ni les roues, ni rien en dehors des craquements du harnais ; vers ses arpents dont les seules bornes étaient alors celles de sa mémoire, de son labeur, de sa foi, comme ceux de ses voisins, pas même bordés de haies parfois, ni à plus forte raison d'un agencement savant de barres et de panneaux de chêne et de hickory dressé en Virginie et à Long Island et soigneusement équarri dans les usines de Grands Rapids, la pelouse qui n'était alors qu'une cour plantée de chênes chétifs, mais vierges de sécateurs, d'émondeurs, d'élagueurs et de tailleurs dans le léger brouillard de vapeurs d'essence, à la maison, qui n'était qu'une maison bonne à épauler une véranda où il pouvait s'asseoir, devant la maison, avec le gobelet d'argent et le veau usé, un jardin qui n'était qu'un simple jardin, foisonnant, ne payant guère de mine non plus, de vieilles choses permanentes, pérennelles : roses sans nom, buissons de lilas, pâquerettes, phlox, et les dures durables poussiéreuses floraisons d'automne, elles-mêmes dans la tradition du whisky dilué et des odes d'Horace : effacée, persistante.

C'était le calme, disait son oncle. Ceci, la première fois, l'unique fois où son oncle avait en effet dit cela, c'était il y a douze ans, quand lui, Charles, n'avait pas même encore six ans, juste assez grand pour écouter ce qu'il disait : ce que du reste son oncle avait exprimé ainsi : « Ce n'est pas que tu sois assez grand pour entendre cela, mais que pour le moment, je suis encore assez jeune pour le dire. Dans dix ans, je ne le serai plus. » Et il demanda :

— Vous voulez dire que, dans dix ans, ce ne sera plus la vérité ?

Et son oncle de répondre :

— Je veux dire que dans dix ans je n'en parlerai

plus, parce que dans dix ans j'aurai dix ans de plus, et la seule chose qu'on apprenne en vieillissant ce n'est pas à avoir peur, ni encore moins à dire un peu plus souvent la vérité, c'est à avoir honte. — Ce printemps de 1919, comme un jardin au bout d'un tunnel de quatre années de sang, de peur et d'excréments où toute une génération de jeunes gens venus des quatre coins du monde vivait comme des fourmis en panique, chacun dans l'isolement le plus total, à se demander quand viendrait le moment où il allait à son tour rejoindre l'anonymat sans visage sous le sang et l'ordure, chacun dans l'isolement le plus total (ce qui corroborait au moins une des assertions de son oncle, celle ayant trait à la vérité en tout cas) à se demander sans répit si sa peur était aussi évidente aux autres qu'à lui-même. Parce que le fantassin durant les minutes où il rampe, ou l'aviateur durant ses secondes condensées, n'a pas plus d'amis ou de camarades qu'un cochon devant son auge ou qu'un loup parmi sa bande. Et quand ils débouchent enfin du corridor et qu'ils en sortent — s'ils en sortent — ils n'en ont toujours pas. Parce que (mais au moins lui, Charles, espérait que son oncle avait dit vrai quant à la honte) ils ont perdu quelque chose; quelque chose qui faisait partie d'eux-mêmes, quelque chose de précieux, d'irremplaçable, et qui se trouve maintenant épars, diffus, commun à tous les autres visages et aux autres corps qui ont comme eux survécu. J'ai cessé d'être simplement John Untel de Jefferson, Mississippi. Je suis aussi Joe Ginotta de East Orange, New Jersey, et Charley Longfeather de Soshone, Idaho, et Harry Wong, de San Francisco; et Harry, Charley, et Joe sont tous également John

Untel de Jefferson, Mississippi. Et ce mélange composite est incarné en chacun d'entre nous, nous ne pouvons pas le rejeter. De là, toutes les *American Legions*. Et quoique nous ayons pu travestir et désavouer ce que nous avons vu Harry, Joe et Charley faire en tant que John Untel, de Jefferson, il nous est impossible de désavouer et de travestir ce que nous avons vu John Untel faire en tant que Charley, Harry ou Joe. Et c'est la raison pour laquelle, tant qu'ils étaient jeunes et pouvaient se fier à la force de leurs poumons, toutes les *American Legions* sont restées plongées dans un état d'ivresse collective.

Car seule la remarque à propos de la honte était vraie, puisque il y avait douze ans que son oncle avait dit tout cela et qu'il ne l'avait jamais répété depuis. Car le reste était faux, puisque, même douze ans auparavant, alors qu'il n'avait pas encore quarante ans, son oncle avait déjà perdu tout contact avec la réalité, avec la vérité : à savoir qu'on allait à la guerre, que les jeunes gens iraient toujours à la guerre, pour la gloire, parce que c'était la manière la plus glorieuse de l'acquérir, que le danger et la peur de la mort étaient le seul prix digne d'acquérir ce qui en valait la peine et aussi le plus petit prix qu'on pouvait en demander, et le tragique n'était pas de mourir, mais de ne plus être là pour jouir de sa gloire; on ne voulait pas oblitérer le cœur assoiffé : on voulait simplement l'assouvir.

Mais tout ça c'était il y a douze ans; à présent, son oncle ouvrit seulement la bouche pour dire : « Arrête, je vais conduire.

— Bougez pas, dit-il. On va assez vite comme ça. »

Encore un mile maintenant, et ils commenceraient à rouler le long de la clôture blanche, et à un autre mile de là, ils auraient atteint l'entrée de la propriété, ils pourraient même apercevoir la maison.

— C'était le calme, dit son oncle. Au commencement, je n'arrivais même pas à m'endormir, à cause du calme. Mais ça m'était égal, je ne tenais pas à dormir ; je n'aurais pas voulu manquer tout ce silence : rester au lit dans le noir et revenir sur le lendemain, et le lendemain et les couleurs du printemps, avril, mai, juin, matin, midi et soir, le vide, puis le noir de nouveau et le silence où rester allongé, parce que je n'avais pas besoin de dormir. Puis je l'ai vue. Elle était dans le vieux landau maculé, tiré par deux chevaux de labour dépareillés, avec le garçon de charrue perché nu-pieds sur son siège. Et ta mère avait tort. Elle ne ressemblait pas du tout à une poupée en train de se pavaner. On aurait dit une petite fille jouant à la grande personne dans l'endroit où l'on remisait les voitures, mais avec un sérieux absolu ; comme une enfant de douze ans, si tu veux, qui aurait soudain perdu ses parents dans une catastrophe, et sur qui serait retombé le soin de s'occuper de toute une portée de petits frères et sœurs et peut-être même d'un vieux grand-père ou d'une vieille grand-mère, ayant à surveiller le régime, le changement, la lessive des vêtements des bébés ; trop jeune encore pour s'intéresser, encore moins pour se faire une idée ou pour se sentir proche de la passion et du mystère qui avaient fait qu'ils étaient venus au monde, et qui seuls auraient pu rendre supportable ou même compréhensible la corvée de les nourrir.

« Naturellement, ce n'était pas ça. D'abord, il n'y

avait que son père, et puis, de toute façon, sa situation était tout à l'opposé; le père non seulement cultivait ses terres et surveillait le ménage, mais encore s'arrangeait de manière qu'une paire de chevaux de labour avec leur cocher des champs fût toujours à sa disposition pour faire ces six miles aller et retour en ville et tirer la vieille voiture où, perdue dans cet immense déploiement de coussins, elle ressemblait parfois à une miniature archaïque, sérieuse, posée, grave, comme si elle avait dix ans de plus et avait vécu cinquante ans plus tôt. Mais c'était là l'impression qu'elle me faisait : une enfant jouant au ménage dans cet intemporel jardin abrité contre le vent au débouché du corridor rouge et puant; et comme ça, un beau jour, je me suis tout à coup rendu compte irrévocablement que le silence à lui seul n'était pas la paix. Cela, lorsque je l'ai vue pour la troisième, la dixième, ou la treizième fois, je ne sais plus, mais un matin j'ai fait halte devant la voiture immobile avec le nègre, nu-pieds sur son perchoir, et elle qui ressemblait à une image découpée dans une vieille carte de la Saint-Valentin ou dans une boîte à bonbons de 1904 contre ce déploiement de coussins passés, salis de la banquette arrière (quand la voiture passait, on n'apercevait que sa tête, et de derrière on ne pouvait même plus la voir, bien qu'il fût évident qu'on n'eût pas distrait le garçon et l'attelage de la charrue uniquement pour permettre au valet de ferme d'aller faire un tour en ville) ; — un matin je me suis arrêté devant la voiture immobile tandis qu'autour de nous fonçaient et trompetaient les nouvelles, bruyantes, éclatantes, étincelantes automobiles parce qu'on avait gagné la guerre et tout le monde allait devenir riche maintenant et on allait à jamais vivre en paix.

— Je m'appelle Gavin Stevens, dis-je. Bientôt j'aurai trente ans.

— Je sais », dit-elle. Mais j'avais l'impression d'avoir trente ans, même si je ne les avais pas tout à fait. Elle en avait seize. Et comment aurais-tu dit à une enfant (comme cela se faisait à l'époque) : « Donnez-moi un rendez-vous? » Et qu'en aurais-tu (à trente ans) fait, d'un rendez-vous? Et on n'invite pas simplement l'enfant comme ça : on demande la permission aux parents. Alors, juste à la tombée du jour, j'ai garé la voiture de ta grand-mère devant l'entrée et je suis descendu. C'était un jardin, à l'époque, et non pas un paysage cauchemardesque de fleuriste. Il était considérablement plus vaste que cinq ou même six tapis étalés bout à bout, avec de vieux buissons de roses, de callicanthes, des tonnelles délavées, à moitié écroulées, des treilles, et de vivaces plates-bandes pérennelles qui s'ensemençaient d'elles-mêmes sans ingérence ou immixtion du dehors, sans entrave et sans support, et elle-même se tenait au milieu, me regardant franchir le seuil et remonter l'allée jusqu'à ce qu'elle m'eût perdu de vue. Et je savais qu'elle ne bougerait pas de là où elle était, et j'ai monté les marches en me dirigeant vers l'endroit où le vieux monsieur était assis avec la petite épagneule à ses pieds et son gobelet d'argent et son livre annoté à hauteur du coude, et je lui ai dit :

— Permettez-moi de me fiancer avec elle » (tu remarques la façon dont je me suis exprimé : moi avec elle). « Je sais bien, dis-je. Je sais bien : pas maintenant. Donnez-nous simplement la permission de nous fiancer, et nous n'aurons même plus besoin d'y penser. »

Et elle n'avait pas bougé de là où elle était, pas même pour écouter. Parce que c'était trop loin pour écouter, et d'ailleurs ce n'était pas nécessaire : se tenant là, simplement, dans la nuit tombante, le crépuscule, sans bouger, sans sourciller, sans même esquisser le moindre geste ; ce fut même moi qui relevai son visage, mais cela ne demanda pas plus d'effort que pour redresser un brin de chèvrefeuille. C'était comme du sorbet.

— Je ne sais pas comment, dit-elle. Il faudra que vous m'appreniez.

— Alors n'apprenez pas, dis-je. C'est très bien comme ça. Ça ne fait rien. Vous n'avez pas besoin d'apprendre. C'était comme du sorbet ; le reste du printemps, et l'été, et pendant tout le reste de l'été : les heures de pénombre et de silence où rester étendu, à se rappeler le sorbet ; non pas en y goûtant à nouveau, car on n'a pas besoin de goûter au sorbet une deuxième fois ; il suffit de très peu de sorbet pour qu'on ne l'oublie pas. Puis le jour arriva où je dus retourner en Allemagne, et j'allai lui porter la bague. J'avais déjà moi-même passé un ruban à travers l'anneau.

— Vous ne voulez pas que je la porte encore ? demanda-t-elle.

— Si, dis-je. Non, dis-je. Ça ira comme ça. Accrochez-la au buisson, là, si vous voulez. C'est tout juste un petit morceau de verre et de fer coloré ; et probablement ça ne durera même pas encore mille ans.

Et je retournai à Heidelberg et tous les mois il y

avait une lettre d'elle, ne mentionnant rien. Et qu'auraient-elles pu mentionner ? Elle n'avait que seize ans ; que vous arrive-t-il à seize ans qu'on puisse écrire dans une lettre, ou même qui vaille la peine d'en parler ? Et je répondais tous les mois, sans parler de quoi que ce soit non plus, car si je l'avais fait, comment l'aurait-elle traduit, à seize ans seulement, en quel langage aurait-elle bien pu le traduire ? Et c'est bien cela que je ne suis jamais arrivé à comprendre, que je ne suis jamais arrivé à découvrir, dit son oncle.

Maintenant, ils étaient presque arrivés, il ralentissait déjà pour tourner dans l'entrée.

— Pas comment elle s'est fait traduire l'allemand, dit son oncle. Mais comment la personne qui lui a traduit l'allemand a bien pu aussi lui traduire l'anglais.

— L'allemand ? dit-il. Vous lui écriviez en allemand ?

— Il y avait deux lettres, dit son oncle. Je leur avais écrit en même temps. Je me suis trompé d'enveloppes en les cachetant et en les mettant à la boîte. » Puis son oncle cria : « Attention ! » et étendit même la main vers le volant. Mais il redressa la voiture à temps.

— L'autre aussi était une femme, dit-il. Ah bon ! de sorte que...

— C'était une Russe, dit son oncle. Elle s'était échappée de Moscou. À prix d'or, payé par échéances, pendant un temps considérable, à différents collectionneurs. Elle aussi avait passé par une guerre, ô mon Philistin ! Je l'avais connue à Paris en 1918. Quand j'ai quitté l'Amérique pendant l'automne de 1919 pour retourner à Heidelberg, je pensais, je croyais que je l'avais oubliée. C'est-à-dire qu'un jour, en plein océan, je me suis rendu compte que je n'avais plus pensé à elle depuis le printemps. Et alors j'ai compris que je n'avais pas oublié. Je changeai mon billet et allai d'abord à Paris; elle devait venir me rejoindre à Heidelberg dès qu'elle aurait pu faire viser les papiers qu'elle avait. Je devais lui écrire tous les mois pendant que nous attendions. Peut-être pendant que moi j'attendais. Tu dois te rappeler l'âge que j'avais à l'époque. J'étais un Européen, alors. J'étais dans cette ménopause par laquelle passe tout Américain sensible quand il s'imagine que la légitimité des droits (s'il peut y prétendre) qu'auraient éventuellement les Américains à se réclamer non seulement de l'esprit humain, mais encore tout bonnement de la civilisation, s'éprouve en Europe. Ou peut-être s'agissait-il d'autre chose. Peut-être était-ce simplement le sorbet, peut-être n'étais-je pas même réfractaire, ou même imperméable au sorbet, que j'en étais tout simplement incapable; écrivant les deux lettres en même temps, parce que pour rédiger l'une d'elles aucun mécanisme cérébral n'entrait en jeu, qu'elle avait sa source quelque part au milieu, dans la région du ventre d'où elle coulait directement à la pointe de la plume, à l'encre, sans passer par le cerveau; et c'est aussi la raison pour laquelle je n'ai jamais pu me rappeler ce qu'il avait bien pu y avoir dans celle qui est parvenue à l'adresse à laquelle elle n'était pas destinée, bien que cela ne pût guère laisser de doute; je n'y avais jamais fait attention, parce qu'elles n'existaient pas sur le même plan, bien que ce fût la même main qui les écrivît sur la même table, sur des feuilles de papier successives, de la même plume ininterrompue, sous les mêmes deux pfennigs d'électricité, tandis qu'un même espace sur le cadran de l'horloge rampait sous le mouvement de l'aiguille.

Ils étaient arrivés. Son oncle n'eut pas besoin de dire stop, il avait déjà garé la voiture dans l'allée vide trop spacieuse, trop suave, trop soigneusement ratissée et sablée, même pour une canadienne flanquée d'une ou deux décapotables et d'une limousine et de quelque chose par surcroît pour les domestiques, tandis que son oncle, qui n'avait pas attendu qu'il se fût arrêté pour descendre de la voiture, s'avançait déjà vers la maison et que lui, Charles, disait encore :

— Ce n'est pas la peine que j'y aille aussi, n'est-ce pas ?

— Tu ne trouves pas que tu es venu un peu loin pour me faire faux bond maintenant ? dit son oncle.

Alors il sortit à son tour et lui emboîta le pas sur le chemin dallé trop large et dallé de trop de dalles, vers le portique latéral qui, bien que latéral, eût facilement abrité un président et son cabinet ou une Cour Suprême, selon le cas, encore que le Congrès s'y fût trouvé légèrement à l'étroit, et la maison elle-même qui tenait à la fois d'un gargantuesque gâteau de noces et d'une tente de cirque fraîchement badigeonnée de blanc, son oncle marchant toujours à grandes enjambées sans s'arrêter de parler :

— Nous faisons preuve d'une apathie vraiment bizarre envers certaines coutumes fort raisonnables qui se pratiquent à l'étranger. Tu imagines la flambée que ça aurait pu faire, avec son cercueil posé sur une pyramide de madriers entrecroisés et arrosés de pétrole au milieu ? L'amortissement de la bicoque et le satī du fondateur réglés d'un seul coup.

Puis à l'intérieur ; le valet nègre ouvrit la porte et disparut aussitôt, le laissant lui et son oncle dans la pièce où le capitaine Gualdres (en supposant qu'il fût ou eût été officier de cavalerie) eût pu faire parader ses troupes, ses chevaux aussi, quoiqu'il n'eût guère le temps de remarquer autre chose à cause de l'orchidée, de nouveau reconnue sur-le-champ, immédiatement, sans aucune surprise, sans effort particulier. Puis il en oublia même la saveur amène, titillation simple, inouïe, parce qu'elle entra : ses pas dans l'antichambre, puis dans la pièce, quoiqu'il ait déjà eu le temps de respirer l'arôme, comme si quelqu'un avait ouvert un vieux tiroir d'un geste gauche, par erreur, par maladresse, et que quarante domestiques chaussés de semelles crêpe s'étaient mis à galoper furieusement à travers les longs corridors et les rutilantes luxueuses pièces pour se dépêcher de le refermer ; entrant dans la pièce et s'arrêtant et levant les mains, paumes en dehors, devant elle sans même avoir le temps de le regarder parce que son oncle, qui ne s'était jamais vraiment arrêté, s'avançait déjà vers elle.

— C'est moi, Gavin Stevens et maintenant j'ai près de cinquante ans, dit son oncle, continuant de s'avancer vers elle, même après qu'elle eut commencé à battre en retraite, à reculer, les mains encore levées, les paumes toujours tournées vers son oncle qui continuait d'avancer droit vers les mains, tandis qu'elle essayait encore de le tenir à distance, du moins assez longtemps pour se donner le temps de se ressaisir et de renoncer à lui tourner le dos pour s'enfuir; trop tard maintenant, si c'était là le parti qu'elle voulait prendre, ou que, du moins, elle pensait devoir prendre; mais trop tard maintenant, son oncle put s'arrêter lui aussi, se retournant pour lui lancer un coup d'œil :

— Alors quoi? dit son oncle. On dirait que tu as perdu ta langue. Si tu disais bonjour Mme Harriss, histoire d'essayer.

Il commença à dire : « Excusez-moi. » Mais déjà il avait pensé à mieux :

— Soyez bénis, mes enfants, dit-il.

V

Cela s'était passé samedi. Le lendemain fut le 7 décembre[1]. Mais déjà avant qu'il ne parte, les devantures des magasins étaient rutilantes de jouets, de paillettes d'argent et de neige artificielle, comme en n'importe quel décembre de n'importe quelle autre année, les odeurs, les saveurs de Noël, et même un bruit de canonnade dans l'air vif, joyeux, la canonnade et le sifflement des balles et leur bruit frappant la chair dont l'écho allait se répercuter ici même à Jefferson avant plusieurs semaines ou plusieurs mois.

Mais quand il revit Jefferson, c'était le printemps. Les charrettes, les camionnettes des fermiers des collines, et les camions de cinq et de dix tonnes des

1. Pearl Harbour *(N.d.T.)*.

planteurs et des exploitants de la plaine étaient déjà abutés aux plates-formes de chargement des magasins de grains et des entrepôts d'engrais, et les tracteurs, et les mulets par attelage de deux et de trois, se déplaçaient à travers les lignes noires du sommeil hivernal de la terre : charrue et double charrue, herse, herse lourde et pulvérisateur; les aubépines allaient bientôt fleurir, et bientôt arriveraient les engoulevents; mais on était encore en 1942 et ce n'était qu'un peu plus tard que les centrales allaient commencer à transmettre les télégrammes des ministères de la Guerre et de la Marine, et que le facteur rural irait déposer, tous les jeudis matin, dans les boîtes isolées juchées sur des poteaux, l'hebdomadaire *Clairon de Yoknapatawpha* avec la photographie imprimée et la brève notice nécrologique, déjà trop familière, mais toujours aussi hermétique que du sanscrit ou du chinois — le visage du garçon de la campagne pas encore assez âgé pour réellement ressembler à la photographie d'un homme fait, l'uniforme portant encore les plis des placards de l'intendance, les noms de lieux dont n'avaient jamais entendu parler, qu'à plus forte raison n'avaient jamais entendu prononcer, ceux qui apparemment avaient créé ce nom et ce visage pour qu'il meure et agonise là-bas.

Car l'Inspecteur Général avait eu raison. Benbow Sartoris lui-même, qui avait été seulement dix-neuvième de sa classe, était maintenant officier et se trouvait déjà en Angleterre en mission ultra-secrète, disait-on. Ce qui aurait pu lui arriver à lui aussi pendant qu'il en était encore temps, puisque lui avait été premier et colonel des cadets de son bataillon, mais à son accoutumée il n'avait fait qu'échanger un mauvais ticket contre un autre : plus même de ceinturon, de sabre, et d'insigne de pacotille à présent, rien que le ruban de casquette bleu, et quoique d'avoir été colonel dans les cadets, ou peut-être d'avoir été ce colonel-là en particulier, lui eût permis d'abréger quelque peu sa période de formation préparatoire à l'école d'aviation, encore un an à attendre, sans doute, avant que les ailes de l'insigne qu'il portait sur sa casquette ne descendent un peu au-dessus de sa poche gauche (avec le bouclier de pilote au milieu, espérait-il, ou au moins un globe de navigateur, ou au pis-aller une bombe de bombardier).

Et sans même revenir à la maison, passant juste par là après avoir quitté l'école pour se rendre au camp d'entraînement, — des avions enfin ! — ne devant s'arrêter à la gare que le temps de faire monter sa mère dans le train pour qu'elle l'accompagne jusqu'à la station d'embranchement principale où il allait prendre un train pour le Texas et d'où elle allait rentrer par le prochain train local, se rapprochant, traversant, commençant à traverser le pays familier : les carrefours qu'il connaissait, les champs et les bois, où il avait fait des excursions quand il était louveteau, puis scout, et où, enfin assez grand pour avoir un fusil, il avait d'abord chassé des lapins, puis tiré des cailles à la volée.

Puis les alentours, eux-mêmes délabrés, coriaces, sans âge, aussi familiers que son propre cœur vorace, omnivore, insatiable, ou que les membres de son corps ou que la croissance de ses cheveux ou de ses ongles : les premières cahutes nègres, détériorées, même pas peintes, jusqu'au moment où on s'apercevait que c'était autre chose encore, qu'elles étaient un peu, juste un peu de guingois, pas tant hors d'aplomb qu'en dehors de tout aplomb; comme créées, conçues selon ou dans le cadre d'une autre perspective, par un autre architecte, dans une autre intention ou du moins avec un autre passé : reliques imperméables, non conscientes, d'un air ou d'un climat plus durs, si l'on veut, chacune dans sa sauvage, mais soignée jungle miniature de carré de choux, chacune avec un goret enfermé dans une cage trop petite pour permettre à un porc d'engraisser, mais ce porc-là s'en trouvait bien, ne s'en portait que mieux, et généralement une vache attachée à un piquet et quelques poulets, l'ensemble — cahute, dépendance, buanderie, hangar et puits — ayant l'air branlant d'une installation de fortune, étranger et pourtant inviolablement durable comme la grotte de Crusoé; puis les maisons des Blancs, pas plus grandes que les nègres, mais jamais des cahutes, pas en leur présence du moins ou vous risqueriez d'avoir une bataille sur les bras, peintes ou du moins ayant jadis été peintes, la différence principale étant qu'elles n'étaient généralement pas aussi propres à l'intérieur.

Puis on était arrivé : une rue, un passage pavé pas très loin de la maison où il était né, et maintenant il pouvait voir, au-dessus des arbres, le château d'eau et la croix dorée sur le clocher de l'église épiscopale, puis plus rien; la figure pressée contre la vitre crasseuse comme s'il avait huit ans, le train ralentissant dans un fracas, un choc d'aiguillages parmi les fourgons, les wagons à bestiaux, les plates-formes roulantes et les wagons-citernes, et eux, là-bas, comme un enfant de huit ans les aurait vus : avec un certain choc, minuscules, mais étonnamment durables, casés dans la perspective du vaste monde environnant, appréhensible : sa mère, son oncle, sa nouvelle tante ; et sa mère avait été mariée pendant vingt ans à un seul homme et en avait élevé un autre, et sa nouvelle tante avait été mariée à deux hommes différents pendant une période sensiblement analogue et en avait vu deux autres se battre dans sa propre maison avec des balais de cheminée et des chevaux, aussi ne pouvait-il plus s'étonner de rien et il ne sut jamais au juste ce qui s'était passé : sa mère déjà installée dans le train et sa nouvelle tante déjà retournée à la voiture qui attendait, tandis que lui et son oncle échangeaient un dernier mot, le mot de la fin, ensemble :

— Alors, châtelain, dit-il. À force de tourner autour du puits vous avez fini par jeter la cruche à l'eau et par sauter dedans à votre tour. J'ai une commission à vous faire de la part de votre fils.

— Mon quoi ? dit son oncle.

— Bon, dit-il. Votre gendre. Le mari de votre fille. Celui qui ne vous aime pas. Il est venu me voir au camp. Il est dans la cavalerie maintenant. C'est-à-dire qu'il est soldat, qu'il est américain — fastidieusement, à son tour ressassant : « Vous voyez ce que je veux dire ? Un jour, un Américain de ses connaissances essaye de le tuer avec un cheval. Le lendemain, il épouse la sœur de l'Américain. Le jour suivant, un Jap lâche une bombe sur un autre Américain dans une petite île à deux mille miles de là. Alors, le troisième jour, il s'engage, pas dans son armée à lui, où il a un grade d'officier de réserve, mais dans une armée étrangère, renonçant de ce fait non seulement à son grade, mais aussi à sa nationalité, et devant sans doute avoir recours à un interprète pour faire comprendre à sa femme et à son gouvernement adoptif ce qu'il était en train d'essayer de faire », — revenant là-dessus, ressassant toujours l'histoire, sans s'en étonner outre mesure, ou s'il était étonné, de l'infatigable intemporel étonnement de l'enfant qui assiste, infatigable, intemporel, pour la énième fois, à un spectacle de guignol : cette après-midi-là, sans avoir du tout été prévenu, jusqu'à ce qu'on l'ait convoqué à la salle de rapports où se tenait le capitaine Gualdres « ... en uniforme de simple soldat, ayant plus que jamais l'air d'un cheval, peut-être parce qu'il s'était arrangé pour se mettre dans la seule situation, la seule position sur terre — un régiment de cavalerie de l'armée américaine en 1942 — où pendant toute la durée de la guerre il ne serait pas question pour lui d'avoir le moindre contact avec un cheval... » ayant lui-même, Charles, plutôt tendance à se répéter : « Il n'avait pas l'air martial, il avait l'air tout simplement indomptable, n'offrant pas sa vie ou ses membres à quiconque, à un gouvernement quelconque en reconnaissance de quoi que ce soit, ou pour protester contre quoi que ce soit, comme si, à ce moment ultime, décisif, il n'allait pas davantage se laisser affecter par le vain et futile bruit des balles qui allaient crépiter autour de lui qu'auparavant par les vains et fragiles sabots des chevaux ; ne haïssant pas les Allemands ou les Japs ou même les Harriss, partant en guerre contre les Allemands non pas parce qu'ils avaient ruiné tout un continent et étaient en train de transformer une race entière en engrais et en huile de graissage, mais parce qu'ils avaient aboli les chevaux dans la cavalerie civilisée, se levant de sa chaise lorsque je suis entré et disant :

— Je viens ici afin que vous me voyiez. Maintenant vous m'avez vu. Maintenant vous allez retourner chez votre oncle et lui dire : Peut-être êtes-vous content, maintenant.

— Quoi ? dit son oncle.

— Je n'en sais pas plus que vous, dit-il. C'est ce qu'il a dit : qu'il avait fait tout le voyage du Kansas jusque-là pour que je puisse le voir dans cet uniforme brun et que j'aille vous dire : « Peut-être êtes-vous content, maintenant. »

Et maintenant il était temps de partir ; le chariot des messageries avait déjà quitté la porte du fourgon à bagages, et l'employé des messageries se penchait à la portière pour voir ce qui se passait derrière, et M. McWilliams, le conducteur, se tenait, montre en main, sur les marches du couloir, mais néanmoins ne criait pas après lui, Charles, pour l'instant, parce que lui, Charles, portait un uniforme et qu'on était encore au début de 1942 et que les civils n'étaient pas encore habitués à la guerre. Aussi il poursuivit :

— Et il y a encore une chose. Ces lettres. Deux lettres. Deux enveloppes confondues.

Son oncle le regarda.

— Tu n'aimes pas les coïncidences ?

— J'en raffole, dit-il. C'est une des choses les plus importantes qui soient. Comme le pucelage. Seulement, comme le pucelage, ça ne doit servir qu'une seule fois. Je vais garder le mien encore quelque temps.

Son oncle le regardait, l'air un peu moqueur, fantasque, grave.

— Bon, dit son oncle. Si tu veux trouver un endroit où t'adresser. Une rue. À Paris. Environ, comme nous disons nous autres Yoknapatawphiens, à un jet de salive du Bois de Boulogne, si récente dans la nomenclature que son nom ne remonte pas au-delà des dernières batailles de 1918 et de la table du Traité de Versailles, moins de cinq ans à l'époque ; si sélecte et si discrète que son emplacement n'était connu que des ramasseurs de poubelles, des bureaux de placement pour domestiques stylés, et des sous-secrétaires, parce que maintenant ça ne doit plus exister, et d'ailleurs tu n'as aucune chance d'aller là-bas pour voir si ça existe encore.

— Peut-être que si, dit-il. Peut-être que je pourrai aller voir où ça se trouvait.

— Tu n'as pas besoin de te déplacer pour ça, dit son oncle. À la bibliothèque. Rien qu'en ouvrant la bonne page dans Conrad : le même carrelage vernissé rouge et noir, les mêmes moulures dorées, la faïence, le Boule ; jusqu'au long miroir qui semblait contenir, comme dans un plat d'argent, toute la lumière condensée de l'après-midi, où semblait flotter, sur les profondeurs, comme un nénuphar sur sa propre répétition concordante, ce front innocent et lisse de toute pensée, uniquement ravagé par la douleur et par la fidélité...

— Comment saviez-vous qu'elle était là ? demanda-t-il.

— Je l'avais lu dans le journal, dit son oncle. Le *Herald* de Paris. Le gouvernement des États-Unis (au bout d'un certain temps) avait assez bien réussi à maintenir la liaison avec le premier corps expéditionnaire américain en France. Mais ce n'était rien à côté de la manière dont le *Herald* de Paris vous tenait au courant du deuxième, qui avait commencé à débarquer en Europe en 1919. Mais celle-ci n'était pas le moins du monde ravagée par quoi que ce soit : juste assise, là, toujours exactement comme une petite fille que le monde entier encourageait maintenant à prendre son travesti de reine au sérieux, et cette fois ce n'était pas un visiteur venu pour faire rendre justice à un mort, parce que l'homme, l'être, dont le visiteur portait le message n'était rien moins que mort; il avait dépêché son envoyé à toute cette distance de Heidelberg non pas pour présenter un message, mais une requête : il voulait savoir. Alors j'ai posé la question.

— Mais pourquoi ne m'avez-vous pas attendu? demandai-je. Pourquoi n'avez-vous pas envoyé de télégramme?

— Et elle a répondu? dit-il.

— Ne t'ai-je pas dit que ce front était pur de tout ravage, et même de toute perplexité? dit son oncle. Elle a répondu : « Vous ne vouliez pas de moi. Je n'étais pas assez intelligente pour vous. »

— Alors, qu'avez vous dit?

— J'ai répondu comme il le fallait, dit son oncle. J'ai dit : « Au revoir, Mme Harriss. » Monsieur est satisfait?

— Oui », dit-il. Maintenant il était temps. Le mécanicien donna même un coup de sifflet en manière d'avertissement. M. McWilliams n'avait pas une seule fois crié, « Dépêche-toi de monter mon garçon, si tu veux partir avec nous », comme il l'aurait fait il y a cinq ans (ou aussi bien, cinq mois auparavant) ; rien que les deux brefs, puissants, impatients jets de vapeur ; simplement à cause de cet uniforme qui n'avait pas encore essuyé de balles, un être qui, à l'état de veille, avait pour habitude de parler à en perdre haleine, qui se serait privé, sans peine, sans même s'en apercevoir, du volume d'air passant à travers ses cordes vocales requis pour l'interpeller, n'avait pipé mot ; au lieu de cela, un expert, un spécialiste dans une machine de cent tonnes valant cent mille dollars, avait dépensé trois ou quatre dollars de charbon et des kilos de vapeur amassée à grand-peine pour dire à un garçon de dix-huit ans qu'il avait déjà perdu assez de temps à bavarder avec son oncle ; et il pensa alors que ce pays, cette nation, ce mode de vivre était invincible, qui non seulement était capable d'accepter la guerre, mais pouvait encore l'assimiler au pied levé, en prenant le moyen terme ; de la main gauche, pour ainsi dire, sans vraiment distraire ni même dévier, défléchir, même forcer l'attention de la main droite encore engagée dans l'ancienne, primitive, durable routine de vivre.

— Oui, dit-il. Ça vaut mieux. Je pourrais même me décider à l'acheter. Et cela se passait il y a vingt ans. Et c'était vrai à l'époque ou du moins cela suffisait à l'époque, ou du moins cela vous suffisait à vous à l'époque. Et à présent vingt ans ont passé et ce n'est plus vrai à présent ou du moins cela ne suffit plus à présent ou du moins cela ne vous suffit plus à vous à présent. Comment le temps a-t-il pu faire ça, à lui tout seul ?

— J'ai vieilli, dit son oncle. J'ai fait des progrès.

DU MÊME AUTEUR

Aux Éditions Gallimard

Romans

SANCTUAIRE
TANDIS QUE J'AGONISE
LUMIÈRE D'AOÛT
SARTORIS
LE BRUIT ET LA FUREUR
PYLÔNE
L'INVAINCU
L'INTRUS
LES PALMIERS SAUVAGES
ABSALON ! ABSALON !
DESCENDS, MOÏSE
REQUIEM POUR UNE NONNE
PARABOLE
LE HAMEAU
LA VILLE
LE DOMAINE
LES LARRONS
ŒUVRES ROMANESQUES, I (Sartoris — Le Bruit et la Fureur — Appendice Compson — Sanctuaire — Tandis que j'agonise, *Bibliothèque de la Pléiade*).
ELMER *suivi de* LE PÈRE ABRAHAM

Nouvelles

TREIZE HISTOIRES
LE DOCTEUR MARTINO ET AUTRES HISTOIRES
LE GAMBIT DU CAVALIER
HISTOIRES DIVERSES

L'ARBRE AUX SOUHAITS
IDYLLE AU DÉSERT ET AUTRES NOUVELLES
CROQUIS DE LA NOUVELLE-ORLÉANS *suivi de* MAYDAY

Poèmes

LE RAMEAU VERT

FAUNE DE MARBRE

Littérature

FAULKNER À L'UNIVERSITÉ
PROSES, POÉSIES ET ESSAIS CRITIQUES DE JEUNESSE
ESSAIS, DISCOURS ET LETTRES OUVERTES

Correspondance

CORRESPONDANCE MALCOLM COWLEY-WILLIAM FAULKNER (Lettres et souvenirs de 1944 à 1962, commentés par Malcolm Cowley)

LETTRES CHOISIES

Scénario

DE GAULLE : SCÉNARIO (Édition préparée par Louis Daniel Brodsky et Robert W. Hamblin)

STALLION ROAD *suivi de* L'AVOCAT DE PROVINCE ET AUTRES HISTOIRES POUR L'ÉCRAN

Dans la collection Folio bilingue

AS I LAY DYING/TANDIS QUE J'AGONISE, *n° 1*

Aux Éditions Futuropolis

TANDIS QUE J'AGONISE. *Illustrations d'André Juillard*

COLLECTION FOLIO

Dernières parutions

2539.	Frédéric Vitoux	*Cartes postales.*
2540.	Tacite	*Annales.*
2541.	François Mauriac	*Zabé.*
2542.	Thomas Bernhard	*Un enfant.*
2543.	Lawrence Block	*Huit millions de façons de mourir.*
2544.	Jean Delay	*Avant Mémoire (tome II).*
2545.	Annie Ernaux	*Passion simple.*
2546.	Paul Fournel	*Les petites filles respirent le même air que nous.*
2547.	Georges Perec	*53 jours.*
2548.	Jean Renoir	*Les cahiers du capitaine Georges.*
2549.	Michel Schneider	*Glenn Gould piano solo.*
2550.	Michel Tournier	*Le Tabor et le Sinaï.*
2551.	M. E. Saltykov-Chtchédrine	*Histoire d'une ville.*
2552.	Eugène Nicole	*Les larmes de pierre.*
2553.	Saint-Simon	*Mémoires II.*
2554.	Christian Bohin	*La part manquante.*
2555.	Boileau-Narcejac	*Les nocturnes.*
2556.	Alain Bosquet	*Le métier d'otage.*
2557.	Jeanne Bourin	*Les compagnons d'éternité.*
2558.	Didier Daeninckx	*Zapping.*
2559.	Gérard Delteil	*Le miroir de l'Inca.*
2560.	Joseph Kessel	*La vallée des rubis.*
2561.	Catherine Léprront	*Une rumeur.*
2562.	Arto Paasilinna	*Le meunier hurlant.*
2563.	Gilbert Sinoué	*La pourpre et l'olivier.*
2564.	François-Marie Banier	*Le passé composé.*
2565.	Gonzalo Torrente Ballester	*Le roi ébahi.*
2566.	Ray Bradbury	*Le fantôme d'Hollywood.*

2567.	Thierry Jonquet	*La Bête et la Belle.*
2568.	Marguerite Duras	*La pluie d'été.*
2569.	Roger Grenier	*Il te faudra quitter Florence.*
2570.	Yukio Mishima	*Les amours interdites.*
2571.	J.-B. Pontalis	*L'amour des commencements.*
2572.	Pascal Guignard	*La frontière.*
2573.	Antoine de Saint-Exupéry	*Écrits de guerre (1939-1944).*
2574.	Avraham B. Yehoshua	*L'amant.*
2575.	Denis Diderot	*Paradoxe sur le comédien.*
2576.	Anonyme	*La Châtelaine de Vergy.*
2577.	Honoré de Balzac	*Le Chef-d'œuvre inconnu.*
2578.	José Cabanis	*Saint-Simon l'admirable.*
2579.	Michel Déon	*Le prix de l'amour.*
2580.	Lawrence Durrell	*Le sourire du Tao.*
2581.	André Gide	*Amyntas.*
2582.	Hervé Guilbert	*Mes parents.*
2583.	Nat Hentoff	*Le diable et son jazz.*
2584.	Pierre Mac Orlan	*Quartier Réservé.*
2585.	Pierre Magnan	*La naine.*
2586.	Naguib Mahfouz	*Chimères.*
2587.	Vladimir Nabokov	*Ada ou l'Ardeur.*
2588.	Daniel Boulanger	*Un été à la diable.*
2589.	Louis Calaferte	*La mécanique des femmes.*
2590.	Sylvie Germain	*La Pleurante des rues de Prague.*
2591.	Julian Gloag	*N'éveillez pas le chat qui dort.*
2592.	J.M.G. Le Clézio	*Étoile errante.*
2593.	Louis Malle	*Au revoir, les enfants.*
2595.	Jean-Bernard Pouy	*L'homme à l'oreille croquée.*
2596.	Reiser	*Jeanine.*
2597.	Jean Rhys	*Il ne faut pas tirer des oiseaux du repos.*
2598.	Isaac Bashevis Singer	*Gimpel le naïf.*
2599.	Andersen	*Contes choisis.*
2600.	Jacques Almira	*Le Bar de la Mer.*
2602.	Dominique Bona	*Malika.*
2603.	John Dunning	*Les mécanos de la mort.*
2604.	Oriana Fallaci	*Inchallah.*
2605.	Sue Hubbell	*Une année à la campagne.*
2606.	Sébastien Japrisot	*Le passager de la pluie.*

2607.	Jack Kerouac	*Docteur Sax.*
2608.	Ruth Rendell/Helen Simpson	*Heures fatales : L'arboisier/chair et herbe.*
2609.	Tristan Lhermite	*Le Page disgracié.*
2610.	Alexandre Dumas	*Les Trois Mousquetaires.*
2611.	John Updike	*La concubine de saint Augustin* et autres nouvelles.
2612.	John Updike	*Bech est de retour.*
2613.	John Updike	*Un mois de dimanches.*
2614.	Emanuèle Bernheim	*Le cran d'arrêt.*
2615.	Tonino Benacquista	*La commedia des ratés.*
2616.	Tonino Benacquista	*Trois carrés rouges sur fond noir.*
2617.	Rachid Boudjedra	*FIS de la haine.*
2618.	Jean d'Ormesson	*La gloire de l'Empire.*
2619.	Léon Tolstoï	*Résurrection.*
2620.	Ingmar Bergman	*Cris et chuchotements* suivi de *Persona* et de *Le lien.*
2621.	Ingmar Bergman	*Les meilleures intentions.*
2622.	Nina Bouraoui	*Poing mort.*
2623.	Marguerite Duras	*La Vie matérielle.*
2624.	René Frégni	*Les nuits d'Alice.*
2625.	Pierre Gamarra	*Le maître d'école.*
2626.	Joseph Hansen	*Les ravages de la nuit.*
2627.	Félicien Marceau	*Les belles natures.*
2628.	Patrick Modiano	*Un cirque passe.*
2629.	Raymond Queneau	*Le vol d'Icare.*
2630.	Voltaire	*Dictionnaire philosophique.*
2631.	William Makepeace Thackeray	*La Foire aux Vanités.*
2632.	Julian Barnes	*Love, etc.*
2633.	Lisa Bresner	*Le sculpteur de femmes.*
2634.	Patrick Chamoiseau	*Texaco.*
2635.	Didier Daeninckx	*Play-back.*
2636.	René Fallet	*L'amour baroque.*
2637.	Paula Jacques	*Deborah et les anges dissipés.*
2638.	Charles Juliet	*L'inattendu.*
2639.	Michel Mohrt	*On liquide et on s'en va.*
2640.	Marie Nimier	*L'hypnotisme à la portée de tous.*

2641. Henri Pourrat — *Bons, pauvres et mauvais diables.*
2642. Jacques Syreigeol — *Miracle en Vendée.*
2643. Virginia Woolf — *Mrs Dalloway.*
2645. Jerome Charyn — *Elseneur.*
2646. Sylvie Doizelet — *Chercher sa demeure.*
2647. Hervé Guibert — *L'homme au chapeau rouge.*
2648. Knut Hamsun — *Benoni.*
2649. Knut Hamsun — *La dernière joie.*
2650. Hermann Hesse — *Gertrude.*
2651. William Hjortsberg — *Le sabbat dans Central Park.*
2652. Alexandre Jardin — *Le Petit Sauvage.*
2653. Philip Roth — *Patrimoine.*
2654. Rabelais — *Le Quart Livre.*
2655. Fédor Dostoïevski — *Les Frères Karamazov.*
2656. Fédor Dostoïevski — *L'Idiot.*
2657. Lewis Carroll — *Alice au pays des merveilles. De l'autre côté du miroir.*
2658. Marcel Proust — *Le Côté de Guermantes.*
2659. Honoré de Balzac — *Le Colonel Chabert.*
2660. Léon Tolstoï — *Anna Karénine.*
2661. Fédor Dostoïevski — *Crime et châtiment.*
2662. Philippe Le Guillou — *La rumeur du soleil.*
2663. Sempé-Goscinny — *Le petit Nicolas et les copains.*
2664. Sempé-Goscinny — *Les vacances du petit Nicolas.*
2665. Sempé-Goscinny — *Les récrés du petit Nicolas.*
2666. Sempé Goscinny — *Le petit Nicolas a des ennuis.*
2667. Emmanuèle Bernheim — *Un couple.*
2668. Richard Bohringer — *Le bord intime des rivières.*
2669. Daniel Boulanger — *Ursacq.*
2670. Louis Calaferte — *Droit de cité.*
2671. Pierre Charras — *Marthe jusqu'au soir.*
2672. Ya Ding — *Le Cercle du Petit Ciel.*
2673. Joseph Hansen — *Les mouettes volent bas.*
2674. Agustina Izquierdo — *L'amour pur.*
2675. Agustina Izquierdo — *Un souvenir indécent.*
2676. Jack Kerouac — *Visions de Gérard.*
2677. Philippe Labro — *Quinze ans.*
2678. Stéphane Mallarmé — *Lettres sur la poésie.*
2679. Philippe Beaussant — *Le biographe.*
2680. Christian Bobin — *Souveraineté du vide suivi de Lettres d'or.*

2681. Christian Bobin — *Le Très-Bas.*
2682. Frédéric Boyer — *Des choses idiotes et douces.*
2683. Remo Forlani — *Valentin tout seul.*
2684. Thierry Jonquet — *Mygale.*
2685. Dominique Rolin — *Deux femmes un soir.*
2686. Isaac Bashevis Singer — *Le certificat.*
2687. Philippe Sollers — *Le Secret.*
2688. Bernard Tirtiaux — *Le passeur de lumière.*
2689. Fénelon — *Les Aventures de Télémaque.*
2690. Robert Bober — *Quoi de neuf sur la guerre?*
2691. Ray Bradbury — *La baleine de Dublin.*
2692. Didier Daeninckx — *Le der des ders.*
2693. Annie Ernaux — *Journal du dehors.*
2694. Knut Hamsun — *Rosa.*
2695. Yachar Kemal — *Tu écraseras le serpent.*
2696. Joseph Kessel — *La steppe rouge.*
2697. Yukio Mishima — *L'école de la chair.*
2698. Pascal Quignard — *Le nom au bout de la langue.*
2699. Jacques Sternberg — *Histoires à mourir de vous.*
2700. Marguerite Yourcenar — *Conte bleu.*
2701. Calvin — *Œuvres choisies.*
2702. Milan Kundera — *L'art du roman.*
2703. Milan Kundera — *Les testaments trahis.*
2704. Rachid Boudfedra — *Timimoun.*
2705. Robert Bresson — *Notes sur le cinématographe.*
2706. Raphaël Confiant — *Ravines du devant-jour.*
2707. Robin Cook — *Les mois d'avril sont meurtriers.*
2708. Philippe Djian — *Sotos.*
2709. Ernest Hemingway — *En ligne.*
2710. Gabriel Matzneff — *La prunelle de mes yeux.*
2711. Angelo Rinaldi — *Les jours ne s'en vont pas longtemps.*
2712. Henri Pierre Roché — *Deux anglaises et le continent.*
2713. Orson Welles — *Une grosse légume.*
2714. Collectif — *Don Carlos et autres nouvelles.*
2715. François-Marie Banier — *La tête la première.*

Composition Euronumérique
Impression Société Nouvelle Firmin-Didot
le 12 avril 1995.
Dépôt légal : avril 1995.
Numéro d'imprimeur : 30735.
ISBN 2-07-039313-5/Imprimé en France.

70864